Philippe Sollers

Le Secret

Gallimard

Philippe Sollers est né à Bordeaux. Il fonde, en 1960, la revue et la collection « Tel quel », puis, en 1983, la revue et la collection « L'Infini ». Il a notamment publié les romans et les essais suivants : *Paradis, Femmes, Portrait du Joueur, La Fête à Venise, Le Secret, La Guerre du Goût, Le Cavalier du Louvre, Vivant Denon, Casanova l'admirable, Studio, Passion fixe, Éloge de l'infini, Mystérieux Mozart, L'Étoile des amants, Dictionnaire amoureux de Venise.*

Une fois parvenu à ce point, arrête-toi et ne te préoccupe plus de rien. La raison n'a plus de pouvoir ici. Quand elle arrive à l'océan, elle s'arrête, et même le fait de s'arrêter n'existe plus pour elle.

RÛMÎ

I

J'ai atteint mon désir : un après-midi de pluie et d'ennui, la solitude, le silence, l'espace ouvert à perte de vue devant moi, l'herbe, l'eau, les oiseaux. Aucune excuse, donc, pour le cerveau et la main, leur accord et leur traduction directe. J'avance gris sur gris comme dans d'éclatantes couleurs. Je n'ai plus qu'à être présent, précis, transparent, constant. Faut-il faire confiance aux petites phrases qui arrivent là, maintenant, peau, rire, caresses, tympans, volonté masquée, insistance, plume, souffle, pulsations, saveur ? Allez, le rêveur, musique.

À Rome, les rencontres ont été difficiles : dérobades, retards, nouveaux visages, nouvelles ruses. Voilà une ville immobile où, pourtant, tout bouge sans cesse, glisse, échappe et se reconstitue sourdement. Cette fois, le changement était plus palpable, décalage en coulisses, dieu sait pourquoi. Explosion et réorganisation de l'Empire ? Routine. Asie, Proche-Orient ? Rien de bien nouveau. Afrique ? Plus probable. De nouveau l'Affaire? Encore plus probable. Frénard lui-même avait l'air inquiet. Tiens, un jeune secrétaire, à côté de lui, soudain, pour le surveiller? Un comble.

Je suis resté trois jours, dont deux chez Gail, près de l'Ambassade. Elle préparait déjà son retour à Paris. Nous nous sommes peu vus, elle passait son temps à ranger, trier, déchirer, classer, expédier. Elle aussi était nerveuse. Dans ces cas-là, elle marche beaucoup, ne boit plus, parle à peine. J'ai travaillé mes dossiers le soir, seul, dans le grand salon. Je n'ai par conséquent dormi qu'une nuit dans la Vieille Maison, dans l'une des chambres sud. J'aime cet endroit, la promenade tôt dans les jardins, sous les arbres. La cérémonie avait lieu en français, convocation la veille, protocole immuable. J'étais à côté de Frénard, j'ai vu qu'il regardait plusieurs fois vers la porte. Gail : « Il a dû prendre froid » (trop se mouiller au passage). – « Tu crois? » – « On le dit. »

Pour moi aussi, c'était le retour, mais les retours ne sont jamais ce qu'on imagine, ils sont chaque fois plus profonds, plus dérapants, plus durs. Ainsi le vent du nord : il est rare qu'il souffle ici avec cette force, surtout en cette saison. On l'a senti dès l'arrivée sur l'aéroport de campagne, la passerelle tremblait, l'hôtesse a vite saisi le bras de Jeff, un peu hésitant, comme toujours. Judith, elle, était déjà tendue en avant, elle prend possession de l'espace avec naturel. On a tous été enveloppés par la gifle de froid de l'horizon sur la piste. Le taxi était là, comme d'habitude, à gauche, en sortant. La nuit montait de partout. La plaine était verte et noire.

Juste avant, dans l'avion, en buvant son jus de pomme, Jeff souriait aux anges. L'année entière n'est pour lui qu'une préparation à cet événement : s'envoler vers là-bas. Il ne dit jamais le nom du lieu, simplement « là-bas ». « Alors, on va là-bas ? », « quand on sera là-bas, tu m'achèteras des voitures ? ». C'est l'hiver, pluie, vent, neige, pluie, vent, pluie ; on traverse des heures fermées et contraintes, il part pour l'école, il revient de l'école, mais il y a là-bas. Parfois, en pleine nuit, il me réveille en me touchant doucement l'épaule ; j'allume la veilleuse, je vois son regard brillant : « Là-bas ? » Pas de bruit pour ne pas être entendus de Judith dans sa chambre, je le raccompagne jusqu'à son lit au bout de l'appartement, je lui chante à mi-voix *Le temps des cerises*, un code entre nous, les gais rossignols, les merles moqueurs. Il me tient la main, il sourit, il sombre. De temps en temps, il veut que je lui récite les autres couplets, les belles auront la folie en tête et les amoureux du soleil au cœur. C'est le matin, tôt, quand il va falloir s'enfoncer dans la convulsion de la ville. Ses notes de la semaine ont été moyennes, sauf en mathématiques où il obtient chaque fois des « très bien » bizarres. On reste assis côte à côte dans la salle de séjour, on ne parle pas, ou

15

alors je lui murmure : moi qui ne crains pas les peines cruelles, ou encore le souvenir que je garde au cœur. Ça le fait rire, comme une évocation de là-bas (Gail, la bouche un peu crispée, avant mon départ : « tu as toujours le même numéro là-bas ? »).

Les plaisanteries sur le nom de Frénard sont, bien entendu, un des clichés des Services. Si une affaire s'embrouille, tarde, piétine, s'empoussière, se perd ou n'aboutit pas, c'est lui. Si des promotions ou des mutations attendues s'égarent ou s'inversent, lui encore. À la limite, si le monde, ou ce qui désormais en tient lieu, ne tourne pas plus vite, boussole affolée, c'est sa faute. Mais qui pourrait avoir envie d'accélérer le cours du temps aujourd'hui ? Frénard est plutôt bienvenu de le compliquer ou de le ralentir en douce. Son visage rond, concentré, évasif, est une surface permanente de dissuasion. S'il saute, ce sera la fin d'une époque. Le nouveau secrétaire, Marc, ressemble à la plupart de ceux qui débutent. Être jeune est pour lui la clé de tout, l'avidité et la brutalité peureuse se disputent dans ses attitudes, il est déjà vieux comme tous les jeunes qui croient qu'il y a des vieux. Manie du court terme, croyance dans les potins sexuels censés révéler l'essentiel, éblouissement devant la minuscule et précieuse information qu'on imagine être le premier à avoir... Il a le mensonge plus âpre, plus frontal, c'est-à-dire l'argent

16

plus rapide. À force de coïncider avec son nom, Frénard, en revanche, a fini par se confondre avec les vraies archives, celles qui sont effacées ou brûlées tous les deux ou cinq ans, ça dépend du Chiffre. Elles n'existent plus officiellement, mais elles pèsent comme des morts, et beaucoup plus qu'eux, en un sens. Un mort, désormais, n'est pas grand-chose, vague boursouflure résorbée ayant expié son mauvais goût d'être là, mince disquette de données d'ailleurs sans fin réinterprétable. Tandis que les traces précises détruites, rien de tel pour occuper les systèmes nerveux. Tu te souviens? Et comment! C'était quoi, déjà? La drogue? L'immobilier? L'aide humanitaire? La Banque?

Marc :

– Alors, Jean, vous rejoignez Paris?

Il m'appelle tout de suite par mon prénom, ce petit con blond à lunettes...

– Il paraît.

– Comme Gail?

C'est malin... Je voudrais bien voir sa femme, à celui-là, ou son protecteur transi, ou sa principale amie d'influence... Il me fait le coup de l'avenir entendu... Du retournement pointillé... Du taux d'intérêt diagonal...

Les mensonges de Frénard me manqueront. Plus que ses mensonges, son art de la pseudo-démonstration passionnée, sincère, yeux dans les yeux, véhémence sourde, le plus souvent pour rien, même pas pour le plaisir, pour la fonction, le principe, l'axe. Y a-t-il une transcendance du faux? Mais bien sûr. Elle est notre loi, à nous, travailleurs de l'ombre, ombres nous-mêmes sacrifiées à la vérité du moment, à la falsification annulée des moments, business et diplomatie obligent. Frénard a été, dans le temps, un ami de Graham Greene, lequel a disparu en emportant deux ou trois tiroirs. Pour reprendre une formulation de cet écrivain prolixe, inégal, mais professionnel dans ses attaques : « Tout roman fondé sur la vie d'un Service secret, quel qu'il soit, doit nécessairement comporter une grande part de fantaisie, car une description réaliste serait à peu près sûre d'enfreindre une clause ou une autre d'une loi sur les secrets d'État... Malgré tout, selon les mots de Hans Christian Andersen, auteur avisé, dont le domaine était aussi la fantaisie : " C'est de la réalité que nos contes d'imagination tirent leur substance. " » Ces lignes apparemment naïves figurent en avertissement d'un de ses romans pour lequel il n'a pas dû choisir par hasard cet exergue de Conrad : « Je sais seulement que nouer un lien c'est signer sa perte. Le germe de la corruption entre dans l'âme. » À propos, le livre est dédié à sa sœur. Je n'aime pas vraiment ce genre de récit (et encore moins ceux de ses imitateurs qui veulent persuader le grand public d'être dans le dessous des cartes), mais des passages comme celui-ci me touchent plutôt, et pour cause : « On sonna. Il y avait longtemps qu'il s'y attendait : pourtant, il hésita à aller jusqu'à la porte, il avait l'impression d'avoir cédé à un optimisme absurde... Il y eut un second coup de sonnette, puis un troisième ; pas question, il fallait ouvrir. Il se dirigea vers la porte, la main sur le revolver dans sa poche, mais l'arme n'avait guère plus de valeur qu'une patte de lapin : impossible de s'échapper d'une île en tiraillant. »

J'y pense en nettoyant ma *patte de lapin* : au-dessus du bureau de Frénard, on devrait pouvoir lire « qu'est-ce que la vérité ? » en lettres capitales et fluorescentes. Dans un tel lieu, l'inscription ne manquerait pas de sel. Pour l'instant, pas de nouvelles, ce qui signifie plutôt mauvaises nouvelles. Chez nous, rien n'arrive à découvert, et si quelque chose se découvre, c'est que le coup est déjà parti et qu'on est depuis longtemps dans l'une des phases suivantes. Attendons, s'il doit y en avoir un, le successeur de Frénard. Autre style ? Le même.

Dans ma chambre, à Rome, le troisième jour, fenêtre ouverte, j'ai passé une heure, nu, dans un fauteuil, en plein soleil. En contrebas, les touristes envahissaient peu à peu la place, je venais de les voir se précipiter à l'intérieur vers la *Pietà*, toujours aussi diaphane, gracieuse, aérienne. Ils restent là, fascinés, femmes, hommes, enfants, jeunes, vieux, blancs, noirs, jaunes, nord, sud, est, ouest. Une force les prend à travers la vitre et le marbre, les prévient de leur destinée sans poids. Après quoi, ils recommencent à errer comme des somnambules dans la grande architecture aux tombeaux emphatiques, là où se célèbre, chaque jour, à toute heure, la défaite supposée de la mort. Ils viennent, ils défilent, ils reviennent... S'ils savaient. Mais non, les passagers ne sont pas là pour savoir. « Qu'est-ce que la vérité? » – « Vous plaisantez. » – « Mais non. » – « On ne vous a pas dit une fois qu'elle n'était pas de ce monde? » – « Mais *quand même*? » – « Écoutez, Clément, on a du travail, je crois? »

Jeff est plongé dans ce qu'il appelle ses histoires mystérieuses. Il me raconte ça de façon un peu embrouillée. Au commencement était un petit garçon malade au milieu de bêtes féroces. Il s'appelle parfois Archibald et parfois Thomas. C'est une histoire triste, très triste, mais palpitante, et, pour finir, comique. Le petit garçon, habillé d'un long manteau bleu, est sans cesse poursuivi par un gros animal noir, ours ou dragon. Après bien des péripéties, il finit par s'évader dans les étoiles où on peut espérer qu'il va retrouver sa mère.

Le récit a lieu sous le pommier en fleur. C'est l'endroit des discours indirects et des fables. À l'intérieur le plus intérieur de « là-bas », il y a ce là-bas réservé à nous seuls. Judith ne vient jamais sous le pommier.

Il fait beau, Jeff sort de sa petite valise bleu clair les livres qu'il a déjà lus : *L'œuf, La pomme, Le château fort, La terre et le ciel, Le bord de la mer*. On y apprend bien des choses. Par exemple, que la chair de la pomme est blanche, qu'un pépin de pomme est une graine et que le pommier fleurit au printemps. Ou encore que les citronniers, les orangers, les mandariniers, les pamplemoussiers ont une forme ronde et que leurs fruits sont des agrumes. Au passage, on peut réviser l'image exacte des fruits suivants : fraises, framboises, myrtilles, mûres, cassis, groseilles. Les pommes, elles, se divisent en boskoop, grannysmith, canada, starking, reinette et golden. Jeff sait tout cela, c'est lui qui m'enseigne (soyons honnête : j'avais oublié au moins pamplemoussier, boskoop, starking et myrtille). Il me semble difficile de dire mieux que : la poule se pose sur les œufs pour les garder au chaud; elle couve; les poussins se forment dans leur coquille. Ou que : à leur naissance, les petits crocodiles sont de la taille d'un lézard. Ou que : les poissons pondent des œufs par milliers, les coquillages et les crustacés aussi, mais aussi les reptiles. Je sais que la terre tourne, mais je ne suis pas sûr de pouvoir l'exprimer avec autant de simplicité que : les nuits suivent les jours, car la terre tourne sur elle-même, et tour à tour les pays qui ne voient pas le soleil sont dans la nuit. Pour le Moyen Age, mes connaissances sont sans doute solides, mais elles n'atteignent visiblement pas l'essentiel. Par exemple : le seigneur organise des fêtes et des festins, des jongleurs et des baladins les animent. De quels éléments se composait une armure? Casque clos, visière, épaulières, cuirasse, cubitières, gantelets, cuissardes, jambières (du diable si j'avais gardé le moindre souvenir de *cubitières*). Qu'est-ce que l'océan? L'évidence si vous voulez, mais l'évidence est moins claire que : l'océan est une immense étendue d'eau qui va et vient au rythme des marées. Le crabe saute peut-être aux yeux, mais pas sa nature exacte : quelles que soient sa forme et sa taille, un crabe a toujours dix pattes. Et les noms! L'étrille, le coryste, le tourteau, la galathée, le murex, la porcelaine, le buccin, la trompette poilue, la bernique, le cône, le bigorneau, la gibbale! Aurais-je été capable de trouver une phrase aussi élégante que : leur corps s'enroule à l'intérieur de leur coquille comme celui de leur cousin terrestre, l'escargot? Non, je n'aurais pas pensé à « cousin terrestre ». Ou encore : le plus souvent, l'étoile de mer a cinq bras très souples et fragiles qui sont munis de centaines de ventouses? Pas davantage. Ce matin, j'ai quand même fait des progrès : Jeff me serre la main.

Quand on arrive là-bas, c'est-à-dire ici, les lumières sont allumées dans le jardin, on respire d'un seul coup l'odeur d'herbe et de sel, les murs blancs éclatent de présence. Je retrouve tout de suite, en entrant, les livres, les disques, les cassettes, le tiroir secret. Je téléphone pour donner ma position. Il est dix heures du soir, on dîne rapidement, le vent souffle par rafales sèches, Judith et Jeff vont se coucher, je vais dans mon bureau, le temps est à moi.

Le dernier rapport confidentiel de Frénard est classique : il n'arrête pas de dire entre les lignes qu'il pourrait en dire davantage. Découvrir quoi est un jeu d'enfant si on possède l'information centrale. Toujours cette petite note urgente d'il y a dix ans, si gênante, si compromettante... D'où venait le renseignement à l'époque ? Ah, voilà ! Ils ne le savent pas et ne sont pas près de le savoir... Sa femme ? Naturellement, ils ont mis aussitôt l'enquête sur Judith, la pauvre, elle connaissait certains détails à cause de son pays d'origine, mais pas jusqu'à l'action elle-même, circonstances, jour, lieu, heure, acteurs. Plus une affaire est énorme et vraie, et moins elle a de chances d'être crue, plus elle entraîne une bizarre apathie, une lourdeur minérale, alors que le moindre bidonnage, lui, provoque une adhésion enthousiaste. De toute façon, comme dit le cardinal de Retz (que Frénard aimerait me voir citer), « il y a des points inexplicables dans les affaires et inexplicables même dans leurs instants ». Ou encore : « Ce qui paraît un prodige aux siècles à venir ne se sent pas dans les temps... Ce que j'ai vu dans nos troubles m'a expliqué, en plus d'une occasion, ce que je n'avais pu concevoir auparavant dans les histoires. L'on y trouve des faits si opposés les uns aux autres qu'ils en sont incroyables, mais l'expérience m'a fait connaître que tout ce qui est incroyable n'est pas faux. » Quoi qu'il en soit, si les commentaires, aujourd'hui, portent le plus souvent sur les escroqueries ou les impostures, les blanchiments ou trafics divers, ils mentionnent rarement, voire jamais, l'inexplicable ou l'incroyable, c'est-à-dire simplement la vérité passée inaperçue. C'était vrai, et personne n'en a tenu compte. Pourquoi? Parce que c'était vrai. D'un vrai pur, sans mélange de faux qui l'aurait rendu vraisemblable. Ma note est sûrement là quelque part, dans quelques mémoires (et sûrement dans celle de Frénard), petit bloc de mots clairs, impossibles à mésinterpréter, datés, signés, confirmés. J'ai le double sous les yeux. Rien à voir avec ce que buvarde le rapport : « Certains éléments, difficilement recoupables, nous étaient parvenus dès le mois de février. L'un d'eux émanait même de notre circuit interne. Il n'a pas paru déterminant, peut-être à tort. » *Peut-être* : voilà mon nom pour finir... Clément. Jean Clément. Jean-Clément-Peut-Être. La miséricorde m'habitait déjà malgré moi, la probabilité méconnue à tort est davantage ma marque. Allons, appelez-moi simplement *Peut-Être*, et tout ira pour le mieux dans le meilleur des mondes disparus possibles. Jeff, lui, veut toujours savoir si Jean-Baptiste Clément, l'auteur du *Temps des cerises*, est quelqu'un de la famille. J'ai beau lui dire que non, il ne me croit qu'à moitié. « C'était ton grand-père? » – « Mais non. » – « Ton arrière-grand-père? » – « Mais non. » Il tient à son idée, il me regarde avec méfiance, comme si je voulais lui dissimuler un truc. Il semble pourtant content que nous ayons les mêmes initiales, sa mère, lui et moi : Judith, Jeff et Jean Clément... Trois fois J.C.? Avant et après J.C.? Before C.? After C.?

Toute l'histoire modulée selon notre calendrier? En somme.

Pour le reste, le rapport de Frénard est sans grand intérêt. Rappel des faits du 13 mai 1981; de l'interminable procès avec ses pistes de brouillage; des pressions variant suivant les événements; des propositions comiques des pays concernés d'ouvrir leurs archives (comme si on avait vu des archives s'ouvrir autrement que pour mieux se fermer); quelques portraits des nouveaux dirigeants après les différents simulacres de changements... Suit une assez longue péroraison d'ensemble où se détache un morceau de rhétorique embarrassé sur l'avortement et l'insémination artificielle, appel respectueux à ne pas juger la question (épineuse, très épineuse) avec trop de rigidité... L'évolution des mœurs... Les progrès de la technique... Le remodelage des sensibilités... La révolution de la condition millénaire des femmes... L'angoisse des couples... La spécificité du tiers monde... Les problèmes complexes de la communication et de l'opinion... C'est parfait, plat, conventionnel, responsable. En vingt pages, on est passé d'un assassinat crucial au libre choix de la fabrication des embryons accordée au mouvement général de la marchandise. Et n'oublions pas l'euthanasie ou le simple droit à une mort douce, suites logiques d'une planification rythmée des naissances. Mais *naturellement*, cher Frénard, nous sommes pour l'avortement, ou plutôt, n'exagérons rien, pour la contraception, l'homosexualité stabilisée, la masturbation raisonnée, les dépistages systématisés, les préservatifs de masse! Cela ne nous apprend toujours pas ce que sont devenus ma petite note enterrée « peut-être à tort », mon avertissement ultra-confidentiel, capital, urgent, T-T-U-V-M (Très-Très-Urgent-Vie-Mort), souligné trois fois, et en rouge! À quelques millimètres intestinaux près! Miracle, Vierge, prières, chants, veillées, cierges, actions de grâces, pèlerinages, encens, films, niagaras de médias, Pologne en émoi... Enfin, quoi, on rêve? On se moque du monde?

Peut-être.

La vérité, c'est que le pape lui-même, avec un profond instinct animal de sa sécurité – ou poussé par le Saint-Esprit, comme on veut –, n'a jamais rien raconté à personne de son entrevue avec son Turc de tueur, lequel, d'ailleurs, ne lui a *peut-être* rien révélé. On se rappelle la scène, chaise contre chaise, front contre front, chuchotements, confessionnal, messe basse. On revoit surtout, si je me souviens bien, la présence parfaitement surréaliste d'un radiateur électrique dans cette pièce de nulle part, infirmerie, salle de classe, centre de tri postal, morgue ou bureau de vote. Que peut-il y avoir de plus beau que la rencontre en direct, sous les caméras, d'un pape, d'un Turc qui vient de lui loger deux balles dans le ventre et d'un radiateur électrique? Quel écrivain, quel peintre, aurait été capable d'imaginer ça? Vous affirmez qu'il n'y avait pas de micros? Que personne n'a la bande de cet entretien? Qu'il s'agissait d'une mise en scène et d'une insolence délibérée, style : à vous la surface, à moi le mot de l'énigme? Certes, les archives officielles conservent l'image sans le son, mais même les meilleurs spécialistes du déchiffrement sur les lèvres n'ont pas pu entrer dans le murmure de ces deux visages rapprochés par l'Histoire et surtout par le trafic, déjà intensif, de drogue dans les pays dits de l'Est... Oh, écoutez, ça suffit avec ce scénario, cent livres, deux cents émissions, au moins autant que pour le meurtre (réussi, celui-là) de John Fitzgerald Kennedy, famille catholique maudite... Cette religion porte malheur, juste résultat de ses abominations... Usurpation de Jérusalem! Destruction des Templiers! Moines fanatiques! Sorcières! Ghettos! Inquisition! Dragonnades! Jésuites! N'en parlons plus, et revenons aux vrais soucis concrets : interruptions volontaires de grossesses, déblocages d'ovules, stockages de sperme, mères porteuses, réseaux d'adoption – bref à l'immense, pathétique et cosmique aventure humaine... N'est-il pas bouleversant qu'une grand-mère de quarante-deux ans, aux États-Unis, puisse accoucher, par transfert, des jumeaux de sa fille, transformant ainsi les nouveaux venus en frère et sœur de leur propre mère? N'est-il pas exaltant de voir une jeune vierge anglaise être enceinte sans avoir été touchée par le pénis du péché? Un pape de plus ou de moins, quelle importance? Pourquoi vous arrêter à ce folklore désuet? Votre fameuse

27

note était peut-être *(peut-être!)* exacte, anticipatrice, prophétique, mais finalement tout n'est-il pas positif? Un mal ne peut-il pas provoquer un bien ou un moindre mal? Et un bien, un mal? Et, de nouveau, un mal, un bien? Et ainsi de suite, dans l'oubli des siècles et des siècles?

— Mais la Boussole? Le Pôle? L'Aimantation? Le Nord?

— L'engendrement! Libre! Assuré! Surmonté! Cru! Voulu! Pour la bagatelle, si cela vous intéresse encore : homosexe!

— Mais pourquoi?

— Taisez-vous, engendré! Vous n'avez pas droit au pourquoi!

— Pourtant, j'existe, je perçois, je sens, je pense, je conçois?

— Couché, dérivé matriciel! Respect! Humilité! Considération du Temple!

— Mais enfin, je suis?

— Silence, cloque hallucinée! Fœtus superflu! Incident! Paranoïaque notoire!

On frappe à la porte... C'est Jeff, dans son pyjama bleu... Il a été réveillé par la tempête, ses cauchemars, des lambeaux d'histoires mystérieuses... On est bien arrivés là-bas? Mais oui, tu vois... On ne peut pas sortir dans le jardin, le vent souffle trop fort dans le froid, mais oui, on est réellement là-bas...

« Papa ? » – « Oui ? » – « Mon père ? »... Il répète plusieurs fois ce « mon père » étrange, probablement entendu dans une cassette ou au cinéma... Il dort
debout, mais le ton est une sorte d'éblouissement,
d'extase... Allons, une petite prière sur place pour
réexpédier ce père dans les cieux, lieux géométriques
de sa véritable substance... « Que ton nom soit sancti-
fié »... Pas ton nom, ni le mien, mais celui de l'Autre,
là-haut, le Tout-Puissant créateur des choses visibles
et invisibles, dont le moins qu'on puisse dire est que
l'hypothèse n'est pas facile à soutenir... Notre Père ?
Celui de tout le monde ? Sans exception ? Celui des
hommes, des femmes, des enfants, des Esquimaux,
des Pygmées, des futurs vivants ? Des bons et des méchants ? Des bourreaux et des victimes ? Des élé-
phants, des crabes, des baleines, des mouettes, des
souris, des araignées, des serpents ? Du soleil, de la
lune, des étoiles, de l'océan, du beau et du mauvais
temps ?... Bon, mais il n'y a pas que le Père... « Alors,
le Fils ? »... Une autre fois... « Et le Saint-Esprit ? »...
Plus tard, plus tard... Et maintenant une autre prière
à la Mère qui est au ciel, elle aussi, bien que d'une
autre manière... Notre Mère ? Ah non, pas la nôtre
directement, celle du Fils ! Unique !... Mais pourquoi
pas *notre*, si elle est la mère de Dieu qui est notre
père à tous ? Écoute, on éclaircira ça une autre fois...
Pour l'instant contentons-nous de réciter les mots...
« Et à l'heure de notre mort »... Mais pourquoi *notre
mort* ? Je mourrai, moi, tu crois ?... « Il est tard, il faut
dormir »... Jeff m'embrasse... « Demain, sous le pom-

mier? » – « Voilà. Tu me raconteras la suite. » –
« Bonne nuit, *mon père* » (décidément, il y tient). –
« Bonne nuit, dors bien. »

Bien entendu, le pape, têtu comme une mule, n'a
tenu aucun compte des conseils éclairés. Les plus
optimistes attendaient ou espéraient un bémol, ça a
été les grandes orgues. Il est allé marteler aux Polonais, dans la consternation ou l'indignation de la
presse mondiale, les discours les plus durs sur
l'amour, la fidélité, le mariage, le divorce, le respect
de la vie dès ses commencements biologiques, la
fausse liberté qui n'est qu'une aliénation déguisée –
le tout inspiré, paraît-il, par le Décalogue... Le
XXᵉ siècle, pour lui? Un temps de ténèbres et de
mort, un temps de généralisation de la mort. À l'extermination programmée de populations entières ou
de groupes humains déterminés, comme les Juifs ou
les Tziganes (Frénard, accablé : « Cela fait cent fois
qu'on lui demande de ne pas mettre sur le même plan
les Juifs et les Tziganes, et d'avoir au moins un mot
pour les homosexuels! »), il faudrait ajouter, à son
avis, l'énorme cimetière des non-nés. Certes, il y a
actuellement sept cent mille avortements par an en
Pologne et dix millions en Russie, mais vous n'allez
quand même pas pousser l'aberration jusqu'à
comptabiliser les fœtus comme des morts à part entière! Comme s'ils avaient eu une vraie vie! Comme

s'ils avaient été capables d'avoir eux-mêmes des enfants! Encore une prise de position bornée, archaïque, agressive, sectaire, une insulte à la dignité des femmes et à la communauté juive (puisque les nazis sont implicitement comparés aux médecins avorteurs). On dirait qu'il le fait exprès, qu'il exacerbe intentionnellement les contemporains (tiens, après tout, c'est possible). Quel âne bâté! Quel chancre! Quel emmerdeur d'assassiné raté! Quel sida!

Commentaire de Gail, qui ne rêve que mariage et enfant, tout en répétant sans cesse le contraire : « Idiot. » La rumeur : « Il n'en rate pas une. » Dialogue courant : « Il est comme ça. On lui a projeté un film scientifique où l'on voit un fœtus lutter désespérément pour sa survie. Il a été très ému. » – « Quel chou! Il connaît le nombre de folles de la Curie ? » – « Il ne veut rien savoir. Surtout depuis l'attentat et l'affaire du Banco Ambrosiano. » – « Vous ne me direz pas qu'il est allé regarder les comptes, *les vrais*? » – « Mais si. » – « Bordel! Impossible! » – « Il a sa mafia. » – « Les Polonais? » – « Non, d'autres. » – « Lesquels? » – « On ne sait pas exactement. » – « Vous plaisantez. » – « Mais non, c'est un pape très moderne. » – « Réactionnaire et moderne? – « Précurseur. » – « Fin de l'Histoire? » – « Oh non, juste redistribution des cartes. » – « Les atouts? » – « Pas là où l'on croit. »

Pendant que Frénard et les autres s'impressionnent mutuellement, selon la logique des Services, par des allusions émises en fonction de ce que chacun suppose de son partenaire, arrivent tout à coup les pseudo-révélations de Karadzhov... D'où sort-il, celui-là? Il se présente comme le numéro deux de l'ancienne police secrète bulgare. Il dit qu'il est très malade, qu'il n'a donc rien à perdre, manière de souligner, au contraire, qu'il est toujours un employé de l'opacité permanente. Sa fonction actuelle de désinformation : affirmer qu'il a promis trois millions de marks au Turc pour tirer son coup et qu'il ne lui en a donné que deux. D'après lui, l'autre alors s'inquiète, redoute un piège, craque, prend peur, balance l'opération à la CIA. Les Américains lui conseillent de remplir son contrat pour pouvoir ensuite accuser l'ex-KGB, mais de s'arranger pour seulement blesser la cible. Démenti immédiat de Washington, c'est la règle. La CIA aurait donc *sauvé* le pape en conseillant au Turc de mal tirer? Gentil, mais contredit par le fait que les Américains ont tout mis en œuvre pour bloquer les recherches en direction du Kremlin. Entraide et solidarité de vieux camarades, résultat : brouillard sur brouillard. Le tireur lui-même, après son entrevue « exclusivement religieuse » avec son homme à abattre, a déclaré : « Vous ne saurez jamais la vérité. » Probable. Mais lui, l'a-t-il connue? Et un ordinateur serait-il en mesure de la calculer? Construit comme il est, en binaire, comment pourrait-il exprimer que tout le monde, au fond, était plus ou moins d'accord pour faire avorter ce curé compact, grain de sable gênant dans le déroulement du travail? En quoi il m'intéresse, moi, et pour cause.

Judith :

— Tu devrais laisser tomber.

— Pour combien?

— Tu délires.

— Je ne crois pas.

— Occupons-nous de nous. Tu nous as promis une grande balade à vélo.

— Et la vérité?

— Quelle vérité?

Je la comprends. Comme chacun, en définitive, elle est prête à admettre qu'il s'agit d'un dérapage parmi d'autres, d'un crime comme un autre, il y en a des milliers par an (mille cent trois, exactement, pour la seule Sicile) aux charnières sensibles du scénario. Pourquoi privilégier ce coup de revolver? À chaque moment, le couperet tombe, le sang gicle, la terre tourne, les gens racontent n'importe quoi, les feuilletons rivalisent de bêtise, la Bourse affiche ses cotations, le spectacle sportif est obligatoire. Les stars, les journalistes, les hommes politiques ou les hommes d'affaires, nouveaux dieux de l'Olympe, descendent vers les mortels, consentent à se mêler à eux, se laissent filmer ou photographier devant eux. Les mortels, déjà morts ou dans la misère intégrale (réfugiés, famine), survivent dans la banalité des jours. Tiens, voilà dix enfants à l'agonie, considérez donc comme les vôtres sont heureux, bien habillés, bien nourris, éclatants de santé, déliés, vifs, rieurs, grâce à *Panlactyl*! Deux cents ouvriers licenciés? Oui, les temps sont durs, il s'agit là, d'ailleurs, de leur première et dernière apparition à l'image. Voulez-vous, ô divinité locale, vous profiler à l'écran sur fond de trois cent mille manifestants d'autrefois? Eux en noir et blanc de néant, et vous en couleurs? Préférez-vous comme relief (ou, c'est le cas de le dire, comme mise en abîme) trente Africains d'aujourd'hui, bébés squelettiques, mouches sur les yeux, petites formes désarticulées tendues à bout de bras par des mères suppliantes à l'insondable regard? Ou plutôt cinquante mille Indiens affolés à peine rescapés d'un déluge? Ou soixante-dix mille Chinois dans la boue? Comme on dit dans le langage du montage des films : vous avez des foules en magasin? Ou encore, dans une réalité plus occulte : « Avez-vous suffisamment de prostitués, mâles et femelles, pour compromettre éventuellement X, Y ou Z? » – « Huit cents, monsieur le directeur. » – « Bien, mais n'oubliez pas de renouveler, n'est-ce pas? »

Dialogue du début de notre ère : « C'est très troublant. » – « Écoutez, il y a des centaines de crucifixions par semaine. Pourquoi vous fixeriez-vous particulièrement sur *celle-là*? »

Malgré l'effondrement des successeurs du commanditaire principal, le bras de fer continue. D'un côté, le Russe universel, en faillite, soutenu par le monde entier – il ne faut pas qu'il tombe trop bas, sinon c'est la catastrophe ; de l'autre, l'acteur en blanc, plus ou moins usé, pérégrinant dans son rêve (combien a encore coûté ce voyage ? scandale !). Le thème d'un complot russe faisant élire un Slave à la papauté a d'ailleurs eu ses partisans : Jean-Paul Ier, le doux débile italien qui n'a régné que le temps d'un sourire, est assassiné par le préposé de l'ombre (le « mazza-papa ») et hop, le Saint-Esprit, comme par hasard, parachute Jean-Paul II, qui tombe ainsi à pic pour le nouveau partage planétaire. Ce qui est amusant, c'est le destin de l'ancien flic numéro un de Moscou devenu pigiste de la presse libérale après son limogeage pour cause de vrai-faux putsch... Je le revois faisant son discours de prix Nobel de la paix, à Oslo : podium, plantes vertes, pianiste et violoniste jouant en ouverture une interminable sonate insipide de Sibelius, brochette de momies puritaines engoncées dans leurs smokings et leurs robes longues, et puis blabla de Tache-au-crâne (Tachokrann, c'était son surnom parmi nous, avant qu'il ne soit viré par Tankenfer, lequel, un jour...), droits de l'homme en surface, virements bancaires sous la table... Tachokrann était un vrai shérif, un vigile de mappemonde nerveux et musclé, mais Tankenfer, malgré la boisson, était plus solide, plus bleu. Comment faire tenir tranquilles toutes ces populations éruptives qui, après tout, ont envie de manger ? Prions pour que les banques se débrouillent. Oui, c'est entendu, le trou financier est vertigineux, mais qu'est-ce qui n'est pas troué aujourd'hui ? Pertes et profits sont en réalité

35

devenus synonymes, ne pas perdre serait illogique, *perdre c'est gagner.* Une banqueroute colossale, permanente, stable, est une preuve d'existence dans le nouveau système Danaïde en cours. « Il ne perd presque rien », veut dire : c'est un gagne-petit, un timide, un bourgeois dépassé par les événements, un fantôme. « Il perd beaucoup », en revanche, signifie : voilà un homme d'avenir, simple, démocrate, énergique, d'origine modeste ou sorti du peuple. Tachokrann ou Tankenfer, peu importe, chaque pays a ou aura les siens, indéfiniment remplaçables, brutes adaptées et dynamisées, avec leurs sourires mécaniques, leurs bons sentiments constants, leurs femmes écrémées, liftées, laquées, elles aussi préfabriquées et interchangeables. Tachokrann, avant d'être limogé, en avait une parfaite, avenante, fourrée. Il avait fini par la charger des cultes, les femmes et Dieu, ça se comprend, paraît-il (rien à voir avec la pauvre analphabète roumaine et son dictateur primitif de mari, tous les deux vieux paysans sanglants bousculés par les cadres venus de la capitale, allez, ouste, tribunal improvisé, cordelettes aux poignets, fusillés). C'était l'époque où l'autre animal transcendantal s'obstinait à tourner autour de l'Empire en prononçant ses sornettes, comme les autres, autrefois, déambulant avec leur Arche autour de Jéricho en attendant que les murs s'écroulent. Empire qui aura donc duré soixante-dix ans, pas grand-chose, mais plus longtemps quand même que le Reich millénaire. Lituanie, Estonie, Ukraine, populations oubliées... Balkans de nouveau convulsifs... Voyons le Rapport : les communistes ont été laminés en Pologne, Hongrie, Slovaquie, Slovénie, Croatie, terres catholiques ; ils ont longtemps gardé un fort impact en Allemagne de l'Est et en Bohême, terres protestantes ; ils ont conservé la majorité, en se reconvertissant, en Roumanie, Bulgarie, Serbie, terres orthodoxes. Ici, Frénard s'excuse : ce constat frise la caricature, mais nous sommes bien obligés d'enregistrer les faits. Les faits, sans doute, mais leur signification ? Autant demander à un séminariste de philosopher sur l'essence féminine... Quant à la question orthodoxe, allez vous y retrouver... Vous connaissez le dossier *uniate* ?... Vous pouvez m'expliquer clairement la querelle du *filioque* ?... En somme, on revient à l'étude des glaciers, on découvre ici et là, dans le temps figé et de plus en plus moisi de l'Histoire, des blocs de rochers isolés, on examine les coulées et les rainures du passé, ça dégouline de partout, les popes, les sous-popes, les illuminés du Tsar, les communautés cherchant leurs fétiches, leurs frontières, leurs vieilles contradictions enfouies sous des tonnes de poussière... Que faire ? s'interroge Frénard, ils nous reprochent d'avoir entamé la reconquête du continent ! – « Du continent ? De la boule entière ! » – « Que leur dire pour les rassurer ? » – « Soyez lénifiant. » – « Succession de Lénine ? Lénification ? » – « Cela même. »

Pendant ce temps encore, madame Mao, complètement oubliée, s'est pendue dans sa prison de Pékin, mauvais sort jeté sur les camarades-commissaires qui ont, eux aussi, des *trous* considérables via Hong Kong. J'aimerais bien lire la dernière note de synthèse russe sur elle. Pour l'extérieur, air connu, il s'agit simplement de la fin minable d'une grande criminelle cancéreuse, d'un démon femelle stupide, d'une actrice de trente-sixième ordre glissée, à force de tours de reins, dans le lit des événements... Plus probable, la scène à quatre heures du matin : votre piqûre, et couic, au crochet, drap autour du cou. J'aurais bien voulu la voir en tête à tête, moi, pourtant, la Chinoise, comme le pape son tueur... Encore une péripétie de l'esprit du bon vieux père adopteur de peuples, du brave et réservé, roublard et roublé, Joseph, dit Staline, dont on ne se lasse pas d'admirer, dans les documents filmés, l'allure timide, endimanchée, parraineuse, mais pleine de futur comme la suite le prouve et n'en finit pas de le prouver...

Sans Jeff, je ne me serais sans doute pas beaucoup intéressé aux aventures de mon temps. Faut-il d'ailleurs s'en préoccuper ? Ici, énorme cri unanime, sincère, enthousiaste : *Oh oui !* Autrement : le monstre. Tant pis : je prends, je laisse, je pars, je dérive, j'ai mes vérifications et mes conclusions à moi, ma religion, comme on dit, est faite depuis longtemps sur le branle-bas, le brouhaha et le tohu-bohu du plasma. Pourtant, à cause de Jeff il a bien fallu que je réap-

38

prenne l'arithmétique, l'algèbre, la géométrie, la physique, la géographie, la chimie, l'histoire, les sciences naturelles. Dites-moi tout ça dans une forme progressive et simple. Bon dieu, quel boulot! Et « dieu », justement, où va-t-on le mettre dans cette comédie? Existe-t-il? N'existe-t-il pas? S'occupe-t-il en personne du big-bang? Était-il présent à l'instant big ou au moment bang? A-t-il créé ce monde de transes et d'horreur, mais aussi d'harmonie, de saveurs? Où se situe-t-il exactement? Dans les cieux? Hors des cieux? À quelle altitude? À combien d'années-lumière? Il était une fois une boule perdue dans les galaxies, un grain de riz, un atome, et, sur cet atome, un animal doué de parole demandant à un grand animal de son espèce si Dieu existe, comme jadis, il y a bien longtemps, les enfants posaient avec malignité la question à leurs parents : « d'où viennent les enfants? », en sachant qu'ils ne pourraient pas leur répondre. Ne pas confondre, cependant : Dieu n'est ni big, ni bang, ni big-bang, il ne s'occupe pas plus des ovules ou des spermatozoïdes que des quantas ou des dinosaures, bref, même s'il est censé avoir créé tout le visible et tout l'invisible, on ne peut pas en déduire qu'il a procréé le monde mais seulement un Fils, dans des conditions d'ailleurs si étranges et romanesques qu'on peut les étudier sans fin. Un fils et pourquoi pas une fille? Là, comme on sait, Dieu reste sans voix, bien qu'il ait conçu le truc imparable d'une mère qui devient la fille de son fils : on n'en revient pas.

Durant l'année scolaire, un car vient chercher Jeff tous les matins à huit heures et le ramène en fin d'après-midi. En plus des mathématiques, il est bon en récitation poétique. Son poème préféré? *L'invitation au voyage*, bien sûr, douceur d'aller là-bas vivre ensemble. En classe, il choisit d'instinct la place la plus rapprochée de la fenêtre, ce que je faisais aussi, platanes, acacias, noirceur du vent dans les feuilles. Le samedi, à midi, je vais le chercher à la sortie. Le voilà, il court, il est bousculé, il bouscule, on file en voiture jusqu'à *L'oiseau de paradis*, un magasin de jouets du boulevard Saint-Germain. Adieu violence, bêtise, vulgarité, méchanceté gratuite, cour de récréation avec toujours les mêmes gros-mots-coups-de-poing, adieu dictées, problèmes, divisions, multiplications, fantasmagories de la préhistoire ou de l'Égypte ancienne, adieu catéchisme égalitaire, adieu hydrogène, azote, carbone, fleuves, rivières, climats, capitales... Comme on ne sait pas très bien où aller avant de déjeuner d'une omelette et d'un verre de lait, on visite les églises, Saint-Germain-l'Auxerrois est la préférée de Jeff. Et puis on rentre. L'oiseau, le paradis, les voûtes, parfois la musique, ont un avant-goût de là-bas, là où il n'y a plus rien à faire d'autre que jouer et dormir. « Qu'est-ce que tu aimes? » – « Dormir, jouer. » – « Et encore? » – « Jouer, dormir, jouer. » – « Tu gardes ça comme un secret entre nous, d'accord? » – « D'accord. »

— Dites, vous ne trouvez pas l'affaire lassante à la longue? La mort-la vie, la mort-la vie, la mort-la vie, la mort-la vie? Vous supportez encore cette vieille turbine thermodynamique, ce piston, ce marteau piqueur? Ne dirait-on pas, pour finir, le va-et-vient fastidieux d'un coït tocard agrandi à toute la matière? Ou encore une masturbation de boucs et de chèvres fanatiquement rivés à leur piquet? Quelle plaie! Quel blabla! Quelle croix!

— Vous voyez autre chose?

— Oui, abstention. Pfuittt! Pas d'en-vie, pas d'en-mort!

— Mais vous savez bien qu'ils ne peuvent pas s'abstenir. Ou qu'alors ils deviennent encore plus malades. Névrose, psychose, tentation de saint Antoine, perversions, cauchemars... Quel est votre programme?

— Aucun.

— Que recommandez-vous?

— Rien.

— Vous n'existez plus?

— Pour les radars du piston, non.

— Et alors?

— Disparition du *il faut*. Gratuité et respiration normale. Plus d'asthme.

— Asthme?

— Argent-Sexe-Terreur-Hystérie-Mort-Enfant : ASTHME. Immortalité de l'Asthme!

— Mais le sérieux de la vie humaine? Son tragique profond?

41

– Propagande.

– La misère, la maladie, la pauvreté, l'agonie?

– Ça s'arrange.

– Mais l'enfer?

– Comique.

– L'enfer, comique? Ah, blasphème! Monumental, absurde, insupportable, impardonnable, radical, central! Vous êtes le Diable!

– Peut-être.

– D'où votre attachement paradoxal au Saint-Siège?

– Eh, eh.

Quels enfants! Comme ils y croient! C'est tour à tour crispant, amusant, touchant, horripilant, assommant, et, de toute façon, incurable. On rêve d'un livre qui pourrait les réveiller. Par exemple, celui-ci : « Un ouvrage d'une gaieté infernale qui semble écrit par un être d'une autre nature que nous, indifférent à notre sort, content de nos souffrances, et riant comme un démon ou comme un singe des misères de notre espèce humaine avec laquelle il n'a rien de commun... » Le titre! Le titre! L'auteur! *Candide*, Voltaire. Le jugement? Madame de Staël, 1820. Voici donc le sujet le plus actuel, le plus vivant, le plus insolite, le plus vrai, le plus scandaleux, le plus à contre-courant et le plus révolutionnaire de cette fin de siècle : Voltaire au service du pape. « Clément, vous exagérez! » – « Le moment est venu! Sûr! Historique! » – « Personne ne vous soutiendra! » – « Je m'en flatte. »

Comme ce sont des enfants, et qu'ils le restent, l'Église leur parle comme à des enfants. Elle prend le taureau par les cornes, ou plus exactement la vache par les pis, c'est-à-dire le fantasme féminin à quatre-vingt-dix-neuf pour cent : le baby. Est-ce un hasard si les nouvelles associations de mères porteuses s'appellent *Mater cordis* (merci Vierge Marie), *Alma Mater* (bonjour, université) ou *Les cigognes* (salut les fables)? Le sexe entraîne, dans la nébuleuse humaine, culpabilité, aveuglement, ressentiment, haine, doute, désir de vengeance, dépression, angoisse, malheur? Il est secrètement maudit par l'écrasante majorité des femmes qui ne pardonneront jamais à leur mère de ne pas les avoir rendues capables de faire pipi dans un lavabo? Droit au but, donc. Le sexe demande réparation : money, baby. On prend l'éternelle petite fille découvrant avec stupeur et indignation qu'elle n'aura peut-être jamais de machin extensible, refusant de le croire, protestant contre cette suprême injustice de toute son âme et de tout son asthme, et le tour est joué : baby and money for ever! C'est le cran d'arrêt, la butée, le levier-messie, la ligne d'horizon et de fuite, la cicatrice animée, le point de suture, le trompe-l'œil infaillible, la fêlure, la cassure, la craquelure, la fissure, la doublure fourrée, la serrure, le progrès enfin démontré. Elle veut, Dieu le veut, Lui doit pouvoir. De cela, il faut qu'il se sente en dette. Par définition, il est débiteur. Cet organe est-il d'ailleurs si précieux, si extraordinaire? Même pas. Il a été honteusement surévalué, n'ayez donc pas peur de le perdre, pauvres petits, laissez tomber, voilà, vous allez mieux, vous êtes guéris. Encore quelques soubresauts? Des tremblements de révolte? Cause perdue, sans espoir. Tout le monde, en réalité, suit ou imite l'Église, raison pour laquelle il est intéressant de se demander ce que veulent exactement ceux qui la combattent. Eh, Watson, lumineux : se mettre à sa place, « en mieux ». Contrôler le poulailler universel, dressage de la poule et de l'œuf. J'ai vécu, j'ai vu, j'ai connu, j'ai voyagé, j'ai participé, j'ai revu, j'ai reconnu : pas d'exception à cette loi sommaire. Elle exige maintenant, pour des raisons économiques, d'être carrément rationalisée et rentabilisée, voilà tout. Réfléchissez : en évoquant la grande foule des fœtus gâchés, gaspillés, cette population virtuelle du globe, ces millions d'humains *en moins* au départ, le pape convoque la plus grande armée, celle des ombres. Il se place en plein placenta, il fait cauchemarder les chaumières. Tous ces bébés évaporés (peut-être de futurs génies); tous ces berceaux inemployés, talc, bavoirs collerettes; tous ces guili-guili ravalés; tous ces anges pleurants innocents! « Mais nous sommes déjà trop nombreux! Les immigrés nous submergent! » – « Justement, vous ne faites pas assez d'enfants! Vous disparaîtrez! – « Mais on ne sait déjà plus où se mettre! » – « Renfermés égoïstes! Exploiteurs cyniques! Pilleurs des dés-

hérités ! » – « Mais les femmes demandent elles-
mêmes à décider ! Leur propre substance est en
cause ! » – « Montrez-moi une femme qui ait été réellement heureuse d'avorter ! » – « En voici trois
mille ! » – « Je veux en voir trente millions ! » – « So-
phisme ! » – « Brutalité élitiste ! »

Ici, nous retombons, comme d'habitude, sur la Bible. Ah, le roc ! « Croissez et multipliez ! » – « Une seconde ! Cette obligation ne s'applique qu'aux enfants
d'Abraham ! » – « *Vous êtes* un enfant d'Abraham ! »
– « Moi ? » – « Nous avons étendu la vérité à tous,
c'est plus démocratique. » – « Vous noyez le poisson !
Vous voulez diriger la baleine ! » – « Antisémite ! » –
« Peuple battu aux élections ! » – « Antéchrist ! » –
« Antéchrist vous-même ! » – « Négateur de Shoah ! »
– « Méconnaisseur de Messie ! Oh non, pardon, ré-
concilions-nous, reconnaissons nos fautes ! » – « C'est
vous, la faute ! Pas nous ! » – « Je reconnais ma faute,
ma très grande faute, mon atroce, malheureuse et
peut-être aussi mon heureuse faute !... Cela dit, nous
sommes tous fautifs ! » – « Ah non ! » – « Ah si ! Tenez, je me jette à vos genoux, j'embrasse vos orteils,
je m'abaisse. Abaissez-vous vous-même ! » – « À
d'autres ! Hypocrite ! Machiavel ! Satan ! Jésuite !
Clausewitz ! » (Tumulte.)

« Il s'adressa ensuite à un homme qui venait de
parler tout seul une heure de suite sur la charité dans
une grande assemblée. Cet orateur, le regardant de
travers, lui dit : " Que venez-vous faire ici ? Y êtes-
vous pour la bonne cause ? – Il n'y a pas d'effet sans

cause, répondit modestement Candide, tout est en-chaîné nécessairement et arrangé pour le mieux. – Mon ami, lui dit l'orateur, croyez-vous que le pape soit l'Antéchrist ? – Je ne l'avais pas encore entendu dire, répondit Candide ; mais qu'il le soit ou qu'il ne le soit pas, je manque de pain. – Tu ne mérites pas d'en manger, dit l'autre, va coquin, va misérable, ne m'approche plus de ta vie. " La femme de l'orateur, ayant mis la tête à la fenêtre et avisant un homme qui doutait que le pape fût antéchrist, lui répandit sur la tête un plein... Ô Ciel ! à quel excès se porte le zèle de la religion chez les dames ! »

De telle sorte qu'on ne devrait plus dire « né » mais « non-interrompu » ou « non-avorté ». Vous avez été non-interrompu à quel endroit ? Quand ? Ah, c'est drôle, nous sommes très proches et presque de la même année. De quel signe êtes-vous ? Vierge-taureau ? Moi, c'est scorpion-balance. Attendez que je demande à l'ordinateur si nous sommes faits l'un pour l'autre. Hélas, pas du tout. Après « non-interrompu », on dira d'ailleurs simplement « in-duit ». Vous avez été induit dans quel Service ? Avec donneur connu ? Anonyme ? Bon quotient intellec-tuel ? En une seule fois ? Moi j'ai été difficile ! Dix fois !

Dans la clinique où Jeff a été accouché, je me sou-viens, il y avait un drôle de silence, odeur d'après les odeurs... Les manipulations devaient avoir lieu à l'étage du dessus, on voyait passer des femmes un peu gênées, c'était encore le début du Programme... Le marché du genre humain balbutiait, initiatives brouillonnes, expérimentations sur les sujets socialement peu protégés, euphorie de la libre entreprise... Pas d'omelette sans casser des œufs, n'est-ce pas? Maintenant, oubliez tout, regardez-moi dans les yeux, suivez mon regard, répétez après moi : « Rien ne s'est passé. » Allons, une passe magnétique supplémentaire, observez mes doigts, là, mon pendule invisible, comptez lentement jusqu'à vingt, voilà, vous vous détendez, vous êtes comme un bouchon sur l'eau, vous somnolez déjà, vous effacez en vous ce que vous avez cru voir, comprendre, sentir, ces visites insolites, ces malaises subits, ces sollicitudes plus qu'étranges... Répétez : rien ne s'est passé, tout est normal, détachez mieux les syllabes, rien ne s'est passé, rien n'a eu lieu, il n'y a pas de passé, j'ai trop d'imagination, tout est normal, TOUT EST NORMAL! Non? Comment, non? Vous êtes toujours là? Vous n'arrivez pas à dormir? Quel culot! Écoutez, vous devriez faire une psychanalyse. Si, si, vous n'allez pas bien, vous interprétez trop, vous avez dû être très effrayé autrefois, allons, laissez-vous aller, ouvrez-vous, confiez-vous, convivialisez-vous... Non encore? Conservateur! Taré! Hétérosexuel! Anarchiste! Terroriste! Raciste! Fasciste!

On est social ou on ne l'est pas. Quand on n'a pas la fibre, prudence. C'est, au fond, la seule chose que j'essaye de transmettre à Jeff, enseignement blanc, indirect, allusif, langue de la forêt père-fils, dans les intervalles... Silences et ponctuations... Je le regarde se déplacer dans son immense petit monde, déjà sans illusions, en réalité : d'un côté protéger son cercle enchanté, de l'autre, ruser, obtenir... Ce sont les mères qui se font des idées sur la vie, les hommes qui en ont, des idées, ne sont jamais que les appendices de leurs mères... Ah, elles y croient, à la vie, à sa justification innée, avant de convenir plus tard, beaucoup plus tard, sur la fin brouillée du parcours, que, finalement, tout ça... Lorsqu'elles confondent les prénoms de leurs enfants, de leurs petits-enfants, de leurs petits-petits-enfants, et surtout, comme par hasard, ceux des mâles... « Éric ! Non, Pierre ! Non, Bernard, Samuel, Patrick, Christian !... » Au point qu'on peut se demander si un homme peut vraiment arriver à exister pour une femme en tant que *celui-là*, pas un autre... Ecce homo : tollé !... Oui, oui, *celui-là*, pas le prototype, le schéma, l'abstraction... Les hommes, ça leur échappe... Un homme, sa mère dit toujours plus ou moins de lui, comme d'un lapsus : « Ça m'a échappé »... L'archange Gabriel à la Vierge Marie : « Écoutez, vous allez concevoir, venant de Dieu, un lapsus mémorable. » – « Quoi ? » – « Pas un organe, un *homme*. » – « Pas possible ! » – « Vous n'acceptez pas ? » – « Si ! si ! » – « Vous serez rétribuée par une superbe *Pietà*, je discerne déjà dans l'avenir l'artiste qui la sculptera, cadavre exquis de votre fils-dieu-père légèrement allongé sur vos genoux. Juste le temps de poser, hein, vous ne pourrez pas garder le corps, il doit ressusciter et monter au ciel. » – « C'est dur. » – « Sans doute, mais, par la suite, vous monterez vous aussi au ciel avec votre vrai corps d'aujourd'hui. » – « Mon corps ? Mais que voulez-vous que j'en fasse ? Il me déplaît, il me gêne, j'ai encore grossi ces temps-ci. » – « Vous serez réparée là-haut, très belle, éternellement. » – « Hum. » – « Toujours vierge, jeune, belle, blanche, bleue, rayonnante et toujours plus belle, couronnée du soleil, des étoiles, objet d'une adoration perpétuelle, faisant des miracles, apparaissant même de temps en temps aux mortels. » – « Vous allez trop loin. » – Pas moi, mais Dieu votre père qui a besoin de devenir votre fils pour être pleinement père dans son omnipotence, sa munificence, son insondable présence, son incomparable distance. » – « Bon, mettons. »

J'aime écrire, tracer les lettres et les mots, l'intervalle toujours changeant entre les lettres et les mots, seule façon de laisser filer, de devenir silencieusement et à chaque instant le secret du monde. N'oublie pas, se dit avec ironie ce fantôme penché, que tu dois rester réservé, calme, olympien, lisse, détaché ; tibétain, en somme... Tu respires, tu fermes les yeux, tu planes, tu es en même temps ce petit garçon qui court avec son cerf-volant dans le jardin et le sage en méditation quelque part dans les montagnes vertes et brumeuses, en Grèce ou en Chine... Socrate debout toute la nuit contre son portique, ou plutôt Parménide sur sa terrasse, ou encore Lao-tseu passant, à dos de mulet, au-delà de la grande muraille, un soir... Les minutes se tassent les unes sur les autres, la seule question devient la circulation du sang, rien de voilé qui ne sera dévoilé, rien de caché qui ne sera révélé, la lumière finira bien par se lever au cœur du noir labyrinthe. Le roman se fait tout seul, et ton roman est universel si tu veux, ta vie ne ressemble à aucune autre dans le sentiment d'être là, maintenant, à jamais, pour rien, en détail. Ils aimeraient tellement qu'on soit là *pour*. Qu'on existe et qu'on agisse *pour*. Qu'on pense en fonction d'eux et *pour*. Tu dois refuser, et refuser encore. Non, non et non. Ce que tu sais, tu es seul à le savoir.

C'est le matin, à présent, le vent a cessé, les nuages blanchissent. Judith et Jeff sont au village. Toujours pas de nouvelles ? Frénard, à Rome, a donc trouvé la parade. Ma note a, une fois de plus, replongé dans le coffre-fort du temps. « Enfin, Clément, vous n'êtes pas en mesure d'évaluer si la révélation d'un fait de cette importance serait positive ou négative. Ou alors, le fait de parler, d'écrire, de publier aurait une valeur *en soi* ? Mais, même dans ce cas, le principal intéressé est seul capable d'en juger, n'est-ce pas ? Vous n'êtes pas plus royaliste que le roi ? Plus papiste que le pape ? Et, d'ailleurs, *comment* et *où* voudriez-vous vous exprimer ? Je serais curieux, extrêmement curieux, de le savoir. »

Soit.

Encore Frénard : « Ils vont à un non-sens généralisé, et ils le savent. Mais ils ne peuvent pas faire autrement. Accumulation, engrenage. Tonnes de tonnes de tonnes. Ils savent aussi que nous savons et que nous savons qu'ils savent que nous savons. Tourniquet. Après tout, ce n'est pas la première fois. »

— À ce point ?

— Quand vous aurez dit que la conjoncture, de mondiale, est devenue planétaire, vous n'aurez pas avancé grand-chose. Première fois sur la planète ne signifie pas forcément dernière. L'Apocalypse a toujours été un mauvais calcul. Vous devriez reprendre vos études de théorie stratégique. Reprenons : où en êtes-vous, *vous* ?

On marchait dans les jardins, après la réception diplomatique. Neuf heures du soir. La lune brillait derrière les pins. J'avais l'impression d'être déjà là-bas, loin. Une silhouette en smoking a surgi derrière un massif : « Alors, on complote ? » C'était Marc, un verre à la main. Frénard, aussitôt, dans un souffle : « Quel crétin. »

Plus tard, moi :

— Comment êtes-vous arrivé ici ? Je ne vous l'ai jamais demandé.

— Comme vous, je suppose. Rejeté de partout. Doué pour rien d'autre. Élection négative (rire). Pente vers la gratuité ? Faille enfantine ? Je parie que vous avez longtemps cru que tout le monde comprenait ce à quoi nous faisons allusion ?

– J'avoue.

– Ça ne rate jamais! Les grands naïfs ensemble!

Mais un moment après, sérieux :

– Laissez-vous infiltrer, ne réagissez pas. Il faut qu'on vous croie perdu, tenu, circonscrit, récupéré, abruti, abattu, fourbu, abusé, accroché, exténué, surfoutu. Veinard, vous aurez sans doute droit à la danse des sept voiles, aux sensations-chocs bacchanales, à la grande orgie des replis! Ne nous contactez pas. Prenez le temps qu'il faudra. Vous connaissez la blague : le type envoyé autrefois en Russie, pendant la révolution, aucune nouvelle pendant vingt ans, on le croit déporté, fusillé, incinéré, et, un jour, le télégramme : « J'ai la majorité au Comité central. Attends instructions. » Quand vous vous sentirez fini, encerclé, abandonné et désespéré (rire), pensez à ceux qui sont en Inde, en Chine, en Afrique, en Amérique du Sud, dans tous les coins impossibles. En prison, torturés, malades, mourants, au secret. Vous verrez, ça retape immédiatement. En pleine mégapole, avec l'eau courante, l'électricité, les ascenseurs, l'avion, le téléphone, la radio, la télévision, le fax, les computers, toute la nourriture et toutes les boissons du monde, vous vous plaindriez? Vous auriez des états d'âme? Trouvez-vous grotesque au moins deux heures par jour. Marionnette privilégiée et bavarde. Lisez un peu Ignace, ne serait-ce que pour vérifier son genre de folie... Les torrents de larmes pendant la messe... Tiens, pleurez aussi de temps à autre, ça fait du bien. Nous ne savons pas si toute cette histoire va dans quelque direction que ce soit (et d'ailleurs tout semble prouver que non) mais il y a toujours un moment vertical, un point incalculable où vous voyez que oui... Vous éprouvez que... Sinon, chaos, néant, indicible, rêve... Or *le non-être n'est pas*...

J'ai bien entendu? Parménide, tout à coup, dans le discours de Frénard? Sous la lune? Au Vatican? Parménide by night? Il a fait de la philo autrefois? Un « présocratique »?

— Pourquoi *présocratique*? Comme si tous les chemins devaient mener à Socrate! Encore les embarras des philosophes... J'en ai reçu un hier, quelle misère. Il ne savait pas comment sortir d'une affaire privée élémentaire. Enfin, passons... Quoi? Vous préféreriez être écrivain? Romancier? Poète? La charlatanerie de la région vous tente? De nos jours? Quand plus rien d'écrit ne compte? Quand toute publication est contrôlée à l'avance? Vous êtes drôle... Dommage que Greene soit mort, je vous aurais présenté... Ce n'est pas votre tasse de thé? Ah bon... Remarquez, je n'y connais pas grand-chose. Cela dit, y a-t-il une vie plus passionnante que la nôtre? Sincèrement? La manière de percevoir le temps et l'espace? Regardez ce qui s'est passé en un siècle, là, 1900-2000. Un type qui meurt en 1900! Et nous, par rapport à 3000? Nous ne pouvons rien imaginer. Cependant, la science...

— La science n'a rien à voir là-dedans.

— Mais si, mais si, la relativité généralisée, mon vieux! Conduisant à la Simulation sans fin... Dont

nous sommes l'opposition! La séparation cruciale!
Inviolable! La science va nous *prouver* indéfiniment
en croyant faire le contraire! N'est-ce pas beau?

On a été interrompus par le signal de la fermeture
des grilles. Les derniers invités s'en allaient, les gardes ratissaient les jardins avec leurs chiens... Au passage, Nancy m'a pris par la main, m'a entraîné rapidement derrière un bassin pour me souffler à
l'oreille, comme elle aime le faire dans les endroits
publics : « À bientôt, j'ai très envie de saloperies. »
Elle s'est arrangée pour que Gail nous voie de loin, ça
l'excite. Elle aime changer de voix dans sa voix, elle
sait que j'aime l'entendre comme elle s'entend elle-
même à ce moment-là, ton bas, précipité, altéré.
D'où Gail, au retour :
— Tu ne comprends rien. Nous ne sommes pas ici
pour chercher quoi que ce soit, mais pour sélectionner et transmettre. Il n'y a rien à chercher. Toute
question est une preuve de faiblesse mentale, une
faute professionnelle. Rien à trouver, rien à révéler,
et même si tu avais une énormité à sortir, il n'y aurait
personne pour l'imprimer, la diffuser ou la recevoir.
Les rares qui ont essayé, la plupart du temps par vanité, ont passé pour fous, se sont suicidés, ont eu un
accident ou bien ont fini obscurs, bâillonnés et dans
la misère. Ce ne sont pas mes intentions. Si tu in-
sistes, mieux vaut ne pas se voir.

54

J'aurais pu répondre à Gail que si elle s'était intéressée à moi, c'était précisément *à cause* de mes intentions. Mais à quoi bon? Elle :

— Que voulait Nancy?

— Je n'ai pas compris. Rentrer à Paris, sans doute.

— Elle commence à être brûlée ici. Elle te drague?

— Mais non.

Bien sûr que si. Et dès mon arrivée, en plus. Petite personne rapide. Pendant le dialogue avec Gail, la télévision donnait, je m'en souviens, la fin d'un film anglais sur les dinosaures. Je me suis demandé un instant s'il avait été diffusé en France. Si Judith et Jeff l'avaient regardé. Les images suivantes étaient celles de la guerre en Bosnie, mais les avions auraient pu aussi bien bombarder n'importe quel pays, n'importe quelle ville. Sur une autre chaîne, le pape, encore lui; les Russes, encore eux, les Américains sans cesse eux. Et puis encore le pape, reportage spécial, seul détail à noter, il emploie deux fois de suite le mot *surveiller*. « Je surveille les caméras », dit le journaliste affairé et content de lui. « À moins que ce ne soient elles qui vous surveillent », répond-il. Et, dans la foulée (gros plans sur les gardes du corps, les carabiniers sur les toits, les inspecteurs en civil un peu partout) : « On est vraiment très surveillés. » Genre : « C'était mon message personnel. » Rieur, crevé, résigné au-delà du souci. Faisant son travail. Et une messe de plus, une. De la répétition répétée dans la répétition des répétitions. Vous innovez, paraît-il, moi je me répète. Et cent morts au moment même. Ou mille. Et deux mille naissances. Et quatre-vingt-dix-neuf avortements. Et mille et trois coïts, dont sept cents à spermatozoïdes captés. Et cinquante inséminations directes ovulantes. Baptêmes, mariages, enterrements, cris, soupirs, confessions cachées. Et toujours la *Pietà* dans sa cage de verre à l'épreuve des balles.

— Jean, tu m'écoutes.

— Mais oui.

— J'ai parfois l'impression que tu deviens sourd. Tu sais quel est le mot que tu emploies maintenant le plus souvent?

— Non.

— *Comment.*

— *Comment?*

Il est vrai que je ne sais plus trop comment ils arrivent à s'entendre dans ce bruit d'enfer... Gail n'a pas tort : nous n'existons pas pour poser des questions, mais pour repérer, choisir, relayer, renvoyer... Elle discerne, met de côté, souligne, résume, communique. Excellent appareil, excellent agent. Qu'est-ce qu'il a, Clément? Fatigue? Soucis personnels? Liaison perturbatrice? Dettes? Quoi? « Vérité »? C'est bien ce que je pensais : il s'use. Tout le monde s'use un jour ou l'autre, même les plus éprouvés. « Comment? Même Clément? »

À Sofia, les archives concernant l'attentat comprennent cent vingt-sept volumes de deux cent cinquante pages chacun. La commission qui doit les examiner, composée de chercheurs et d'hommes politiques (comme disent pudiquement les dépêches d'agences), est présidée par le directeur du Centre pour la démocratie de Washington, Allan Weinstein. Des photocopies doivent être envoyées à la bibliothèque du Congrès des États-Unis. Voilà, vous avez l'information officielle, vous êtes rassurés, et celui que ce communiqué fait sourire ne peut être que foncièrement dérangé. Comptons : trente et une mille sept cent cinquante pages. Si obscures! Si embrouillées! Bible des temps modernes! Nouveaux manuscrits de la mer Morte! Bouillie des codex! Mystère des Pyramides! Énigme des Templiers! Elles seront, certes, déchiffrées un jour, et selon le prix de ce jour. Trente mille pages, alors que ma note, ma petite note perçante, peut se résumer en trente lignes! *Autant en emporte le vent* contre le mince cahier d'écolier qui contient la bouleversante pensée de Parménide! Lutte inégale, reconnaissez-le. Goliath contre David. Sa Sainteté devrait demander au Saint-Esprit de me donner un coup de main. Elle doit être seule, ce matin, si tôt, dans sa chapelle, Sa Sainteté, avec ce mal d'intestin persistant qui préoccupe ses médecins. « Arrêtez les caméras! Il prie. » – « Même quand il prie, il est menacé. » – « Vous voulez dire : dangereux? » – « Dangereux pour quoi? Pour qui? »

Le 13 mai 1981, j'étais à Venise. Il pleuvait. J'ai marché dans les ruelles une partie de la nuit, il y avait eu des élections en France mais je ne me sentais pas le moins du monde français. La Centrale était débordée, même les numéros ultra-rouges, impossible de joindre Frénard. J'ai pris l'avion pour Rome le lendemain matin. Frénard m'a reçu froidement cinq minutes en fin d'après-midi : « Votre présence n'est pas nécessaire. » Gail était à New York, Judith et Jeff à Londres. Je n'oublierai pas ces heures-là.

Un autre récit pourrait être constitué uniquement des intrigues autour de la clinique. Fallait-il le laisser vivre ou pas ? C'est là que les choses se sont passées par la suite. Il aurait dû mourir là, mais, au dernier moment, le risque a été jugé trop grand, la négociation ayant changé d'angle. C'est fou le nombre de témoins indésirables qui entravent la marche de l'Histoire. Le Contrôle ne se contrôle jamais tout à fait. Dans n'importe quel événement un peu abrupt la faction X exploite immédiatement les premiers résultats de la faction Y, ce qui ne les empêche pas l'une et l'autre de recourir à l'arbitrage de la faction Z, laquelle improvise à mesure. Un joueur d'échecs, même moyen, comprend ces choses, le public, non. Et encore : un joueur d'échecs transposé dans la vie quotidienne est aussi aveugle et crédule, quand ce n'est pas follement superstitieux, que n'importe qui. Un corps qui respire à peine, simple pion sur un échiquier ? De l'inégalité des agonies ? Traité à faire. Quand, à Sofia, justement, le père de Judith est tombé malade, la première information a été qu'on ne donnait plus, en raison de la pénurie générale, de médicaments coûteux aux personnes âgées. Judith a voulu le faire transporter à Paris, mais c'est alors, comme par hasard, que son état s'est brusquement aggravé. Il est mort très vite après une opération inutile. Elle est allée là-bas, et la première chose qu'on lui a dite est que son père devait être incinéré. « Mais il n'aurait pas voulu, il était très croyant. » – « Les enterrements sont très limités. *Vous* pourriez vous faire enterrer, par exemple. Votre mari aussi. » Violence maximale. Avertissement majeur. Elle a donc été obligée de voir *brûler* son père, après qu'on lui a fait clairement comprendre qu'il avait été basculé. « *Vous, votre mari aussi...* » Il était suspect, le père de Judith? Et comment. Je l'ai peu connu, cet homme discret et savant, grand, léger, maigre, les yeux bleus, encore chanteur, à soixante-douze ans, dans le chœur de la cathédrale orthodoxe, érudit en théologie, précis, appliqué, à part. Ancien médecin, mis très tôt à la retraite par les communistes. Une femme juive? Un gendre français? Tiens, tiens. Quoi? *Celui-là?* Avec ce dossier? J'entends la voix incrédule, scandalisée, enfantine de Judith, un matin, au téléphone : « Il est mort! » Elle a pleuré avec violence, mais pas longtemps, comme à la guerre. Jeff demande de temps en temps où est « grand-père de neige » parce qu'il est allé une fois dans les Alpes, en hiver, avec lui. La réponse correcte est : « paradis ». Le paradis est nécessaire. « Où c'est? » – « Au ciel. » – « Mais où? » – « Très haut. » Judith, qui ne croit à rien, et pour cause, a pourtant fait dire une bénédiction orthodoxe à Paris. Cela aussi a été surveillé, pas de surprise.

Gail :

– Ton beau-père est mort à Sofia?

– Oui. Ulcère à l'estomac banal. Opération douteuse.

– Tu le connaissais?

– Un peu. Un homme cultivé.

– Sa femme est toujours là-bas?

– Oui. Si c'est ce que tu veux savoir, elle est juive.

– Consciente?

– Je ne crois pas, mais quelle importance? Longue histoire.

– Ils étaient communistes?

– Non. Surtout pas lui.

– Anticommunistes?

– Même pas. Ou alors, comme tout le monde.

– Je vois.

Oh non, tu ne vois pas! Tu ne vois et tu ne verras que ce qui touche ton corps. Chaque fois un corps, et un seul, c'est tout. Ce corps-là. *Hic est.* J'avais été stupéfait, en visitant une fois Notre-Dame de Paris avec le père de Judith, de le voir brusquement prendre Jeff par la main et se mettre dans la file des fidèles allant communier dans l'allée centrale. *Hic est corpus.* Sans commentaires. Judith, ironique, pendant qu'ils revenaient tous les deux vers nous (seul le vieux avait avalé son hostie, Jeff était trop petit pour y avoir droit) : « Après tout, ça ne peut pas faire de mal? »

L'association *Nature et fertilité* – lumière verte de notre temps, gynéco-écologie du futur! – peut satisfaire les candidates à l'insémination sur simple demande. Son président s'appelle, je n'invente rien, *Dufretin*. La dose – trois paillettes – coûte trois cent cinquante francs, remboursés par la Sécurité sociale. Ce qui donne lieu à ce beau courrier de la part d'Anne-Marie, biologiste, directrice du laboratoire Schuh (*shoe!* soulier de satin! chaussure pied mutin! satan transvagin!) : « Nous avons un petit stock de paillettes en dépôt et pouvons répondre à vos besoins, soit de paillettes complètes pour les inséminations intracervicales, soit de sperme décongelé pour les inséminations intra-utérines ou intrapéritonéales. Bien entendu, nous assurons la recherche de l'antigène HIV (sida) directement sur chaque échantillon. » Le Centre d'études de conservation du sperme et des ovocytes émet des réserves sur ce commerce direct. Mais ce n'est là qu'une nouvelle péripétie de la concurrence acharnée entre organes publics et privés. Les organes publics prélèvent le sperme d'hommes mariés et pères de famille, technique popote qui, pour les clientes, allonge considérablement les listes d'attente. *Nature et fertilité,* en revanche, Anne-Marie Schuh s'en explique, recrute des donneurs « parmi de jeunes universitaires, ce qui est un gage de qualité quand on sait que le sperme est plus actif chez les hommes de vingt-cinq à trente ans ». Et toc! Nos étalons sont meilleurs! Plus dynamiques, moins engoncés, plus frétillants-disponibles, plus diplômés, *plus universitaires*! Voilà donc, du même coup, résolue la question des bourses d'études! La sélection de ces jeunes gens (miam!) jadis turbulents, instables, voire, parfois, carrément révolutionnaires, est un devoir d'intégration sociale et démocratique. Tiens, une affaire pour Nancy! Comment sont-ils repérés! Pendant les cours? À la sortie? D'après leurs qualités gymnastiques? Leur orthographe? Leurs idées politiques (j'espère qu'ils sont tous fraternels et antiracistes, aimant la nature et les fleurs, mais ayant aussi le sens de l'autorité et de l'entreprise, avec même un soupçon de défense de l'identité nationale qui ne les empêche pas d'être des Européens convaincus, mondialistes et cosmopolites)? Examine-t-on leurs capacités philosophiques (« Dites-moi, en trois minutes, comment vous interprétez *Le banquet* de Platon »)? Prend-on soin d'éviter toute contagion confessionnelle et surtout athée (je ne parle pas du vieux déchet marxiste)? Transmet-on au hasard (je prie pour que ce ne soit pas le cas) du catholique, du protestant, du juif, de l'orthodoxe, du musulman, du bouddhiste, du laïco-mystique ou encore de l'homosexuel séronégatif? Élimine-t-on consciemment (je le souhaite) les pervers catalogués, les obsessionnels endurcis, les paranoïaques latents, les maniaco-dépressifs définitifs? N'y a-t-il pas un tri de second choix pour les abonnées de *Lesbia*? La durée et la conviction de l'éjaculation sont-elles prises en considération? Sa fébrilité? Son abondance? Classe-t-on les paillettes en « masturbation spontanée, aptitude au fantasme » ou en «frottage épaulé, gadgets pornographiques nécessaires »? Si j'étais cliente de PMA (Procréation Médicalement Assistée, comme on dit PME, Petites et Moyennes Entreprises, ou PMU, Pari Mutuel Urbain), j'exigerais la substance la plus monothéiste venue du plus profond de l'individu, sans pollution visuelle. Mais l'imaginaire? Est-il répertorié? Classé? Hiérarchisé? Ces garçons arrivent-ils au spasme libérateur et reproducteur de leur marchandise liquide par simple invocation cérébrale à la Nature, à la Fertilité? Ne s'y mêle-t-il pas, hélas, presque toujours, une pensée impure, douteuse, saugrenue, et souvent franchement abjecte? On aimerait croire que non. Les donneurs sont-ils au moins éduqués dans ce sens? Ce serait plus P.C., politiquement correct, populairement conforme. Anne-Marie, deux fois sainte, aidez-nous! Le fruit de vos paillettes est béni! Vive l'entreprise privée, jeunesse, quantité, rapidité, qualité! Vive la Vie, et merde au pape!

Scène à la Molière, dans une clinique chic d'aujourd'hui, en plein cœur du huitième arrondissement, *Élyséesperm*. La cliente qui va se faire avorter croise dans l'ascenseur celle qui va se faire inséminer : « Bonjour madame Delovule! » – « Bonjour madame Destrompes! »

Frénard, raide : « Il paraît qu'il aime beaucoup le ton sarcastique de vos rapports. Il trouve que vous avez du talent, et vous le faites rire. Mais n'en faites pas trop. »

Nancy :

— Tu crois que les infirmières les branlent?

— Je suppose que ça doit arriver. Rarement.

— Comme ça?

— Peut-être plus vite. Ça doit dépendre du type.

— Comme ça?

— Il y a des chances.

— Elles leur donnent l'argent en même temps?

— Peut-être.

— Elles leur agitent les billets sous le nez? Leur *paie*? Comme un sucre donné à chien-chien Médor?

— Pourquoi pas?

— Tu crois qu'elles le font à deux? L'une avec un tee-shirt *Nature*? L'autre avec un slip *Fertilité*?

— C'est possible.

— Tu penses qu'elles en gardent un peu pour elles quand le type leur plaît? Pour leurs amies? Qu'elles revendent le meilleur au marché noir? Avec *notice*?

— Téléphone arabe.

— Et si elles trichaient? Négociant un tocard comme étant un aigle?

— Toujours plus drôle.

— Je vous ai réservé un extra? Gentil, mignon, timide, costaud, pas con du tout, très fort en opérations financières?

— Futur directeur de la transfusion généralisée,

accoucheur ou gynécologue, encore mieux. Circularité plus vicieuse.

– *Le corps médical?*

– Voilà!

On n'imagine pas une association *Culture et stérilité.* Quoique... Je devrais en rédiger les statuts à destination du Saint-Siège, dont c'est la vocation, en somme... Le corps ecclésiastique et les ordres religieux seraient peut-être intéressés... Sauf que nous sommes sans cesse renvoyés sous la coupe d'un Dieu unique créateur et fertilisateur, obligatoirement confondu avec la Nature... On n'en sort pas, sauf avec cette tentative si mal comprise de court-circuiter à l'infini Dieu lui-même en trois personnes, l'Incarnation n'étant en réalité qu'une Contraception formidable et inadmissible, d'où le déluge de contresens et d'animosité qui en recouvre l'intention déclarée. Scandale majeur! Blasphème épouvantable! Contrecarrer, dans le flot humain, le plan de la génitalité divine, n'est-ce pas là le projet diabolique lui-même? Le brave Christ n'en finit pas d'être traité de super-Diable par les religieux de son clan, et ça se comprend... « Avant qu'Abraham fût, je suis »... Hou! Il prétend qu'il était déjà avant notre géniteur à tous! Honte! Pierres! Convulsion! Rejet!... « Ils m'ont haï sans cause »... Tu parles! Pour cause de Cause!

Ah, c'est compliqué. Je fabrique artificiellement la nature, je développe la fertilité, j'interromps si je veux le cours dit naturel, je surplombe la nature, j'y creuse ma tombe, je descends à la cave enterrer les fœtus que j'ai engendrés au grenier, mais ces milliers de graines investies pour rien ou, pire encore, ressuscitables, ont tendance à me donner la migraine. D'autant plus que j'en suis moi-même issu, paraît-il. Il faudrait que j'interroge Mother un peu plus que je ne l'ai fait, mais c'est désormais impossible, elle est très malade, pauvre petite, et d'ailleurs elle ne pourrait rien me dire de précis. Pas plus que Father, disparu il y a longtemps, avec discrétion, sans s'expliquer sur ces choses... Les enfants restent sans réponse et font eux-mêmes des enfants pour leur refiler la question... Le parent : « Tu ne sais pas ? Eh bien, moi, je sais. » L'enfant : « Mais tu sais *quoi*, en définitive ? » Le parent : « Je sais que j'ai l'air de quelqu'un qui sait. Pour le reste, ça ne peut pas se dire avec des mots. » L'enfant : « Tout n'est donc qu'apparences ? » Le parent : « Peut-être. » L'enfant : « Tu m'as donné la vie pour reproduire une illusion ? » Le parent : « Oh, oh, attention, il y a l'Amour, Dieu, le Messie, l'Histoire, la Société, la Science, l'Idéal, la Connaissance, le Progrès, la Croissance. » L'enfant : « Et l'Argent ? » Le parent : « Tu m'as coûté assez cher ! Tu préférerais peut-être mourir de faim en Afrique, en Inde, en Amérique du Sud ? Travailler, rachitique, dès l'âge de sept ans dans les mines ? Être vendu comme esclave ? Être engraissé dans la forêt pour être ensuite dépecé et greffé dans les beaux quartiers ? » L'enfant : « Non, non ! » Le parent : « Embrasse-moi. » L'enfant : « Plus tard. »

À qui dois-je donc la vie ? S'agit-il réellement d'une dette ? On veut me persuader, donc, après l'énorme roman divin et familial, que je suis redevable à la Technique de ma modeste mais irréfutable existence ? C'est elle, la Technique, sœur un peu spéciale de la science, qui m'a suscité, provoqué, planté ou laissé subsister ? Dieu et la Mère sont devenus une seule matrice à Calcul ? Le grand Lui fantasque caché derrière Elle, c'était encore Elle ? Tant que je pouvais me représenter comme le résultat de la passion, du malentendu, du hasard, de l'ivresse, du conflit et même de la haine, bref comme une erreur surgie de l'équivoque, de la double entente ou de l'à-peu-près, il me semble que ma liberté était difficile, certes, rude, inaccessible, mais garantie. En revanche, si je suis un résultat technique à désir clairement exprimé, tout vivant et sentant que je sois, mes passions n'ont pas lieu d'être. Si je suis une conséquence des passions (ou, pourquoi pas, du Péché, du Mal), ma raison peut s'exercer en m'appartenant. Si la raison m'a enfanté froidement, sans penser à mal, en n'examinant même pas la possibilité d'un mal, parce que ça en avait envie, que ça se fait et que c'est comme ça, ma raison a un Maître et je ne serai jamais à la mesure de l'acte qui m'a jeté dans la respiration et la perception, je ne peux pas me concevoir comme j'ai été conçu, à la seringue, je peux encore moins pardonner à mon hygiénique Démiurge, lequel s'est pas mal foutu, en empochant ses honoraires, des péripéties ultérieures de ma vie. Je suis bien obligé de penser que j'ai été voulu par le Marché pour la Mort, comme la dernière des croyantes à très sale gueule peut toujours se dire, avec satisfaction, que Dieu l'a voulue. La mort devient, par conséquent, mon contrat naturel et social, au lieu d'être un drame, une ignominie ou une injustice. Mon acte de naissance coïncide avec ma déclaration de décès, et il ne serait pas raisonnable que moi, petite goutte de l'immense vague humaine, j'élève la moindre contestation à ce sujet. « Mais on ne dira rien, tout restera confidentiel et secret. » De pire en pire! Avant, il y avait au moins deux versions, d'ailleurs douteuses et confuses l'une contre l'autre, celle de Mother, celle de Father. Maintenant, il n'y en aura plus qu'une, celle du fichier. Ma mise en embryon résonne comme un couperet. Vous prétendez qu'il en a toujours été ainsi? Mais non, pas du tout, pas le même éclairage. Vous supprimez le mensonge? Vous interdisez la vérité. Vous fixez la vérité sur ce point? Vous généralisez le mensonge. Plus de faux-fuyants, d'alibis, d'excuses, de vertiges, de surplus poétiques, de métaphores, d'approximations, de destin, ou alors, blabla réservé aux demeurés pour la frime. Le nouvel existant n'a plus qu'à idolâtrer sa version chimique. Il est renvoyé à perte de vue sur ce mur : clac! substance a produit substance. Tout le reste, Spectacle. Pas d'effets sans cause! Cause Technique! Cause toujours!

La grande Déesse est de nouveau parmi nous, sans mystère, cette fois, et son humble fille et servante se hâte vers le laboratoire du quartier en serrant contre elle son sac contenant son bon-pour-paillettes dûment numéroté, visé, tamponné, certifié (du moins le croit-elle), qui va la venger de ce sentiment permanent de vide, d'irréalité, de néant, de manque-à-être, de boules dans la gorge, de nausée... Pauvre silhouette courbée! Aux gènes! À l'étable! Au service d'accueil Bethléem! Comme le dit, ces jours-ci, un éditorialiste, sûr de son coup : « À propos de toutes ces questions, Rome a trop parlé. » Très juste. Mieux vaudrait se taire, ou plutôt parler comme il faut. Mais alors, quel champignon atomique! Quel crime contre l'humanité! La bonne nouvelle elle-même! Alléluia! Pas la peine de continuer! Le royaume des cieux est ouvert! Laissez tout tomber! Vivez comme les oiseaux chantent! Hélas! Hélas! Et la production? La Bourse? Les marges bénéficiaires? La publicité? Les grands travaux? La recherche? L'emploi? Le social? Et notre vaste programme fin-de-siècle Bébé-Plus mondial?

L'association *Nature et fertilité* est supprimée? Peu importe, elle renaîtra sous d'autres noms. *Épanouissement et conscience*; *Matière et mémoire*; *Être et temps*; *L'être et le néant*; *La dissémination*; *Les mots et les choses*; *La paille et le grain*;

L'abeille et l'architecte; *L'Œuvre au Noir*; *L'éprouvette à visage humain*; *Naissance à crédit*; *Le cru et le cuit*... Il y aura un Yalta des paillettes, comme il y en a eu un des hypermarchés (le supermarché de Ravensbrück a fait moins de bruit que les carmélites d'Auschwitz), mais le responsable des ravages par virus interposé sera, une fois de plus, le pape, sa responsabilité morale ne demandant qu'à être établie. Condamnant l'avortement contre toute compassion, il bloque la valve des vases communicants, retarde les échanges, ligote l'avenir, emprisonne les femmes, leur interdit le salariat utérin, s'arroge le monopole de la Matrice contre l'Industrie, bref ne veut rien entendre à la nouvelle Ère. Dieu merci, les fidèles sont en grande partie indisciplinés sur ce point (neuf cent six millions de catholiques en cours d'évolution, mais encore huit cents millions de musulmans problématiques). Tiens, des graffitis viennent d'apparaître sur les murs de Belgrade : « Vatican, État satanique. » Bien vu. Le ministre italien des Affaires étrangères, lui, un socialiste, est un homme agité de projets divers, tous plus modernes et coûteux les uns que les autres (ce qui rend le dessous de table tournante extrêmement rentable). Sa dernière idée : un métro sous Venise, un funiculaire au-dessus de la place Saint-Marc. Agacé par les réticences apostoliques, il dénonce « le lobby pro-croate du Saint-Siège ». À quoi *Famiglia cristiana* – magazine populaire, sirop de sacristie – répond que cinq ministres sur sept de la Communauté européenne sont francs-maçons avec

70

des visées à l'Est. Boum! Et vogue la galère! Le dernier grand show est une soirée télévisée contre la Mafia organisée par la Mafia elle-même, à Palerme. Comme les visages sont tendus! Graves! Pénétrés! Le reportage, surtout, est démonstratif : on y voit abondamment des gens terrorisés fermer leurs portes et refuser de parler, des petits bonnets arrogants derrière leurs comptoirs, tandis que les commentateurs, eux, n'arrêtent pas de discourir à toute allure pour noyer un poisson qui, de toute façon, n'a jamais été là. Voulez-vous un fait divers strictement authentique? Une fille de treize ans jette le bébé dont elle vient d'accoucher en secret par la fenêtre de l'appartement de ses parents. Il s'écrase sur le macadam, dix mètres plus bas, encore entouré de son cordon ombilical. Il aura vécu dix minutes. Pour les assassinats courants, ouvrez votre journal, c'est page trois. « Vous êtes pour la liberté dans tel pays? » — « En principe, oui, mais ça dépend du nombre de morts couverts par l'information. » — « Chaos, crise, krach? » – « Excellent. » – « Pourtant, la publicité ne redémarre que très lentement. » – « Effet d'optique. Tout est publicitaire. Vous vous rappelez la tragédie d'avant-hier? » – « À peine. » – « Vous voyez bien, tout ne va pas si mal. »

Inséminés du futur, n'ayez le cœur contre nous endurci... Euthanasiez-nous en douceur... Dinosaures nous sommes, soit. Conçus dans la promiscuité d'un coït banal, pas forcément voulu, mal partagé, oblique, obtus, balbutiant, bégayant, ou, au contraire, trop rapide, explosif, abusé. À l'ancienne, quoi! À la primitive caverne! Songez, ô robots mutants des labos, qu'il a pu être exaltant de penser à la première personne du singulier non encore collectivisée. Je me dois ma vie? Elle est à moi? À moi seul? Elle n'appartient ni à Dieu, ni à la Mère universelle, ni au Cosmos, ni à la Chimie, ni à mon Employeur, ni à ma Famille, ni à mes Amis, ni à la Télévision? Comme c'est intéressant d'être venu jusqu'ici, de s'être frayé un improbable passage pour rien à travers la forêt obscure! Quel hasard enivrant! Quel coup de poker!

— Les inséminés du futur, comme vous dites, exigent un vrai roman.

— Familial? Et pour cause! Le best-seller permanent de l'avenir : *À la recherche de la famille perdue*. Mot d'ordre : familles je vous aime! Parlez-nous des vieilles choses d'autrefois! Nous voulons être aimés comme si nous n'avions pas été *induits*! Comme si nous venions d'un autre monde! Papa! Maman! Leur rencontre! Leur flash! Leur romance! Tout! Leurs soucis! Leurs émois en fonction de Moi! Autant en ramène le vent! Ma fibre narcissique en Dieu! Vite!

— Régression?

— Massive!

Les journaux : « La Bible raconte que Sarah, la femme d'Abraham, a eu son premier enfant à plus de quatre-vingt-dix ans. L'incrédulité que cette histoire suscite doit cependant être revue à la lumière des prouesses de la science. En Italie, une femme de soixante et un ans, Liliana Cantadori, a mis au monde son premier enfant, un petit garçon de trois kilos. La grossesse a pu être obtenue grâce à l'ovocyte fécondé d'une donatrice. Le professeur Jean Cohen nous explique : " L'implantation d'un œuf fécondé ne demande qu'une muqueuse utérine réceptive. Pour l'obtenir chez la femme ménopausée, il faut une préparation hormonale, d'abord des œstrogènes, ensuite de la progestérone pendant plusieurs jours. Tout utérus de volume suffisant et dont la muqueuse a été préparée peut recevoir un œuf fécondé. " »

« J'aime les enfants, j'aime être enceinte et j'aime donner la vie. C'est pour cette raison que j'ai décidé de devenir mère porteuse », nous dit Amy Bishop, trente et un ans, un mètre soixante-dix-neuf, mince, blonde, les yeux bleus. Avec son mari, Scott, elle vit à Redford, dans le Michigan, près de Detroit. Elle est devenue mère porteuse parce que, pour elle et son mari, les fins de mois étaient difficiles. Elle travaille maintenant pour Noel Keane, à New York. Keane est un homme énergique et carré, à forte mâchoire, qui peut vous montrer les quatre cent trente bébés déjà produits par ses soins, en France, Japon, Allemagne, Italie, Angleterre, Australie, Argentine, Canada, Grèce, Israël, Suisse, Norvège, Pays-Bas et, bien sûr, États-Unis. Ses honoraires sont de quatre-vingt-seize mille francs. Ceux de la mère porteuse de soixante à cent vingt mille. S'ajoutent, évidemment, des frais divers. Au total, un enfant coûte entre deux cent quarante mille et trois cent mille francs. Tout est compris : sélection de la mère porteuse (sur photos et profils psychologiques et génétiques), signature du contrat, examen médical des parents, prélèvement du sperme du père, fertilisation de la mère porteuse, examen du sang de la mère porteuse au cours de la grossesse afin de vérifier qu'elle porte bien l'enfant de l'homme dont elle a reçu le sperme, enfin, naissance du bébé, établissement des papiers d'adoption, et supplément éventuel pour livraison à domicile. Noel Keane nous dit avec un joyeux clin d'œil : « J'ai vu une femme blanche accoucher de triplés noirs. La nature avait parfaitement accompli sa mission. » — « L'accomplirait-elle de la même manière si une femme noire devait accoucher de triplés blancs ? » Notre question semble surprendre Noel Keane. Il ne répond pas, il se lève, l'entretien est terminé. Dans sa luxueuse salle d'attente, nous croisons ses tout derniers clients, un jeune couple timide venant de Hong Kong.

Jeff joue avec ses avions sur la pelouse. Jamais assez de voitures, jamais assez d'avions. La course, l'envol, et de nouveau la course, l'envol. Pourtant, cette vie d'ici, terre à terre, il faudra bien qu'il la parcoure comme chacun, étape par étape, labyrinthe de fausses portes et de faux miroirs. Il prend son élan, tourne, galope, vrombit, décolle, glisse avec ses bras, attaque, pique, se pose, tombe dans l'herbe, se relève, rit. Simple jeu d'air, de volume, de force à dépenser, de son à dépasser, de concurrents à éliminer... « On achète un nouvel avion? » – « Tu as terminé ta lecture? » – « Oui. » – « Tes additions et tes divisions? » – « À moitié. » Les avions miniatures, il faut qu'ils fassent du bruit, qu'ils s'échauffent, qu'ils clignotent comme ceux qui traversent la nuit, lumières blanches et rouges, lents satellites... « Ils vont où? » – « À Rome. » – « On ira à Rome? » – « Un de ces jours. » – « Je préfère les avions qu'on trouve à New York. » – « Ce sont les mêmes qu'ici. » – « Il y en a davantage là-bas. »

L'étrange sollicitude des adultes à l'égard des enfants est cruauté pure : obliger quelqu'un qui dépend d'eux comme ils ont dépendu eux-mêmes de leurs parents, à refaire le chemin d'obstacles, à se cogner aux mêmes barrières, à peiner sur les mêmes problèmes, le tout, évidemment, par amour. Les mères sont les gardiennes et les spécialistes de cette torture légale. C'est leur vengeance reconnue et indiscutable, hautement appréciée, valorisée, sacrée. Société : entreprise de jouissance secrète maternelle garantie, avec un sourire radieux, par tous les régimes. Inconsciemment, bien sûr, ou plutôt entre les lignes. L'envie et l'esprit de revanche meuvent le soleil, les étoiles, les atomes, les cellules, les élans du cœur. N'importe quel physicien sérieux vous le dira : la matière n'arrête pas de se fuir, de se dévorer, de se haïr elle-même. Ses mouvements fulgurants et furieux, gigantesques ou microscopiques, torrentiels ou rampants n'ont pas d'autre sens. Le repos, la grâce, le plaisir, l'harmonie, la pensée, la musique? Miracles! Pas du tout prévus au programme! Insensés! Inouïs! L'hypothèse divine ne se soutient que de celle du miraculeux.

La haine plus ancienne que l'amour... Si Dieu a créé le monde, s'il est le Dieu de l'univers, il s'ensuit qu'à la limite il ne peut que sacrifier son Fils pour apaiser sa propre création déchaînée. Si Dieu est Créateur, il est criminel et sanglant, il exige notre indignité infinie, sans laquelle il rayonnerait parmi nous (mais ce rendez-vous, comme chacun sait, est remis à plus tard à cause de notre coupable faiblesse). Si Dieu n'est ni Créateur ni Procréateur, il est juste de soutenir que rien n'est impossible à Dieu puisqu'il n'existe pas, alors que, s'il existait, il serait fabuleusement méchant, impliqué dans les maladies, les agonies, les infirmités, les difformités, les massacres. Béatrice n'a pas cru bon de révéler à Dante l'enfer fibré du cosmos. « Mais Dieu n'est mort sous sa forme humaine que pour racheter nos péchés, et d'ailleurs tout finit bien puisqu'il ressuscite! » Soit. Vous faites donc des enfants dans la sourde intention qu'ils ressuscitent? Allez donc suggérer ça à une Mère. « Oh non, je voulais juste une poupée animée dans le jardin, au soleil; une petite chose toute à moi, remuante, consolante, aimante, pour pouvoir la border le soir dans son lit! » – « Vous n'avez jamais pensé à la pourriture à venir, au squelette, aux cendres? »

– « Mais non! Vous êtes malade! Simplement l'Amour! » – « Et vous êtes sûre de ne pas avoir désiré la Mort à travers l'Amour? » – « Ah, peut-être, après tout... Mais que faire d'autre? »

Bonne question. Et nous voilà repartis pour la prédication habituelle. Levez-vous orateurs des siècles! Et retour à la circoncision ou au baptême, pour faire renaître dans l'esprit ce douteux et misérable calcul de la chair. Vous ne pouvez pas vous empêcher de vous reproduire? Bon, on vous transmute ça en onction. « Mais circoncision et baptême n'ont rien à voir! Nous, nous devons aller en chair et en os jusqu'à la fin des Temps, Terre promise, nouveau Temple, venue du Messie, Jérusalem finale! » – « Céleste, céleste. » – « Affreux chrétien! Païen sournois! » – « Je vous en prie, du calme. » – « Pas du tout! Dieu *est* fécondité! » – « Allons, allons. » – « Un enfant si je veux, quand je veux avec Dieu, c'est-à-dire Moimême! » – « Vous déformez le message biblique! » – « Et alors? Plénitude, multiplication, diffusion, augmentation du tirage, rééditions, *tubes*! » – « Mais dans quel but? » – « Il faut! » – « Il faut donc la Mort? » – « Pour plus d'argent, sûrement! » – « L'argent, la Mort? » – « Les deux! L'Amour! Réconciliation de Dieu et de la Science! »

On vient de retrouver, dans un morceau de glacier fondu, aux confins de l'Autriche et de l'Italie, le corps d'un homme de l'âge du bronze, cinq mille ans avant notre ère, un mètre soixante, taille normale pour l'époque, bien conservé, un peu raide quand même. Son crâne grimace gentiment à la une de tous les journaux. Il était parti en excursion en montagne, de la paille dans ses souliers de cuir, avec sa hache, son couteau de pierre, son arc de bois. On sait déjà qu'il était tatoué, une croix sur le genou gauche. Comment est-il mort, ce Tyrolien promeneur? Peut-être d'une tumeur au cerveau, avec crise épileptique finale. Nous savons, par micro-analyse, ce qu'il mangeait, mais pas ce qu'il comprenait. Parlait-il vite? Lentement? Savait-il chanter? Laïtou? La-la-laïtou? Ou, au contraire, ne s'exprimait-il, en vrai contemporain, qu'en grognements ou stéréotypes pratiques? A-t-on pensé à bénir cette momie qui, après tout, comme le bébé jeté par sa mère de treize ans par la fenêtre, avait une âme? N'a-t-il pas d'ailleurs quelque chose de la belle allure d'Abraham? Est-il à présent autrichien ou italien? La polémique s'instaure. Un bon Européen, en tout cas. De gauche. Du coup, nos origines sont à nouveau évoquées, des chimpanzés apparaissent au milieu des publicités, à côté de blondes ravissantes et à demi nues, l'évolution est flagrante. Sachez encore que la sonde Galilée révèle un océan d'éclairs sur la sulfureuse Vénus, et que les dinosaures (encore eux!) n'auraient pas détesté la nouvelle marque de saké Mozart. D'où venez-vous? Ève a deux cent mille ans, elle était noire et subsaharienne, mais Adam, lui, est prouvé en Chine il y a un million deux cent cinquante mille ans. Tout ce temps tout seul? Quel pied! Si maman était noire et papa jaune; si le singe est bien l'ancêtre du savant qui, d'une main, montre fièrement sa mâchoire, tandis qu'il s'apprête, de l'autre, à boire son saké Mozart, quel est l'âge de la fille inséminée du capitaine? Que dois-je apprendre à Jeff qui, au-delà des festins et des armures du Moyen Age, s'inquiète maintenant de l'esthétique des hommes préhistoriques? « Sois gentil, Jeff, fais-moi un dessin. » – « Un paysage? » – « Ce que tu veux. » – « Avec toi dedans? » – « Comme tu préfères. » Une heure plus tard, très bien les nuages, l'eau, l'herbe, le soleil, la grande ouverture d'air gris sur fond bleu, mais quel est cet insecte noir, là, dans un coin? Ce hanneton pensif et métaphysique? Un avion? « Non, c'est toi. » – « Moi? » Il est vrai que je passe la plupart de mon temps immobile et silencieux dans mon bureau, ce dont Jeff a tiré une fois la conclusion originale suivante : « Papa est comme Dieu : il existe, mais il ne répond pas. » Voilà qui vaut mieux que le contraire. Mettons que je ne les surcharge pas, Judith et lui, de commentaires sur la réalité supposée des événements. En tant qu'animal, j'ai d'ailleurs une autre incarnation : « Gros James. » James est un cobaye tricolore marron blanc et noir, aux petits cris discrets, amateur de carottes et de salades. Il a sa cage tapissée de copeaux et son biberon d'eau. Jeff le prend dans ses bras, le caresse, lui parle. L'autre lui monte un peu dans le cou, couine, l'embrasse. Attention à ne pas perdre James dans le jardin. « Est-ce que je peux m'endormir avec James? » – « Non, sommeil immédiat, pas d'histoires. Tu as fait ta prière? » – « Pas encore. » – « Allez, au nom du Père, du Fils et du Saint-Esprit, signe de croix gauche-droite (et pas droite-gauche, comme le fait cette hérétique et athée de Judith sous le coup d'une violente émotion), on dort. » – « Et toi, tu ne dors pas? » – « Plus tard. » – « Tu as aimé mon dessin? » – « Superbe. »

Frénard, lourd :
– Votre fils a quel âge?
– Dix ans.
– Déjà? Il va bien?

Neuf heures du soir, Judith :
– Qu'est-ce que tu fais?
– Encore deux coups de téléphone à donner.
– Tu n'oublies pas le Spectacle?
– Jamais.

Malgré le débordement magnétique, télévision, cassettes, jeux électroniques, les vieux trucs tiennent toujours : la messe, les marionnettes. Il suffit d'avoir vu, au printemps, sur une place de Rome, le petit théâtre dressé, les enfants assis par terre tout autour, la scène avec ses rideaux violets, les personnages archi-usés et toujours nouveaux de la comédie criant : « La-mo?... La-mo?... La-mo?... » Et les gamins, tous en chœur : « La mozzarella! » Les bouts de chiffons agités, trois attitudes de base, une voix qui passe de l'aigu au grave en gémissant et en s'éraillant, rien de plus palpitant, rien de plus convaincant et drôle. « L'amo ? L'amo ? » Et pan ! Repanpan ! C'est magique. Je dois donc faire, au moins une fois par semaine, pendant vingt minutes, les marionnettes pour Jeff. C'est le Spectacle. Les personnages sont deux vieilles panthères roses en feutre, « Pinky américaine » (achetée à New York) et « Pinky de Gaulle » (trouvée à l'aéroport de Paris). J'invente à peu près n'importe quoi, l'essentiel étant de gronder, grogner, ricaner, s'esclaffer, psalmodier, pleurnicher, chantonner, soupirer, chuchoter. Jeff tape trois fois du pied sur le sol pour ouvrir la séance. Il a James dans ses bras, à qui il commente certaines répliques en langue cobaye. Judith, partagée entre l'ennui et l'amusement forcé, doit applaudir toutes les deux minutes. Les deux Pinky dialoguent, s'apostrophent, se contredisent, se cognent, Pinky américaine dans les tons aigus et maniérés, Pinky de Gaulle avec une emphase bourrue. À la fin, toujours la même, elles tombent sur la tête d'épuisement, *dong !* Rires. Rideau. Après quoi vient le tour de Jeff, cinq minutes de bafouillage et de cafouillage. « Ton spectacle était magnifique. » Les spectacles, par définition, sont toujours magnifiques. Les gais rossignols, les merles moqueurs.

Ainsi font-font-font les petites marionnettes, trois petits tours et puis s'en vont... Jeff, encore bébé, a tout de suite corrigé le texte : *elles s'en vont pas*. Elles ne s'en vont pas et ne s'en iront jamais. Elles restent là, cachées sous les lits, on finira par les oublier et par les jeter, ce qui ne voudra pas dire qu'elles sont parties, au contraire. « Ce soir, il y a Spectacle ? » – « Évidemment. » Aucun événement ne peut supprimer ce rendez-vous, cette liturgie à travers bruits et images. Aucun intérêt ? Certes. Négligeable, infantile, minable, incommunicable ? Oh combien. Pauvre chose privée, indigne d'être mentionnée ? Encore mieux. Tout le monde sera sauvé par de pauvres choses privées, indignes d'être rapportées dans le récit totalitaire de la marchandise. Un cobaye dans la narration ? Qui s'appelle James ? Un petit garçon qui tape du pied et s'amuse avec des panthères roses ? Et alors ? « Que fabrique Clément en ce moment ? » – « Il est dans sa maison de campagne, monsieur, avec sa femme et son fils. On l'a aperçu, un soir, en train de mimer chez lui un spectacle de marionnettes. » – « Pardon ? » – « Comme je vous le dis. Il s'agitait, paraît-il, avec des marionnettes. » – « Qu'est-ce que c'est que cette plaisanterie ? » – « Aucune idée, monsieur. » – « Il a gardé son arme ? » – « Probable. » – « Où sont Gail ? Nancy ? » – « À Paris, monsieur. » – « Il a essayé de nous joindre ? » – « Non. » – « D'approcher la presse ? » – « Non plus. » – « De voir les Français ? » – « Pas que je sache. » – « Vous l'avez contacté ? » – « Pas encore. » – « Eh bien, allez-y. »

Jeff dort, maintenant. Une fois de plus, nous parlons calmement, Judith et moi, de la façon d'en finir. Le mot « suicide » n'est pas prononcé. Le message serait « on a fait ce qu'on a pu », mais il n'y aura pas de message. Tout est prêt si on prend la décision ? Oui, il n'est pas laid d'échouer grandement, sans phrases. La baie est ouverte, les lumières de la côte brillent au loin, l'obscurité est fraîche et tranquille. Elle a allumé une flamme anti-insectes dans un pot de grès, c'est la seule lumière de catacombe dans la pièce. Quelques mouettes crient encore avant le silence aéré que rien ne rompra jusqu'au lendemain. On est allés voir l'endroit dans le cimetière du village. Judith a retrouvé les attestations qu'il fallait. Le marin venait là de temps en temps ? Votre arrière-grand-oncle ? Voilà. Le lieu me plaît, plein sud, au fond, sur la gauche. Juste à côté d'un carré occupé par des Australiens et des Néo-Zélandais. « Qu'est-ce qu'ils font là ? » dit Judith. Les inscriptions la renseignent : pilotes, juin 1940, Royal Air Force. Ils ont dû s'écraser quelque part sur les plages des environs, personne n'a réclamé les corps ou, plutôt, les débris... Auckland, Sydney... Antipodes... Trois places ici ? Mais oui, c'est presque vide. Contre le mur ? Très bien. Jusqu'à quand ? Non-sens. Légende ? Trois erreurs pensées et réparées par elles-mêmes. Rien à regretter. Toi qui vois ceci, vis ta vie. Mais non, simplement les noms et les dates. Une bénédiction du curé local, s'il y consent ? Pourquoi pas ? « Ça ne peut pas faire de mal. »

Ils sont jeunes, ces pilotes ou ces mitrailleurs enterrés : vingt-trois, vingt-cinq ans... À peine le temps de voir le paysage. Désintégrés à la verticale de l'île,

radeau-radar idéal pour l'observation du ciel, des oiseaux, des constellations, de la lune, du lever et du
coucher du soleil, des étoiles filantes, des satellites,
des longs-courriers, et plus rarement des chasseurs,
des hélicoptères, des planeurs ou des amateurs en bi-
places... Je regarde la collection impressionnante
d'avions de Jeff, bien rangés, comme tous les soirs,
près de la cheminée. Judith se lève, ferme les fenêtres, allume les lampes et se met à lire. James, dans
la cuisine, au fond de sa cage, est immobile dans sa
durée sans histoire. Je vérifie qu'il a son eau pour la
nuit. Puis je reviens dans mon bureau, je ferme et
rouvre plusieurs fois les yeux, je reprends mes papiers, je continue mon récit.

II

À la longue, la main qui écrit vient d'un autre corps qui enveloppe et comprend le corps, ses déplacements, sa flexibilité, ses respirations, ses courbures, ses oublis, ses ondes, sa buée d'ondes. La durée, comme un orage, est mise à distance. La montre détachée du poignet et posée en face de toi, cercle blanc, représente tout à coup ton front. Tu peux la poser n'importe où, cette montre, sur une table d'hôtel, une tablette d'avion, un secrétaire, un pont de bateau, dans le sable, les cailloux, l'herbe. Maintenant, allonge-toi dans le temps. Attends que les phrases se forment toutes seules et montent à la surface comme des segments d'air, globules, gouttes, étincelles, divisions, gestes, timbres. Tu sais que ces fleurs blanches de pommier, devant toi, sur fond de nuages gris fer, seront dans quelques mois de petites sphères rouges détachées sur du bleu liquide. Tu sais que les iris, le fenouil, les giroflées, les lilas, seront remplacés par les rosiers, la lavande, les cannas et les lavaters. Que tu sois mort ou vivant n'y changera rien. Les vagues deviendront des risées. Les averses et le vent seront immobilisés sous un fronton jaune.

Aura-t-on, d'ici là, expliqué les mystérieux sursauts galactiques? « Imaginez, dit un astronome, une brusque bouffée d'énergie là où personne ne l'attendait, des torrents de rayons gamma pendant quelques secondes, puis plus rien. Pour des années? des siècles? des millénaires? Personne ne le sait. » Faut-il, par ailleurs, accepter l'hypothèse de ce savant homosexuel américain situant la réponse à son problème dans l'hypothalamus? « Ce serait un grand pas en avant, remarquent ceux qui se veulent religieux, la preuve que Dieu l'a voulu. » Et les transsexuels? Vont-ils voir enfin reconnus leurs droits légitimes, après tant d'opérations délicates, l'ablation des organes génitaux externes, la simulation de l'orifice vaginal et des grandes lèvres? Pourront-ils avoir droit non seulement aux changements de prénoms, mais aussi au mariage, au divorce, à la filiation, à l'adoption? Sera-t-il possible un jour, comme le réclame un spécialiste sérieux, d'aller plus loin qu'une ambiguïté de façade qui ne saurait être une réponse satisfaisante à l'impérieux désir de celui ou de celle qui veut publiquement acquérir un sexe que le destin lui a refusé? Ne doit-on pas regretter cet arrêt de la Cour opposé à Jocelyn demandant à s'appeler Jocelyne et à modifier son état civil en marge de son acte de naissance? « Le transsexuel, bien qu'ayant perdu certains caractères de son sexe d'origine, n'a pas pour autant acquis ceux du sexe opposé? » N'y a-t-il pas, dans cet acharnement des magistrats (qui, en leur temps, condamnaient *Madame Bovary* et *Les Fleurs du mal*), quelque chose d'odieux? À quoi, en effet, la Justice a-t-elle recours sinon à l'examen chromosomique, donc au sexe génétique qui ne peut encore être modifié? Ne constate-t-on pas ici, en l'occurrence, une attitude raciste? Ce n'est pas moi, mais deux médecins respectables, membres de la Commission de biologie de la reproduction, qui écrivent, avec un humour que je ne me connaissais pas : « Rien n'oblige à fixer les prix pour ce produit (le sperme), et il faudra accepter la concurrence, la publicité et, pourquoi pas, les soldes. Il faudra aussi s'attendre à la concurrence étrangère et aux inséminations avec du sperme venu d'ailleurs (attention aux problèmes de nationalité!). On pourrait aussi espérer l'exportation d'un sperme bien français, le meilleur d'Europe. Tout cela élargi au don d'ovocytes et d'embryons. Ce n'est pas de la fiction, tout cela existe. » Doit-on déjà exploiter dans ce sens les milliers de réfugiés qui fuient le chaos de l'Empire? Les Yougoslaves, c'est horrible à dire, doivent-ils être dirigés dans ce sens?

À Dallas, un vent de panique souffle sur la population : une jeune femme noire de trente ans, qui signe C.J., et qui se décrit elle-même comme très belle, très sexy, irrésistible, révèle qu'elle contamine sciemment de son sida tous les mâles possibles, cinq à six par semaine. Par vengeance, elle veut ainsi les entraîner, eux, leurs femmes et leurs maîtresses, dans la mort. Elle est déjà surnommée « la veuve noire ». Le

New York Times parle de génocide. Parallèlement, un assassin, condamné à mort en Californie, passe dans la chambre à gaz après avoir obtenu quelques sursis, dont le dernier a duré deux heures : mourir ainsi par inhalation, sanglé sur une chaise, prend quinze minutes. Pendant ce temps, des manifestants contre l'avortement se heurtent à des contre-manifestants : mêmes visages, mêmes hurlements. Parmi la foule, un pasteur se promène, un fœtus sanguinolent tendu à bout de bras. Il est très convaincant.

Moralité constante, la promenade d'Emma : « Et sur le port, au milieu des camions et des barriques, et dans les rues, au coin des bornes, les bourgeois ouvraient de grands yeux ébahis devant cette chose si extraordinaire en province, une voiture à stores tendus et qui apparaissait ainsi continuellement plus close qu'un tombeau et ballottée comme un navire. »

J'ai promis à Jeff de l'amener au bois des hérons. Voilà. Le temps est doux, bleu, ramassé, distinct, chaque fragment visible augmente en puissance, le paysage est une parenthèse suspendue, chiffré, effet de boucle en sous-main. On y va. Vingt minutes de marche. De loin, on les voit monter et planer, blancs, cendrés, revenir, se poser et disparaître dans la masse vert sombre. On pénètre sous les cupressus et les pins, on les entend crier dans les branches, bredouiller, plutôt, ponte ou fornication, lubriques hérons. Ça gargouille et grenouille, tuyauterie dans les gorges... Chut! On ne voit rien. On se met à quatre pattes, on rampe... Souffle rentré, on écoute mieux à partir du sol, couchés là, tapis d'aiguilles et brindilles... Quel concert, quel cirque, quel chahut... De temps en temps, on en sent un ou deux qui s'envolent... Ils vont pêcher au large ou au bord de l'eau... Hérons aux longs becs emmanchés d'un long cou... Jeff trouve ça drôle, se retient de ne pas pouffer... Chut!... On s'en va sur la pointe des pieds, on traverse les marais, on voit une barque blanche abandonnée, *Neptune*... Il n'y a personne, il n'y a jamais personne, on continue par de petits chemins bordés de fenouil vert et jaune, tellement frais à écraser dans la main, l'océan est en train de monter au loin, train calme. Jeff ne dit rien, moi non plus. On se retourne quand même plusieurs fois vers le bois pour regarder le vol des oiseaux au-dessus des arbres. On rejoint la route où passe une voiture grise sous le soleil. On passe par la plage déserte, encore un tournant, et nous voilà revenus comme si de rien n'était. Judith est dans son hamac, à l'ombre, une casquette de marin rabattue sur les yeux, elle dort ou elle fait semblant. Les merles sifflent un peu partout dans les acacias. Cette fois, on est vraiment arrivés là-bas.

La Centrale appelle. C'est Marc :

— Vous avez réfléchi?

— Oui (il faut toujours répondre oui).

— Moment de fatigue?

– Il faut croire (votre version est la mienne).

– C'est tout naturel. Vous prenez le circuit latéral? Le temps de la restructuration?

– Un an?

– Ou deux. L'ISIS, par exemple.

– ISIS?

– Institut des Systèmes Intelligents Sélectifs. Travaux sur la mémoire.

– À Paris?

– Oui, en plein centre. Même statut. Des questions?

– Non (par définition, jamais de questions).

– Parfait. À bientôt.

Porte de sortie, ou plutôt d'attente... Ma note, après avoir fait une brève apparition en demi-surface et avoir replongé dans les profondeurs, a quand même été envisagée, à tout hasard, comme une donnée utilisable pour l'avenir. L'avenir est d'une grande plasticité, comme le passé. Isis? Beau nom de code génétique. Comme on fabrique des corps, il est normal de se préoccuper un peu de ce qu'on va mettre dedans, quelles données, quels souvenirs, quels réflexes redéfinis, quelles visions du monde. Batailles de tris, guerre de résumés... Vous dites que cette date est essentielle? Ah, mais il y a aussi celle-là... Et celle-là... Et puis celle-là... L'importance de cette dernière n'est pas moindre, mesurez les perspectives... Tout dépend du point de vue... Du calendrier initial... Si vous mettez celle-là avant celle-là, vous changez la signification de l'ensemble... Ce n'est plus le même budget!

Comme le dit une publicité pour des couvertures de romans disposées dans des environnements confortables (premières classes de trains, salles de bains ripolinées, cafés sympathiques sous les platanes, cuisines hyper-modernes avec machines à laver) : « Que serait une vie sans histoires ? » Réponse sous-entendue : « Une vie enfin sans histoires ? Mais c'est la vie avec moi, moi seule, la publicité ! » Ou encore : « Votre mémoire, sans nous, est inutile, partielle, désintégrée, confuse, vous avez raison d'en douter. La mémoire, désormais, c'est commémorer ! »

Jeff, maintenant, veut que je lui explique *Le roman de Renart*. Pourquoi les traîtres ont-ils pour couleur le roux, les jongleurs le jaune, le Diable le noir ? Et d'abord, pourquoi Renart avec un *t*, comme Froissart, Jean Bart, Mozart ? Je l'ai su, j'ai oublié, je consulte mon encyclopédie : mais oui, les clercs du Moyen Age ont fait rimer Renart avec *art*, troisième personne du singulier du verbe *ardre*, brûler. Renart, c'est celui qui brûle du désir d'avoir toujours de nouvelles aventures. Mais c'est aussi l'art, la magie, la technique, l'artifice, l'ingéniosité, la ruse, qui l'obligent à constamment jouer avec la *hart*, la corde de la pendaison, et la mort.

— Il ne meurt jamais ?

— Non, ou alors il simule. Il renaît sans cesse dans son art. Ren-art.

— Mais pourquoi *goupil* ?

— Vieux mot pour renard, avec un *d*.

— Et pourquoi un roman par *branches* ?

– Le récit pousse de partout et dans tous les sens, comme un arbre. Renart n'est rien et il est tout, à cause de son art souverain, de sa maîtrise, de sa farouche volonté de survivre, de son instinct d'indépendance et d'autonomie. Sa peau, sans cesse déchirée, est recousue comme le roman lui-même. Il se joue de tout, des pseudo-valeurs et des puissances de ce monde, il joue avec tout, la vie, la naissance, la disparition, les apparences, les hommes, les femmes, les animaux, les pièges, les sentiments, la radio, la télévision, les journaux, l'argent, la police, les clergés, les prédicateurs, les hypocrites, les assassins, les voleurs, les employés politiques, les bien-pensants, les malpensants, les croyants, les incroyants, les mensonges. Et, donc, il ne peut pas marcher tout droit, il est comme la réalité, pleine de tours et de détours, et il donne cette allure au roman, ce qui contraint ses adversaires à crier à la falsification du roman simpliste qui les arrange. Renart est une sorte de maître exécré du monde, ou plutôt un antimonde à lui seul, et avec ça, pourtant, bizarrement innocent au point qu'il est acquitté dans son procès. On l'a même imaginé, à l'époque, comme un empereur. Dans l'opinion des méchants, c'est aussi Regnart, le mauvais souverain. Mais non : royaume de l'art.

– Le corbeau et le renard?

– Par exemple.

Un journaliste – que de temps pour en arriver là ! – a quand même fini par aller vendre son sperme dans une banque parisienne. Il a raconté son expérience dans un journal du matin dans l'indifférence générale. Le récit prenait pourtant une page entière, avec deux photographies très parlantes. La première, dont on pouvait croire au premier coup d'œil qu'elle montrait une rose blanche en bouton, n'était autre qu'un spermatozoïde en cours de congélation. La deuxième présentait en gros plan une femme en blouse blanche, blonde et laquée, à peine sortie de chez le coiffeur, visage compétent et lunettes fumées. Je la regarde : elle tient dans la main droite quatre tubes, ce qui lui donne sept doigts, comme un Picasso. De la main gauche, avec une sorte de grâce, comme si elle faisait résonner le *la* d'un accord pour luth, elle pince une longue paille terminée d'un petit pompon blanc qu'elle introduit dans une marmite d'acier. Elle est concentrée, extatique, absente, comme une bonne cuisinière sûre de sa recette. Légende : « Les tubes à paillettes d'un congélateur de sperme. » Quel cliché historique ! Quelle musique de base ! Quelle nouvelle harmonie des sphères en préparation ! Rien n'égale la fraîcheur du récit du donneur : « Le médecin prend une éprouvette et y plante un entonnoir. Il met le tout sur un support qu'il pose sur le lit : " Faites là-dedans ", dit-il froidement, avant de fermer la porte. Me voici seul, dans une pièce sinistre, pour offrir mon sperme à la science, ou plutôt pour le vendre. Après six dons, je dois en effet toucher deux mille quatre cents francs. »

Voilà qui est clair, net, sans bavures. Enfin un frisson nouveau dans les annales contrastées de l'humanité! Enfin une lumière crue jetée sur l'éternelle romance! Ah que voulez-vous, il n'y a pas d'amour heureux, vous m'aimiez peut-être, Gontran, et je crois vous avoir aimé, pourtant l'amour est impossible, c'est connu, regardez ce qui s'est passé entre Aurélien et Bérénice, cette étrange attirance, ce goût passionné du néant, vous m'aimez toujours, je le sais, ne le niez pas, et je sens d'ailleurs que je vous aurais moins aimé si j'avais été à vous, si vous aviez été à moi, oh je ne sais pas, je ne sais plus, comment savoir, qui peut savoir, dans d'autres circonstances ce n'est pas exclu, mais non, tout nous séparait, la vie, le temps, la société, tout s'acharne à détruire ceux qui s'aiment, le vent du nord les emporte dans la nuit froide de l'oubli, l'amour est une déchirure que la mer efface sur le sable, quelle absurde douleur, quel vide, quelle souffrance tapie dans les jours, sans amour on n'est rien du tout, mourir, oui, voilà qui vaudrait mieux que cette brûlure condamnée à court terme, ah que tout finisse même si Titus peut revoir Bérénice, vous mourûtes aux bords où vous fûtes laissée, j'aimais, Seigneur, j'aimais, je voulais être aimée, je demeurai longtemps errant dans Césarée...

La position du narrateur-donneur, sa disponibilité, son sang-froid, la signification globale de son geste, font de lui une sorte de Christophe Colomb bis. Remarquez cependant qu'il ne nous dit rien, c'est dommage, des idées, images, lambeaux de films ou de voix, réminiscences enfantines ou pubertaires qui, à ce moment précis et crucial, l'animent, l'érigent, le propulsent jusqu'à la ligne d'arrivée. « À quoi pensiez-vous ? » Cette question ne semble pas faire partie de l'opération, ni être inscrite dans le résultat crémeux. Ce qui compte, c'est *l'éjaculat*, point final, sa consistance et sa cohérence, sa mobilité interne, sa capacité à être congelé ou non. Auparavant, vous avez décliné, dans un formulaire, votre race, votre groupe sanguin, votre taille, votre poids, la couleur de vos yeux et celle de vos cheveux. Vous affirmez que vos testicules sont bien sortis, que votre vie sexuelle est normale, que vous ne vous droguez pas, et qu'à part une grippe vous n'avez pas été malade pendant les derniers mois. Il faudra aussi préciser l'état de santé de vos parents, de vos frères, sœurs, oncles et tantes. Vous vous engagez enfin sur l'honneur à ne pas rechercher par la suite l'identité des femmes qui auront bénéficié de votre viscosité intime, et à ne pas retourner non plus (dangers de consanguinités futures) dans une autre banque liquide.

À la marmite !

Le journaliste spermatique a entendu dire qu'il n'y avait pas suffisamment de donneurs sur le marché ? « Ça oui, fait le médecin en haussant les épaules, il n'y en a jamais assez... N'hésitez pas à en parler autour de vous, le bouche à oreille marche bien, surtout auprès des étudiants. Nous mettons même des affiches dans les facultés. » – « Vous faites ce métier depuis longtemps ? » – « Dix ans. » – « Il y a eu des progrès depuis ? » – « Aucun. »

Quelques précisions, quand même, sur le décor de la nouvelle Amérique : une pièce étroite aux vitres dépolies, un lit d'examen, un lavabo, une poubelle, des Kleenex, une chaise, un miroir. Trois photos en couleurs sur les murs ; une du château de Chambord, une de la Martinique, une de Bretagne. Un petit écriteau précise que « l'éjaculat ne doit pas être en contact avec du savon ou tout autre élément extérieur ».

Reçu et signature : deux cents francs, en espèces.

Arrivée du donneur suivant.

Notre reporter, délesté de sa substance communicative, gagne la sortie à travers des couloirs remplis d'enfants de tous âges. Dehors, accrochée à la façade de l'immeuble de briques, une banderole à demi pendante : « Non aux licenciements. »

Le lendemain, il téléphone au médecin :

– Ah, c'est vous ? Désolé, votre sperme n'a pas supporté la congélation.

– Il y a un rapport avec la stérilité ?

– Mais non, pas du tout, c'est fréquent. Votre sperme était frais. Il était bon.

– Bon à jeter à la poubelle ?

– Pas grave.

Manque à gagner : deux mille deux cents francs. Au cours actuel, un peu plus de quatre cents dollars. Pas de congélation, pas d'argent.

J'ai fait agrandir les photographies, comme des

98

emblèmes du siècle : la fausse rose blanche en bouton et la fonctionnaire laquée. Je les ai transmises avec un bref commentaire : écume, routine de l'opus diaboli constant. J'oubliais : la page suivante du même quotidien était consacrée aux différentes protestations indignées contre la béatification, par le pape, du fondateur bien sage de l'Opus Dei, la « sainte mafia », comme on dit. Le surlendemain, au détour d'une autoroute, un juge anti-mafia-réelle sautait en voiture avec sa femme sur une tonne d'explosifs télécommandés. Pour terminer ce passage, en tous points balzacien, il ne me paraît pas inutile de recopier ce qu'une agence de publicité exige aujourd'hui des écrivains qui doivent travailler pour elle : « La seule contrainte à respecter par les auteurs est de ne développer aucun propos à tendance politique, religieuse, amorale, raciale, tendancieuse et négative. » Pas de tendance tendancieuse. Comme toujours, je n'invente rien. Pas plus que je n'aurais pu élaborer ce slogan insolite pour des lunettes que, si vous le décidez, on peut vous fabriquer sur-le-champ : « Vous n'attendrez qu'une heure pour trouver Nietzsche moins difficile à lire. » Et puis, deux dépêches parmi d'autres : la première révèle les millions de dollars, transitant par la Suisse, que les Russes versaient, dans la préhistoire, aux partis communistes mondiaux (par exemple au parti italien pour financer sa campagne de masse pour le divorce et l'avortement). La seconde est un roman parfait à elle seule : « Londres : des cambrioleurs n'ont mis que quatre minutes pour

99

pénétrer dans une galerie londonienne et emporter trois petites statues de Rodin, d'une valeur d'environ 100 000 livres (989 000 francs). " Les voleurs savaient manifestement ce qu'ils voulaient, a déclaré la directrice Mme Nora Gillow. Ils sont entrés, ont foncé directement au premier étage où les Rodin étaient exposés et les ont emportés, pendant que le signal d'alarme hurlait autour d'eux. " Les trois bronzes, dont le plus grand mesure cinquante-deux centimètres de haut, sont *La Jeunesse triomphante*, représentant une vieille femme embrassée par une jeune fille, *La Femme agenouillée*, un nu, et *Le Secret*, deux nus. »

Mon dieu, tout arrive en même temps... J'avais beau savoir que Mother vivait son dernier parcours, jamais je n'aurais cru que la fin irait aussi vite. Mother? Non? Déjà? Quatre-vingt-quatre ans, mais quand même... Toujours vive, précise, les yeux, l'esprit, le front lumineux lavé, la gaieté... Ma jeune et vieille petite mère, ou plutôt ma définitive, pudique et impérieuse petite fille, depuis des années... Prépare-toi à souffrir, c'est la loi idiote, le prix à payer pour être venu jouer dans les apparences. On t'a prêté un corps? Il faut le rendre. Jeff : « Grand-mère ne vient pas cette année? Elle est malade? » Oui, grand-mère est très malade, on l'a opérée pendant quatre heures, elle s'en est sortie, mais pas pour longtemps. Elle dit : « Je m'en vais tout doucement », ou bien : « Vivre, à quoi bon ? » Elle dit, avec un drôle de rire forcé : « Ce qui m'embête le plus, c'est le chagrin que tu vas avoir. Ça m'embête, ça m'embête. » Ou encore : « On voudrait l'impossible, mais il y a une fin à tout. » Ou encore : « Qui a dit ça, déjà : " Plus rien ne m'est, rien ne m'est plus " » (et moi : « Ce n'est pas gentil »). Je lui téléphone deux fois par jour à la clinique, je sens chaque fois sa voix décliner, avec des pauses, des sursis d'énergie. Moi : « Je te dérange ? » Elle : « Oh, jamais ! » – « Je pense beaucoup à toi. » – « Oh, je sais ! » Ce *oh*, totalement inhabituel, est très volontaire, souligné, c'est en réalité un gros livre bourré d'histoires, de scènes, de détails, de paysages, de rêves, de pleurs, de rires, de conversations endiablées, de coquetteries, de robes, de foulards, de bijoux, de sorties, de plages, d'automobiles, de déjeuners, de dîners, de jardins, de visages. C'est un *oh* presque impossible à soulever, mais qu'elle tient quand même ferme dans sa gorge de cerveau sans cesse éveillé. C'est ce *oh*, je le sais, que je vais surtout garder d'elle, comme si elle s'amusait déjà de l'autre côté à me dire : « Tu crois que tu sauras penser ce *oh* ? Tout entier ? Sans fautes ? Avec toutes ses nuances, ses aventures, ses reliefs, ses couleurs ? Jusqu'au bout ? sans rien oublier ? En devinant les silences ? » Elle dit aussi : « Ça a été dur aujourd'hui. » Ou bien, si on l'a transportée quelques instants dans le jardin : « J'ai revécu au soleil. » Et aussi : « Je n'ai plus qu'une envie : dormir, dormir, dormir. » Deux ou trois minutes, et puis : « Je t'embrasse bien fort », ou : « Je t'embrasse de tout mon cœur. » Une fois, j'ai été très étonné qu'elle emploie un mot qu'elle n'a jamais utilisé à mon sujet (mais sans doute y avait-il quelqu'un dans la chambre) : « Au revoir, mon enfant. » Elle m'informe rapidement du traitement, des analyses (qu'on lui cache à moitié et sur lesquelles elle n'a aucune illusion), des transfusions, des pansements, des massages. Et enfin, avec détermination : « Ne t'inquiète pas », ou : « Assez gémi. »

Je suis allé la voir trois fois. Je lui prends la main, on dit des banalités, tout se passe en réalité à distance dans les « oh, jamais ! », « oh, je sais ! ». Je redoute le moment où le téléphone sonnera dans le vide. Il viendra, il viendra, et cette fois l'espace ne se refermera pas, le temps sera levé.

La dernière fois, c'était déjà la pleine chaleur du vieux Sud qui n'en finit pas de résister de toutes ses forces. La clinique est à cinq kilomètres de la ville. Sa chambre est au rez-de-chaussée, juste derrière un petit bois de catalpas frais. La fenêtre était ouverte, elle respirait difficilement, elle m'a demandé un verre d'eau, « je n'en peux plus », et, à peine distinctement, « c'est dur de mourir », c'est tout. Pourtant, il y a eu ce regard quand je suis entré, tête tournée, éclair de joie, surprise, est-ce que ce ne serait pas le salut, enfin ? Une flèche de regard incrédule et ravi, oui, tout est possible, les miracles existent, après tout. Mais elle a tout de suite compris, repos sur l'oreiller, yeux fermés, chemise de nuit blanche à petites fleurs bleues, très maigrie, dessinée, sculptée, grand silence. Je l'ai embrassée sur le front, je lui ai pris la main. Ma main gauche, plus proche du cœur, sa main droite. Elle m'a pressé les doigts trois fois, avec beaucoup d'intention. Là, c'était vraiment le dernier message. Disant : continue, n'aie pas peur, c'est toi qui as raison contre toute raison, c'est *nous* qui avons raison, suis ton chemin, peu importe où il mène, continue, continue, ne doute pas, ne te retourne pas, laisse dire, continue, tiens-toi à ta verticale, je m'excuse de t'avoir mis en vie de ce côté-ci, pardon, mais le mal est fait, et voilà peut-être une heureuse faute puisqu'on s'est connus et aimés, pas de réconciliation, non, elle est impossible entre un homme et une femme, mais, si tu veux, l'accord dans le désaccord radical. Tu vois, c'est là. Il n'y a plus à avancer ni à reculer, c'est comme ça. Je te précède dans cette affaire, j'en suis assez fière (regarde mon visage, ce sera presque le tien à la fin), l'intérieur est entre nous, personne ne peut rien comprendre. On ne meurt pas dehors, tu sais, mais dedans, dans le sang du sang. Ne te laisse pas intimider, personne ne peut te tuer, allons-y enfin pour toujours, pour jamais. Je t'approuve. Je vote pour toi. Quoi qu'il arrive, n'oublie pas ce moment de certitude, de décision de certitude. Je vais mourir en toi, et tu mourras *en toi*. Le dehors n'est rien, chaos, mensonge. Toutes les histoires de naissance, de mort, de grossesse, de ventre, d'origine, de fin, de fabrication des corps, ne sont rien. Tu vois, c'est dur de mourir, mais la mort n'est rien. La vie est une autre vie. Dedans, dedans vertical. C'est ainsi. *C'est oui.*

Le médecin m'avait dit : « Écoutez, il y a trois principes. Le premier : être logique. Le deuxième : ne pas répondre aux questions qu'on ne vous pose pas. Le troisième : biaiser. » J'étais là, moi, pour le regarder bien en face et lui demander clairement d'éviter les souffrances inutiles. Compris ? Compris. Ses recommandations étaient sympathiques mais, dans notre cas, au-dessous du niveau.

Quand je suis reparti, elle dormait. Le lendemain matin, je l'ai encore eue au téléphone, dans un souffle. J'ai dit : « Je te prends avec moi, je te prends complètement avec la pensée. » Et elle, avec peine, mais très distinctement : « C'est énorme. » Le soir, encore un « je t'embrasse » à peine audible. Et le matin suivant, la sonnerie a dépassé les cinq fois pour continuer sans fin. Le médecin m'a appelé un quart d'heure après. Moi : « Pas de souffrance ? » Lui : « Pas de souffrance apparente. » Un abîme dans « apparente ».

C'était hier. Ce sera toujours hier. On a mis nos plus beaux habits, Judith, Jeff et moi, et on est allés enterrer Mother. Il faisait toujours chaud, on meurt en été, chez nous, je l'ai vérifié en regardant les dates sur la pierre tombale du cimetière. Presque tous et toutes en juillet ou en août. Il y avait juste une dernière place pour elle, le cercueil est entré de biais, les types ont été obligés de pousser. Le curé, à l'église, a été professionnel. Il a vite glissé sur l'incrédulité notoire et ironique de sa cliente, en parlant de sa « dignité », mot de sourde réprobation qui s'applique aux gens à part dont on ne sait pas trop quoi faire. Il a eu l'air étonné quand je lui ai demandé de lire Matthieu 10, 26 : « Ne les craignez donc pas, car il n'est rien qui ne doive être dévoilé, rien de secret qui ne doive être connu, ce que je vous dis dans les ténèbres, dites-le au grand jour, et ce que vous entendez dans le creux de l'oreille, proclamez-le sur les toits », ainsi que les mêmes passages dans Luc 8, 17 ; 12, 2-7 et dans Marc 4, 22, en relation avec la lumière qu'il ne faut pas cacher comme avec la capacité d'écouter : « Prenez garde à la manière dont vous écoutez, car celui qui a, on lui donnera, et celui qui n'a pas, même ce qu'il croit avoir lui sera enlevé. » Et encore : « Il n'y a rien de caché qui ne doive être manifesté, rien n'est tenu secret que pour venir au grand jour : si quelqu'un a des oreilles pour entendre, qu'il entende. » Je sentais que ce « donner à qui a, et enlever à qui n'a pas » restait, pour cet honnête garçon, comme pour tout le monde, incompréhensible. Mais pas de discussion, c'est dans le texte. Jeff était pâle, raide dans son costume bleu marine, c'était sa première mort, il a touché plusieurs fois le cercueil avec précaution dans l'allée centrale, devant le grand cierge allumé. Je lui ai évité la mise en bière, Judith est restée dehors avec lui. Je me suis retrouvé seul avec elle, allongée toute belle et glaciale, incroyablement positive et nette dans son froid de plomb, axe nord-sud, fixe aiguille, son front bien dégagé, ma bouche sur lui, « adieu mon amour », puis les formalités de la terre. Jeff voulait savoir pourquoi les fossoyeurs nous tendaient des poignées de sel puisées dans un sac sale de plastique bleu clair. Il a pleuré au moment de la descente. Et puis, on est repartis tous les trois en taxi, sous le soleil lourd, pour l'aéroport.

J'ai reçu le colis ce matin, par porteur spécial. Une boîte de laque noire chinoise préparée par Mother chez son notaire à mon intention. D'un côté, une centaine de lettres de moi, lettres de jeunesse oubliées, quand j'étais en Angleterre, dans le Kent, chez son amie Violet qu'elle avait cachée pendant la guerre. Le plus clair, entre les lignes, est que je lui demande de l'argent. De l'autre côté, des objets personnels qu'elle a dû trier lentement : un foulard de soie bleu, ses lunettes de lecture, un miroir ovale de sac à main à bordure d'écaille, une bague ancienne, intaille grecque à monture d'or, profil de déesse (souvenir de son voyage en Grèce à la fin des années cinquante, seule photo que j'aie d'elle à Venise où elle avait pris le bateau, tailleur clair, matin gris au bord des quais), et, tout au fond, dix mille dollars en coupures de cinquante. Pas de mot d'accompagnement, bien entendu. Ça, c'est elle. Les faits, les lignes, les angles, rien d'autre. Quel bon écrivain, au fond, dans la vie directe. Qu'elle ait été obligée de mourir, bon, c'est la règle. Mais comment s'habituer à ne plus la voir et, surtout, à ne plus l'entendre ? « Oh, jamais ! », « Oh, je sais ! », « C'EST ÉNORME ». Ce sont les voix qui sont éternelles, les moments de voix. Il y a un éclair des voix qui passe à travers tout et subsiste au-delà de tout. Telle voix, tel destin pour toujours. Pas ce qui est dit, la voix seule, tout à coup détachée, sans fin, non enregistrable, non situable. Comment font-ils pour ne pas l'entendre ? Écoute ! Souviens-toi ! Écoute ! Le monde est une hallucination incessante et massive de sourds. Écoute mieux ! Ta main ! De plus près ! Souviens-toi ! Écoute !

La dernière fois que je l'ai embrassée très réveillée, elle était dans un fauteuil d'osier devant la fenêtre ouverte. Comme sa chambre (étrangement, la 900) était au rez-de-chaussée, on sentait vivement l'odeur du gazon coupé. On entendait, dans le couloir, le bruit d'un aspirateur. Elle n'avait même plus envie de regarder les idioties de la télévision, mauvais signe. En me penchant vers elle, je suis presque tombé dans les rosiers grimpants du dehors, sa joue, les fleurs rouges, à peine un mètre. On a ri. Après quoi je l'ai aidée, presque en la portant, à se rallonger sur son lit et je me suis couché à côté d'elle. Elle m'a tranquillement parlé de sa mort (« J'ai payé mes obsèques », pour ne pas avoir à dire le mot « enterrement ») et j'ai dit les « mais non, mais non » qu'il fallait. Je me suis même fait plus convaincu que jamais, c'était l'accent qu'elle voulait entendre : ses doutes ou ses objections critiqués point par point. En réalité, une seule chose comptait : être côte à côte dans la barque sombre et claire, dans la vieille et fraîche nacelle de toujours, visible seulement pour nous.

Une de mes lettres d'Angleterre lui raconte ma visite à Canterbury et la mise en scène radioactive autour de l'assassinat de Thomas Becket en 1170. Meurtre dans la cathédrale... Ils n'en sont jamais revenus, ces braves Anglais, d'avoir peu à peu affermi leur monarchie et leur religion nationale, Henry VIII, son mariage et la suite, sur un crime bien en évidence, reliquaire régulièrement pillé, là, impossible à dissimuler. Illégitimité en plein jour. Épine. Tout Shakespeare sort de là. Dans un coin, on trouve aussi le gisant du Prince Noir et ses fleurs de lys en cuirasse. Détails pour l'amuser. Elle a gardé tout ça (avec la demande d'envoi de mandat en postscriptum), et retour à l'envoyeur. En ajoutant une somme d'argent à dépenser immédiatement, soyons pratique. Les dollars ? Allusion à ce voyage si compliqué avec Jeff pour l'accompagner à New York voir Judith. La bague ? Confidence de philosophie indirecte. Les lunettes, le miroir, le foulard ? Oui, oui, c'est moi, c'est bien moi.

Il ne me reste plus qu'à rêver d'elle ? Mais non : elle ne se déplace pas dans les rêves, mais plutôt, impalpable, dans une sorte de nappe d'air doublant l'air. Je tends encore le bras, par moments, pour l'appeler au téléphone ? Oui, mais sans y croire, je me vois faire le geste comme une vérification. Elle n'est pas ici ou là, et encore moins au-delà, mais partout et nulle part, verticale présence du nulle part, selon sa leçon de transition fluide. Trois fois le pressement de main très distinct. Autre pouls, autre cœur, autre vie. Oui, c'est oui.

Jeff demande si grand-mère est au ciel. Judith me laisse répondre oui. Je lui demande, moi, de temps en temps, s'il a prié pour elle. Chacun ses sons, ses images, ses mouvements de mémoire. Les rêves sont absurdes, la prière est un antirêve, un pari vibratoire sur la raison. On doit détester la mort parce qu'elle détruit la raison, accepter ou aimer la mort revient toujours, plus ou moins consciemment, à haïr la raison elle-même. Frénard, une fois : « Le pape incarnant la raison à la fin du xxᵉ siècle ? On aura tout vu ! Tête de Voltaire ! » Mais non, Voltaire, au contraire, trouve ça réjouissant, il me le confie chaque jour en cachette, je n'ai aucun mal à lui faire regretter son embardée prussienne, et quant à l'Infâme, cela fait longtemps qu'il a changé de masques, d'habits, de système nerveux. Nous avons connu la Terreur rousseauiste, Hitler, Staline, l'Islam épileptique, et maintenant l'Omniprésente et publicitaire Mafia, l'asthme universel, l'Infasthme ! Mafiat voluntas tua ! Je mafe, tu mafes, il mafe, nous mafons, vous mafez, ils mafent. « Ah, on ne s'y retrouve plus, dit

Frénard, c'est l'enchevêtrement du Démon!» Il pourrait, s'il l'avait lu, citer Céline : «C'est pire que la transmutation c'est de la perversité magique, la frénésie d'embrouillamini, la carambouille sorcière des choses. » Et aussi : « Mais le diable est maître des cartes, je vous le dis... Faites beaucoup de signes de croix, dites beaucoup d'Ave avant d'en écrire plus long!... Moi, vous savez, et le " Prince des Ténèbres ", on s'évite... » Mother n'a jamais su ce que je faisais exactement? Tant mieux. «Tu as beaucoup de travail? » – « Assez. » – « Ne te fatigue pas trop. » Quant à Jeff, il a fini par penser que j'étais une sorte de «célibataire heureux», la formule est de lui; il n'est pas mécontent que je lui laisse sa mère. Jeff à Judith : «Papa vit dans l'allégresse. » Judith : «C'est quoi, l'allégresse? » – « La puissance de la joie. » Dans *La Belle au bois dormant*, la phrase exacte est : «Avant l'ogresse, on vivait dans l'allégresse. » Judith : «Mais " puissance de la joie ", tu l'as trouvé où? » – « Dans ma tête. » Oui, Céline a raison : « Le diable sait ce qu'il fait, il est subtil, il s'attaque à la musique des peuples qu'il veut supprimer. » Et à celle des individus, donc. Votre musique, ne l'oubliez jamais, vous éclaire tout, bien au-delà de ce qu'on veut vous cacher. On en sait toujours plus qu'on ne croit, on finit toujours par en apprendre plus qu'on n'en imagine. Chaque rencontre rouvre un dossier à demi fermé, ou annonce ce qu'il y aura d'obscur dans le suivant qu'on ignore. Le présent, dans ces conditions, est une corde raide, rarement un chemin, le plus souvent une impasse. Avec Frénard, par exemple, une conversation a, en général, trois dimensions et même, dans les moments délicats, quatre. Avec Marc, en revanche, c'est toujours deux. Il n'est pas intelligent.

— Est-ce que ce n'est pas merveilleux? dit Frénard en s'épongeant le front. Le capitalisme invente et installe le stalinisme comme négation féroce du communisme, après quoi il tire la chasse au bon moment, l'Empire tombe en miettes comme un golem, et tout le monde se met à parler en même temps de l'effondrement du communisme. Bien joué, non? Ah, ces Russes! Vous avez vu les photos jusque-là interdites de publication du pauvre Lénine halluciné dans sa petite voiture de paraplégique syphilitique? Ce regard taré, accablé, traqué? Il paraît qu'il est mort avec des hurlements à faire peur aux campagnes environnantes... Cela dit, même génial, un criminel comme un autre, comme toute la bande soviéto-nazie. À croire que l'hérésie n'en finit pas de produire ses pustules les plus remarquables. Regardez les Serbes, et leur campagne de purification ethnique : ils sont parfaits. Quant aux révélations truquées de Moscou sur les finances secrètes, via le caviar suisse, pendant presque un siècle, une vraie rigolade, non?

Je me revois à Genève, dans un bar de palace, en train de regarder un Américain et un Iranien bien tranquilles avec leurs téléphones portatifs sur la table. Tantôt un appel ici, sans tenir compte du décalage horaire, tantôt une incursion là... Et vogue la galère! Une discussion serrée, chiffres sous les yeux, calculettes et stylos à la main... Si vous débloquez ici, je laisse passer là... Mais si vous gelez en amont, je bouge en aval... Genève, ses rues calmes, son jet d'eau éternel, son blanc irréprochable... Sur l'autoroute, vers l'aéroport, la pancarte vers la droite : *Ferney*... Le chauffeur de l'ambassade, dans la voiture, téléphonant à un autre chauffeur : « Je monte... Il y a un monsieur Casanova à prendre à l'avion de onze heures quinze, tu as le temps de finir ton café. » Bien entendu, une fois de plus, je n'invente rien. Je me contente d'être le témoin réaliste d'une réalité de plus en plus hyper-surréaliste. C'est comme ça.

Mother, en 1940, a trente-trois ans, et moi trois. Elle a assisté en direct au montage du film et à ses ravages (film auquel Father, cachant ses décorations de la Première Guerre dans un tiroir, ne croyait pas une seconde, écœuré à jamais des superproductions par les égorgements au poignard dans les tranchées). Trente-trois ans, son amie Violet vingt-cinq, le Kent... Son instinct, ma chance... Simple façon de sentir... « Ne te fais pas voler ta vie. » – « Tu veux dire quoi? » – « Tu verras. »

— Je sais, je sais, dit Frénard, votre génération romantique a été fascinée par les hétérodoxes de l'homicide, les autres, les soi-disant autres : Trotski,

Ho Chi Minh, Mao... En réalité, tous les mêmes. Je veux bien, pour être gentil, faire une exception pour ce dictateur sanguinaire de Mao à cause de ses qualités strictement militaires. Lui, au moins, était doué sur ce point, ce qui permet de penser que, dans d'autres circonstances, il aurait pu s'occuper de tout autre chose... D'ailleurs, même Raymond Aron l'a dit : il est le seul, Mao, à avoir retenu tous les thèmes clausewitziens, y compris l'anéantissement des forces ennemies en tant que finalité de la défense, notre but constant, soit dit en passant... La défense! Active! La seconde main! Stratégie défensive, offensive tactique : voie royale!

— Trotski...

— Rien à voir. Relisez son *Journal d'exil*, livre étonnant. Il a des côtés très sympathiques en tant qu'homme (Frénard va à la bibliothèque, sort le livre et l'ouvre). Son *Testament* de 1940 ne manque pas de grandeur, et sa femme, Natalia, semble avoir eu des qualités assez extraordinaires, contrairement à la plupart des mégères qui peuplent l'enfer du coin. Écoutez ça : « Natalia vient juste d'ouvrir la fenêtre pour que l'air puisse entrer plus librement dans ma chambre. Je peux voir la large bande d'herbe verte le long du mur, et le ciel bleu clair au-dessus du mur, et la lumière du soleil sur le tout. La vie est belle. Que les générations futures la nettoient de tout mal, de toute oppression et de toute violence, et en jouissent pleinement. » Délivrez-nous du mal... Ça me fait penser à Marx terminant, en latin, sa *Critique du pro-*

gramme de Gotha : « dixi et salvavi animam meam », « j'ai dit et j'ai sauvé mon âme... » N'empêche que l'erreur est immédiate : comme si les générations futures pouvaient « nettoyer » quoi que ce soit... On sait où mène le nettoyage...

— Religion ?

— Toujours. Obsessionnelle. « Je mourrai avec une foi inébranlée dans l'avenir communiste. Cette foi en l'homme et en son avenir me donne, même maintenant, une force de résistance que ne saurait me donner aucune religion. » Vous imaginez le fin sourire des moustaches de son assassin, l'ancien séminariste Staline, en lisant ce genre de déclaration. Mais je vous refroidis tout de suite sur Trotski. L'exécution du Tsar et de toute sa famille était, selon lui, indispensable (toujours le modèle français), et il écrit : « Je ne me suis jamais préoccupé de savoir *comment* l'exécution avait été accomplie, et j'avoue que c'est une préoccupation que je ne comprends pas. » À la bonne heure ! Le règne du *pourquoi*, la fin du *comment* ! Autant dire adieu aux nuances de la sensation humaine. On peut remarquer que Trotski, en exil, lit beaucoup de mauvais romans qu'il trouve d'ailleurs mauvais, mais alors la question se pose : pourquoi les lit-il ? Afin de mieux se convaincre de la nullité de la société qu'ils reflètent ? Sans doute. D'abord la société et ensuite les romans ? Eh oui, ils pensent tous ça ces braves sourds et aveugles... Trotski n'était pas le moins cultivé, loin de là (oui, oui, André Breton, je sais), Mao non plus, d'ailleurs, avec son goût pour la calligraphie et les gros vieux romans de la tradition chinoise... Mais, en définitive, je vais vous dire : Staline incarnait mieux l'avenir parce qu'il était le moins humain. Encore moins que Lénine, et ce n'est pas peu dire. Beaucoup moins qu'Hitler, ce grand dégénéré nerveux... Trotski a ses frémissements, voyez-le à Gorki avec Lénine, sa façon de le décrire comme « épris » de lui, lui faisant mettre des fleurs dans sa voiture... Mais oui, de l'amour! Entre hommes-vrais-hommes! Fond de l'affaire, évidemment. Ils s'admirent, se jalousent, se convoitent, se haïssent, s'adorent... L'embêtant, c'est que le seul acte amoureux qu'ils arrivent à concevoir est la mort. Peut-être en est-il toujours ainsi? Qui sait? Ce serait le secret de la comédie? Tuer ce qu'on aime? L'amour dans, et par, la mort? Drôle de mécanique. Trotski, au fond, est flatté d'apprendre que Staline ne pense qu'à l'éliminer physiquement. Il évoque le moment où Lénine lui-même, ayant peur de perdre ses moyens mentaux, demande du poison à Staline qui en fait le rapport au Politburo. Demander du poison à Staline qui préparait son isolement définitif et son embaumement didactique! Mais je vous ai gardé le plus beau pour la fin. Nous sommes en avril 1935, Trotski est à Lourdes...

— Lourdes?

— Mais oui, il est passé par là. « La grotte fait une impression misérable... Mais le meilleur de tout, c'est une bénédiction du pape Pie XI retransmise par la radio... Pauvres miracles évangéliques, à côté du téléphone sans fil! Et que peut-il y avoir de plus repoussant que cette combinaison de l'orgueilleuse technique avec la sorcellerie du super-druide de Rome! En vérité, la pensée humaine est embourbée dans ses propres excréments. » Magnifique, n'est-ce pas? Les nazis sont en pleine expansion radiophonique et Trotski est révulsé par une fade et banale bénédiction papale! « Pauvres miracles évangéliques »... « Super-druide de Rome »... Quelle misère... Combien de divisions le super-druide de Rome?... Quoi? On a tué quelqu'un? C'était nécessaire. *De quelle façon?* « J'avoue que c'est une préoccupation que je ne comprends pas. » La manière dont lui aussi va être tué est pourtant diablement intéressante. Plutôt que d'aller au Mexique, il aurait mieux fait de se réfugier dans nos caves super-druidiques.

— Enfin, nous n'allons pas revenir au *Syllabus*!
— Taisez-vous, malheureux! Le *Syllabus*? Une merveille! Vous savez qu'un de mes dadas, si j'en avais le temps, serait de réhabiliter la papauté depuis toujours, cela va de soi, mais surtout au XIXᵉ siècle. Ah, ces rafales défensives-actives... 1854, l'Immaculée Conception; 1864, le *Syllabus*; 1867, *Quanta Cura*; 1870, l'Infaillibilité pontificale! C'est incroyable d'audace militaire! Fou! Du pur Clausewitz : « La forme défensive de la conduite de la guerre n'est pas un bouclier direct, mais un bouclier formé de coups habiles. » Et qu'est-ce qu'il y a à redire un siècle et demi après que tout le monde s'est

esclaffé? Rien. Le *Syllabus* condamne quoi? Le panthéisme (c'est la moindre des choses); le rationalisme (dont, depuis, chacun a apprécié les limites); l'indifférentisme (toutes les religions seraient égales : mon œil !); le socialisme (n'ayons pas la cruauté d'insister); la maçonnerie (nous verrons ça une autre fois); l'étatisme (qui ne serait d'accord?); le gallicanisme (pauvre Église française exténuée); le naturalisme (l'affaire est largement entendue, je pense?). Le thème constant est donc : le moins d'État, le moins de Société possible! Vous me direz que la pilule symétrique à avaler est trop grosse : le Pape, l'Église, la Famille... « Familles, je vous hais ! »... Franchement : à moins d'être encore névrosé à mort ou de traîner un Œdipe retardataire fanatique, qui pourrait de nos jours se plaindre de la famille, autrefois invivable, je le veux bien, mais désormais, et de plus en plus, seul lieu un peu respirable? C'est l'État, c'est la Société qui vous pompent l'air jour et nuit! Regardez ce sondage qui vient de tomber : quatre-vingt-dix pour cent des Autrichiens sont pour le mariage des prêtres! Les crétins! De quoi je me mêle! Ils veulent mettre l'Église et la famille, ensemble, en accord avec la société! Pauvres enfants paniqués! Quelle confusion mentale!

J'aime bien les improvisations de Frénard, rares et un peu cinglées, dans son bureau climatisé ou dans un coin des jardins sombres. Ce lyrisme et cette soudaine familiarité sont aussi destinés à me faire comprendre que ma note n'est pas oubliée, loin de là, qu'elle suit son cours vers une destination lointaine. On n'en parle pas. Il fait très chaud, les jeux Olympiques battent leur plein (« vous avez vu tout ce fric gonflant les hormones? c'est drôle, chaque fois qu'un sportif ou une sportive fait des déclarations, il veut être mannequin ou elle rêve d'être dessinatrice de mode »), les Somaliens meurent de faim et les Balkans sont en feu.

— J'ai appris pour votre mère, condoléances. Ça va à l'ISIS? Vous n'avez pas commencé? Vous verrez, c'est très bien... Je reviens de Castelgandolfo, il est très fatigué, la dernière opération... Enfin, il fallait examiner le rapport de l'archevêque de Zagreb. Savez-vous que le doyen de Stara-Rijeka est enfermé dans une usine avec des centaines de ses paroissiens? Qu'après avoir été battu jusqu'à l'évanouissement, attaché dans un sac (ils nous refont le coup de Popieluszko), il a été jeté dans un champ de maïs? Que, découvert par hasard par un chien, il a été ramené dans l'usine transformée en camp de concentration? Que les curés sont déportés partout en même temps que les musulmans? Que le camp d'Omarska est une honte zoologique? Que les églises sont détruites, mais qu'on vous parlera, dans les journaux civilisés, plutôt des mosquées qui, d'ailleurs, sont détruites elles aussi? Que des centaines de religieuses sont gardées à vue, comme on dit, dans une terreur constante organisée par des brutes? Que tout le monde, ou presque, s'en fout? Pense que c'est inévitable et que le *comment* n'est pas une question? Que tout cela, en réalité, remonte très loin? Politique pro-orthodoxe et anticatholique, notamment française?

— Enfin, la commission avec Israël fonctionne?

— Et c'est heureux. Diplomatie des petits pas... Himalayas de préjugés réciproques... Un travail de Romain, mon cher! Enfin, vous connaissez les textes mieux que moi : « Une sensibilité forte n'est pas celle qui n'est capable que d'émotions fortes... »

Décidément, le code, ces temps-ci, est à Clausewitz : « Une sensibilité forte n'est pas celle qui n'est capable que d'émotions fortes, mais celle qui conserve l'équilibre sous le coup des émotions les plus fortes, de manière qu'en dépit des tempêtes qui soufflent dans son cœur, vision et conviction, comparables à l'aiguille d'un compas sur un vaisseau ballotté par les vagues, continuent de réagir avec la même subtilité. »

Le texte dit, mot à mot : « Le jeu le plus fin reste permis à la vision et à la conviction. »

Clausewitz écrit aussi : « Après avoir considéré tout ce qui relève du calcul et des convictions des hommes, la critique laissera la parole aux événements pour cette part d'entre eux dont l'enchaînement secret et profond ne s'incarne pas dans les phénomènes visibles. Cet arrêt qu'une législation supérieure prononce à voix basse, elle le proté-

119

gera du tumulte des opinions vulgaires en même temps qu'elle rejettera, de l'autre côté, les abus grossiers que l'on peut faire de cette instance supérieure. »

Amen.

Et un autre colis, gros, cette fois : toutes les bibles de la bibliothèque d'enfance ! Dix-sept volumes, cuir à peine usé, lettres d'or sur les couvertures, XVIIIᵉ siècle, gravures, planches, hébreu, latin, français, les porteurs de la Loi dans leurs activités insensées, le désert, l'Arche, les costumes, le Temple ! Le type qui trimbale les caisses n'en peut plus dans la chaleur, c'est lourd... Sacrée Mother, message en deux fois, cible. « Qu'est-ce que c'est ? » dit Judith, un peu étonnée quand même... Jeff aime bien les illustrations, mais les trouve grises... Moi, je revois tout de suite le grand bureau boisé donnant sur le jardin, la vitre de la bibliothèque laissant voir les reliures, en haut, sur deux étagères... Silence un peu plus profond vers le haut... Bon, elles sont ici, maintenant, c'est-à-dire là-bas. Je les lirai avec Jeff quand j'aurai le temps, on commencera par la parole du commencement des commencements, quand Dieu, paraît-il, crée le ciel et la terre... Pour l'instant, à propos de Mother, je pense, non loin de Voltaire, à cette épitaphe de Mme de Boufflers par elle-même :

Ci-gît, dans une paix profonde,
Cette dame de volupté,
Qui, pour plus de sûreté,
Fit son paradis dans ce monde.

Mais chut! Les temps ne sont pas propices à cet enseignement réservé... Le vrai paradis est tabou, le simple fait de l'évoquer vous déclenche aussitôt l'enfer sur la tête... Chut! Chut! N'attirons pas Lucifer! « Une série d'observations médicales, jusqu'ici confidentielles, permettent aujourd'hui d'affirmer que dix cas d'une affection très rare et toujours mortelle, la maladie de Creutzfeldt-Jakob, ont été diagnostiqués chez des enfants traités par une hormone de croissance extraite de glandes hypophyses prélevées sur des cadavres. Plus de deux mille enfants ont été jusqu'à présent traités de la sorte. Rien ne permet de savoir si de nouveaux cas sont à craindre dans les prochains mois ou les prochaines années. »

Ach, Technique! Ici, comme dans les cas de transfusion sanguine infectée de sida sur des hémophiles ou des malades atteints d'hépatite virale, les spécialistes interviennent aussitôt, parlent, s'agitent : « C'est en effet catastrophique, mais ne vous affolez pas, nous aurions pu faire pire! » Vous voilà donc rassurés. Mais c'est pour être immédiatement déstabilisés par un phénomène d'évaporation de galaxies à des millions d'années-lumière de votre modeste retraite... Que venez-vous faire ici, vous, globule de globule, à la surface pelliculaire d'un big-bang qui vous a craché depuis des éternités? Un hémophile de plus ou de moins, quelle importance? Un mauvais cadavre pour un enfant, faut-il s'en émouvoir? D'autant plus que cet enfant n'est jamais lui-même qu'un futur cadavre dont on pourra replanter tel ou tel lambeau? Votre corps vous échappe, et d'ailleurs il n'est pas à vous; le silence des espaces infinis vous effraie à juste titre. Vous ne faites confiance à personne, et vous avez raison. Par ailleurs la vie est absurde et courte, amusez-vous donc, évitez les choses trop difficiles, surtout les livres dont l'évidence ne vous frappe pas au premier coup d'œil. Voilà! Et maintenant écoutez notre compétence et respectez notre autorité! Femmes, nous comptons sur vous! Vous voulez du baby quoi qu'il arrive? Propagez par conséquent la docilité.

S'il n'en reste qu'un, je serai celui-là. J'affirme donc tranquillement, et, s'il le faut, contre la planète entière, que rien n'est plus merveilleux pour l'homme que d'être dans un entier repos, sans passion, sans affaire, sans divertissement, sans application. Il sent alors son être, sa sérénité, sa capacité, sa liberté, sa jouissance, sa plénitude. Immédiatement, il sortira, du fond de cet être, l'amusement, la lumière, la joie, la gaieté, la reconnaissance, l'espoir.

Je déclame. Jeff, entré dans mon bureau, m'écoute bouche bée. Autre spectacle. Récitation comme ça, pour le plaisir, pour la cadence, pour rien :

Ce temps profane est tout fait pour mes mœurs,
J'aime le luxe et même la mollesse,
Tous les plaisirs, les arts de toute espèce,
La propreté, le goût, les ornements...
Ô le bon temps que ce siècle de fer !
Le superflu, chose si nécessaire,
A réuni l'un et l'autre hémisphère,
Le paradis terrestre est où je suis.

Chut ! Ne va surtout pas claironner ça à l'école !...
Ruse ! Discrétion ! Poème secret entre nous... Sous le
pommier... Qu'est-ce que te disait grand-mère, déjà,
en te voyant arriver ici, quand elle sortait pour t'ac-
cueillir, blanche et bleue, sur le pas de la porte, sous
l'acacia en fleur ?... « Mon trésor ! »... Tu bondissais
du taxi, tu te jetais vers elle en faisant l'avion, vroum,
vroum... « Mon trésor ! Mon trésor ! »...

Oui, c'est ça, une robe bleu de Chine.

Un peu de solennité, si tu veux bien : nous savons
souffrir et nous taire, nous avons donc le droit de
parler.

Les sèches condoléances de Frénard ne m'ont
pas déplu. Sinon, que de grimaces, de contorsions
pseudo sentimentales, de pathos animé vitreux...
Tout le monde est censé être au courant de ce que
vous ressentez, vous donne donc sur-le-champ des
leçons de maintien, comme s'il s'agissait d'une

épreuve commune. Pas de doute, chacun a décidé de savoir à la place de l'autre de quoi il s'agit. Mon père, ma mère, mon frère, ma sœur, mon fils, ma fille, ma grand-mère, mon grand-père... *Mon* et *Ma*. *Ton* ou *Ta* ne seront jamais au niveau réel, indicible, noble, tragique, unique de *Mon-Ma*. Tant pis, c'est plus fort que moi, il faut que je vous le dise, il y a un seul *Mon* et une seule *Ma* possibles. Il y en a même qui se mettraient presque en colère parce que vous n'êtes pas assez émus devant eux. Leurs yeux s'emplissent de vos larmes absentes, ils vous prennent dans leurs bras, tout en regardant un miroir imaginaire juste derrière votre tête. Ils font les questions, les réponses, les commentaires; ils évaluent du coin de l'œil si vous êtes assez vulnérable pour qu'on puisse vous extorquer quelque chose; y a-t-il une brèche, une fissure, une mince ouverture qui permettrait de pousser...

Ô, chérie, ce cercueil poussé dans la tombe bondée, ça ne t'a pas fait trop mal? Tu as eu assez de place entre ton mari et ta sœur, deux autres morts de l'été, là-bas, chez nous, sous les arbres? Jeff a eu des cauchemars, ces dernières nuits, des formes blanches et chiffonneuses dans sa chambre; il a réussi à les jeter par la fenêtre... Judith, elle, pense sûrement à son père en cendres, urne abandonnée dans un mur... Kafka : « Les lamentations autour d'un lit de mort sont motivées par le fait qu'ici il n'y a pas eu mort dans le vrai sens. Nous en sommes encore à nous contenter de cette mort-là, nous jouons toujours le jeu. » Et encore : « Notre salut est la mort, mais pas celle-ci. »

– Une vie est vite volée...

– Comment ?

– Trafic d'identités. Généralités et abstractions vides. Collectivisation forcée.

Judith en sait quelque chose. Les camps de jeunesse ; la surveillance incessante ; la malveillance organisée ; la dénonciation des parents par les enfants ; l'industrie de la délation ; le chantage des places, des avancements, des passeports, des visas, des appartements, de la nourriture ; tout le monde contre tout le monde sous le drapeau de l'avenir général... Vieille histoire : divise ! règne ! ton mépris sera mon mépris ! déteste-toi comme je me déteste ! rumine ! obéis ! nie-toi ! tue-toi ! sois soumis !

– La vie volée, roman.

– Trop de personnages.

– En foule. Et, en plus, ne voulant pas l'admettre. Trop vertigineux, trop grave. Vies volées, dérobées, exploitées, spoliées, escroquées, usuriées, tronquées, censurées, falsifiées, déformées, caricaturées, simplifiées, détournées, noyautées, retournées, infiltrées, squattées, intoxiquées, vampirisées, usurpées...

– Beaucoup de fous se plaignent de la même chose...

J'aime bien quand Judith fait semblant de me croire paranoïaque. Elle sait que, de mon point de vue, j'ai raison, mais elle n'est pas là pour en convenir. D'ailleurs, ce soir, il y a Spectacle.

Un des problèmes les plus difficiles des Services, est l'immense et contradictoire diversité des cas à régler. Sans parler de l'utilisation endémique par l'adversaire des malades mentaux qui floculent dans cette région : boutiques, sacristies, officines plus ou moins moisies, dévots et dévotes à l'ancienne, ringards, faiblards, tocards, illuminés, délirants en tous genres, ramollis du cerveau ou encore, souvent les pires, convertis confortables ou en fièvre... On accepte tout le monde, nous, on prend le monde par le bas du bas, comme en médecine, c'est-à-dire par son épouvantable et sublime matière organique, sans exceptions. Il faut donc compter, sans cesse, sur des milliers de retards, d'approximations, de bavardages, de crises pour rien, de bêtises innommables... Sans parler de la prétention du haut du panier, des « élites » qui se croient toujours en avance, ou de la bouffissure des nantis... Ne parlons pas non plus des mille et une controverses entre les Ordres, des mesquineries provinciales de la hiérarchie internationale, des oscillations incessantes de gauche à droite et de droite à gauche, intégrismes, populismes et culturalismes divers, selon qu'on se retrouve à New York, au Japon, en passant par l'Afrique dévastée, le Brésil, Beyrouth, Mexico, Montréal ou la difficile Hollande. Le tout indexé sur les variations démographiques et une trésorerie monumentale et le plus souvent infinitési-

126

male, toujours au bord du déséquilibre... Tel est le royaume de Frénard, et le plus étonnant est qu'il fonctionne, au point qu'on finirait, telle est l'improbabilité de l'ensemble, par croire à la Providence... Canalisations mondiales de la Vieille Maison sans fin sur le point de tomber en ruine... Comptabilité des tares, des misères, des agonies, des crimes, des infirmités ; de l'irréparable et de l'intenable en soi, traités avec ce qu'on pourrait appeler une compassion infernale ; mais aussi des sublimités, des saintetés, des harmonies, des génies... S'il y avait une justice, Frénard, et aussi quelques autres, mériteraient d'être canonisés ou béatifiés comme bien des travailleurs de la nuit... Mais non, aucune chance. Pour le moment, le marché « Dieu » s'est de nouveau emballé, tout le monde semble s'y être mis d'un coup, le poumon d'acier de Moscou une fois débranché, c'est l'avalanche... Les titres de livres, de reportages ou de séries télévisées parlent d'eux-mêmes : Dieu est Dieu, nom de Dieu ; Dieu existe, je l'ai rencontré ; Dieu existe, je l'ai toujours trahi ; Lettre ouverte à Dieu ; J'existe, Dieu m'a rencontré ; Merde à Dieu (tirage limité) ; Au service de Dieu ; Dieu défiguré ; Dieu sans Dieu ; Dieu est mort ; Pourquoi Dieu ne peut pas s'incarner ; Dieu est inconscient ; Le testament de Dieu ; Seules les larmes de Dieu seront comptées ; Le futur de Dieu dure longtemps ; Le onzième commandement de Dieu ; Le Diable est l'envers de Dieu ; À la grâce de Dieu ; Dieu si je veux, quand je veux ; Traqué par Dieu ; La soif de Dieu ; Fous et folles de

Dieu; La science de Dieu; Dieu et la science; Pour comprendre les silences de Dieu; Le vrai peuple de Dieu; Dieu est-il une femme?; Dieu, sa vie, son œuvre; La condition de Dieu; Les droits de Dieu; Dieu a besoin des hommes; Histoire du Dieu errant; Dieu, étoile errante; Le ravissement de Lol.V.Dieu; Terre de Dieu; Dieu et les territoires occupés; Dieu est plus grand que Dieu; Calcul de la surface de Dieu; Le Sur-Dieu; Dieu et l'atome; La deuxième vie de Dieu; Dieu et le Capital; Dieu à la lumière de la biologie moléculaire; Être enfant de Dieu; Comment faire un enfant avec Dieu; Dieu et le Big-Bang; La maladresse sexuelle de Dieu; Pour en finir avec le jugement de Dieu; Nouvelle réfutation de l'existence de Dieu; Enquête sur l'existence intermittente de Dieu; L'Anti-Dieu; Les crépuscules de Dieu; La douce pitié de Dieu; Le Dieu caché; À la recherche du Dieu perdu; La vie privée de Dieu; Dieu est-il pédophile?; Voyage au bout de Dieu; Dieu à crédit; À l'ombre des jeunes filles de Dieu; Dieu dans l'entreprise; On ne naît pas Dieu, on le devient; La femme est l'avenir de Dieu; Dieu est une passion inutile; Malheur de l'homme sans Dieu; Le protocole des sages de Dieu; Les banques de Dieu; Dieu, horizon incontournable de notre temps; Le don de Dieu; Le divan de Dieu; Dieu est-il athée?; Fin de l'Histoire, fin de Dieu; La vraie mère de Dieu; Dieu dans la littérature, la peinture, la sculpture, la musique, le cinéma, le design; Dieu est-il postmoderne?; La psychanalyse au risque de Dieu; Le chiffre de Dieu; L'indifférence de Dieu; Le nouveau Dieu amoureux; Amants et maîtresses de Dieu; L'homosexualité dans la perspective de Dieu; Lesbiennes devant Dieu; Dieu et la culture physique; Dieu ne fait pas grossir; Le premier publicitaire : Dieu; Le Dieu olympique; La faim de Dieu; Un P-DG découvre Dieu; Un pour tous, tous pour Dieu; Mariage et procréation dans le plan de Dieu; Le suicide de Dieu; Les cliniques de Dieu; La semence de Dieu; Les armes de Dieu; La vengeance de Dieu; Les drogues de Dieu; Pour la plus grande gloire de Dieu...

J'en oublie. Si j'ai bien compris, un des travaux de l'ISIS consiste à répertorier, trier, résumer et commenter brièvement cet énorme fatras en cours. Punition administrative... Ah, vous êtes d'un naturel curieux? Eh bien, voilà. Dites-moi s'il y a quelque chose d'intéressant dans tout ça.

A-t-elle eu sa vie volée, Mother? Oui et non, comme tout le monde. Et finalement plutôt non, c'est le sens du message ultime, de la main à la main... L'histoire du xxᵉ siècle reste à faire, toutes les forces existantes concourent à l'empêcher... Mais où est passée ma note? C'est elle qui concentre tout et explique tout, à condition, bien entendu, de développer, de tirer chaque fil jusqu'au bout, tâche épuisante, j'en conviens, il faudrait sans doute dix vies

129

pour la remplir, on ne peut jeter pour l'instant que des éclairages à la hâte... Eh bien, nous aurons dix vies s'il le faut. Quand même : une fois que c'est vu, c'est vu ; une fois que c'est compris, c'est compris. Ce n'est d'ailleurs pas la note en elle-même qui a cette valeur mais la réaction de tout le système par rapport à elle... Quand vous avez touché le cerveau, vous le savez immédiatement par un drôle d'éclair sec dans la moelle épinière. C'est le cas. Ne croire que les témoins qui se feraient égorger ? Très peu pour moi. Des tas de faux témoins se font égorger sans peine. Suivons pourtant un moment Pascal : « " Je m'en suis réservé sept mille " : j'aime ces adorateurs inconnus au monde et aux prophètes mêmes. » Hum, hum... « Je me suis réservé sept mille hommes qui n'ont pas ployé le genou devant Baal. Ainsi donc, aussi au temps présent, il y a du résidu sauvé selon l'élection de grâce. » Sept mille ? Vraiment ? Quel optimisme ! Sept suffiraient, à vrai dire. Ou trois.

Ma note ! Ma note ! Mon *la* !

Prenons la France à la fin des années quarante : pseudo-victorieuse, en réalité vaincue, choquée, étriquée, à peine reconstruite, coupable, honteuse, avec son énorme carré blanc de censure (« Vichy, quatre années à rayer de notre histoire »), ou son hallucination-propagande de salut (Staline). D'un côté les punaises de sacristie d'une Église largement déconsidérée et qui a toujours le plus grand mal à s'en remettre ; de l'autre la dignité froide et renfermée des instituteurs socialistes, surveillés par les chefs de bande staliniens, à vareuse symétrique des nervis miliciens nazis. En somme : la vieille fille, le curé, le fonctionnaire, les militants, le militaire déchu, l'homme politique en cours de reconversion affairiste, « l'homme qui sait » (qui a ses dossiers). Un pays tombé, père humilié, mère amère. Tous les enfants nés entre cinquante et soixante, au moins, sont le résultat de ce rabaissement châtré, de cette amertume pincée. Mother, elle, est une femme encore jeune, ayant déjà fait ses enfants et survivant là-dedans. La xénophobie est partout, de même que l'antisémitisme. L'Anglais, par exemple, a été présenté pendant deux siècles, et encore plus pendant quatre années, comme l'ennemi principal (propagande républicaine, reprise aussi bien par les fascistes que par les staliniens). Les enfants de pauvres ou de petits employés sont convaincus d'être l'objet d'une injustice telle qu'il n'y en a jamais eu de plus cruelle. La culture, donc, c'est eux, et sûrement pas un fils de bourgeois catholique (moi) qui, en plus, saurait des choses, lirait, inventerait, critiquerait ou s'approprierait *sans payer*. On va le lui faire sentir au lycée, et que sa mère a tort d'avoir des bijoux, des jolies robes, des manteaux de fourrure qui ne doivent rien ni à l'occupant allemand ni au nouveau maître américain. Rien de glauque, de sordide, une vie rangée ? Animosité renforcée. De plus, voilà une femme qui conduit sa voiture, ce qui, à l'époque, fait très mauvais genre. Elle pousse la provocation jusqu'à venir chercher son fils à la sortie des classes, après être allée jouer au tennis. Ce garçon, lui, c'est évident, devrait être dans un collège religieux, chacun à sa place, en compagnie des débris d'une élite dégénérée, mais d'autant plus respectée, en train de pourrir sur pied. Après quoi, vont arriver, dans les années soixante, les flux d'immigrés d'Afrique du Nord (Algérie), pour lesquels la France est soit un pays de traîtres (petits blancs pieds-noirs), soit une réalité exotique ou carrément répressive (Juifs, Arabes). La jeunesse ? Elle vient d'être engendrée dans les chambres fascistes ou staliniennes : elle explose en soixante-huit, dérape, déraille, est prise en otage par des vieux cons, tente de vomir la culpabilité rentrée de ses parents, produit quelques éléments étonnants qui s'échappent comme ils peuvent, deux ou trois esprits, lucides et nihilistes, vite marginalisés. Et ce sont les années de plomb soixante-dix, brouillage et décomposition, laissant place au tout-à-l'argent et à l'analphabétisme massif des années quatre-vingt, elles-mêmes suivies du brutal tout-à-l'égout des années quatre-vingt-dix, c'est-à-dire des dix dernières années du XXe siècle.

Mother, fatiguée par le tintamarre social qui lui a toujours paru ridicule ou de mauvais goût, a appris à mentir. Elle condamne en bloc sa classe sociale, mais aussi les autres. Sa défiance quant à sa religion d'origine est plus que fondée. Je la partage. Mais c'est là que je cesse d'être français ou que je le deviens enfin : l'Histoire me semble, à moi, en plein recommencement subversif. Je n'hérite de rien, pas de

XIXᵉ siècle, pas de Vichy-sous-Berlin ni de Moscou-sur-Seine. Et pas davantage de romantisme avec pansements, Guernesey, guéridons tournants, proudhonisme, ésotérisme, occultisme, orientalisme, surréalisme subsistant dans les alvéoles primaires de ce cerveau électrocuté. Dès l'enfance, avec netteté, la boussole se présente d'elle-même : sexe. Direct, discret, insistant, étonnamment sans drame, tendu, frais, satisfaisant, il passe à l'acte dans le langage cru, modulé, qui est, ou devrait être, le sien. Les femmes sont assez généreuses et perverses pour me transmettre leurs expériences. Dans leurs régions diverses, elles ont accumulé des tonnes d'observations inutilisées. Leurs insatisfactions, leurs frustrations, leurs visages ou leurs yeux soudain rouges, leurs lapsus, leurs nervosités, leurs manœuvres, leurs gestes à côté, me renseignent. Elles s'en rendent compte : elles m'appuient. Elles ne croient à rien : moi non plus. Mother est une fée stricte : elle feint, comme il convient, de soutenir la loi existante, mais c'est pour s'en moquer à chaque instant. Father, lui, depuis longtemps écœuré par l'hypocrisie et la bestialité des Temps, reste opportunément silencieux. Je fais très tôt la connaissance de femmes plus que légères. Pas de hasard, jamais de hasard. Je suis fait pour elles et elles pour moi. Parallèlement, tout le monde a des opinions, bavarde, élucubre, pérore, juge, tranche, échafaude, construit, reconstruit, résout à tout bout de champ la quadrature du cercle, démonte le peu de poids du divin, tente d'assurer la nécessité supposée de l'humain. Un jour, je tombe sur un gros livre sévère de sept cent cinquante pages où je lis des phrases de ce genre : « Pour traverser les conflits incessants avec l'imprévu, deux qualités sont indispensables : d'abord un esprit qui, même au sein d'une obscurité accrue, ne perd pas toute trace de la clarté interne nécessaire pour le conduire à la vérité; ensuite le courage de suivre cette faible lueur. Le premier a été désigné au figuré par l'expression française de *coup d'œil*, l'autre est la *résolution*. » Le livre s'appelle *De la guerre* et ce chapitre *Le génie guerrier*. Vais-je pour autant m'imaginer que je peux devenir un exemple, un modèle, un général, un maître? Vous voulez rire. C'est ici l'enfance d'un traître, pas d'un chef. Mais pas d'un traître en uniforme, venant incarner le Mal à la grande satisfaction du Bien. Non, mes exercices physiques spéciaux me conduisent plus loin que prévu. Au lieu de me transformer en sensualiste classique, donc manipulable, je réfléchis, je pourrais même dire que je pense. Oh, il pense! Voyez-moi ça! Mais oui. C'est là que le cobaye s'absorbe, se définit, qu'il juge que la Société en tant que telle doit être récusée, sans reste. À partir de là, les livres s'ouvrent tout seuls, ils indiquent d'eux-mêmes leurs points forts, leurs points faibles, la vérité qui les anime, l'erreur qui les rétrécit. La durée s'ouvre entre les lignes, les blancs du papier deviennent des puissances, la guerre se passe entre dit et non-dit, la clé de la comédie tragique est qu'il s'agit uniquement d'un immense conflit de littératures. Des rôles, des tentatives plus ou moins réussies de poèmes ou de récits, des approximations ou des réussites de raisonnements, il ne se passe rien d'autre. C'est même cela qui est pathétique, plein d'une effroyable réalité. Cependant, personne ne semble s'en apercevoir, les bibliothèques sont peuplées de spectres et, dehors, ils vont, ils viennent, ils vivent, ils meurent sans avoir même soupçonné que c'était écrit.

— Mais pourquoi la Vieille Maison?
— C'est la bibliothèque la plus tranquille.

— Le Turc Achab a-t-il vraiment eu l'intention de tuer la baleine blanche Moby Dick?
— Sans aucun doute.
— *Voulait-il* le faire?
— Il était programmé pour cela. On a son parcours d'entraînement.
— Achab devait-il être abattu aussitôt après, dans un scénario genre Dallas?
— On peut le penser.
— Pourquoi ne l'a-t-il pas été?
— C'est là que les interprétations divergent.
— Et son complice en fuite place Saint-Pierre?
— Autre énigme.
— Achab était-il en contact avec la Mafia?
— Qui n'est pas en contact avec la Mafia?
— Qu'est devenue la filière de drogue turco-

bulgare dont on trouve les traces massives dans l'enquête ?

— Elle s'est reconvertie après avoir admirablement servi le système dit communiste.

— Qu'est-ce que le Turc et la baleine se sont dit lors de leur rencontre ?

— On ne sait pas. À mon avis, rien.

— Le Turc était-il un déséquilibré mental ?

— Pas du tout. Très doué pour la simulation, au contraire. Toujours sur ses gardes.

— Moby Dick avait-il connaissance des risques d'attentat ?

— Il y a eu, à l'époque, jusqu'à cinquante rapports par semaine évoquant dix projets d'assassinats différents.

— Moby a eu peur ?

— Pâleur prononcée, deux ou trois fois.

— Ce jour-là ?

— Pas particulièrement. Encore que la rapidité de sa réaction, prière immédiate, juste après les coups de feu, montre une préparation constante à une telle éventualité.

— Avez-vous reçu une information précise sur ce jour-là, ce lieu-là, cette minute-là, ce plan-là ?

— Oui. Elle n'a pas été retenue.

— Pourquoi ?

— Il semble qu'elle venait d'un agent trop périphérique. Il n'y a pas eu de recoupements.

— Qui est responsable ?

— Personne. La probabilité n'allait pas dans ce

sens, c'est tout. La chose était encore négociable. Du moins, les experts le croyaient ou voulaient le croire. Ou le faire croire.

— Moby Dick a eu connaissance de cette note d'information ?

— C'est peu probable. Mais ce n'est pas exclu.

— Qu'est devenu l'agent qui l'a transmise ?

— Il a été muté, je crois. Il paraît qu'il y avait aussi une histoire de femme.

— Il n'a rien écrit à ce sujet ? Pas de confidences à la presse ?

— Pas à ma connaissance. Un agent écrit rarement, ou alors des romans. La presse n'aurait pas retenu l'information.

— Pour quelle raison ?

— La chose aurait paru folle. Sans garantie.

— Vous voulez dire que la presse ne publie que des informations garanties ?

— Enfin, il faudrait s'entendre sur le mot... Mais, en somme, oui.

— Qu'est devenu Achab ?

— Toujours en prison. Le Vatican a demandé qu'il survive. Un accident est vite arrivé.

— Donc il ne savait rien ?

— Probablement rien d'important. Mais ce n'est pas sûr. Il est peut-être en réserve.

— On nage donc en plein brouillard ?

— À cette altitude, toujours.

— Tous les Services ont été impliqués ?

— Impliqués, non ; mais au courant, sûrement. À

part les Chinois, sans doute. Ah, ah, c'est ça : les Chinois !

Ceux qui sont nés en 50, 60, 70 ? Les demi-siècles ? Ils ont le plus grand mal, et pour cause, à savoir d'où ils viennent, quel à-peu-près les a conçus, ce que leurs géniteurs se cachaient exactement à eux-mêmes tout en perdant leur coordonnées. Les voilà déboussolés, sceptiques, fragilisés, abouliques, le plus souvent mornes et pressés de *convenir*, mais à quoi ? Presque tout leur paraît suspect, sans valeur durable, douteux, mensonger, ils mettent volontiers chaque chose en doute sauf le doute, ce que veut précisément la nouvelle mécanique qui entend les utiliser. Le dogme est à l'incrédulité générale, ce qui revient à un comble de crédulité. On croira donc fanatiquement qu'il n'y a rien à croire. L'inversion des valeurs évolue ainsi vers des résultats de plus en plus comiques. Votre partenaire sexuel, par exemple, après vous avoir déversé dans les oreilles un tombereau d'obscénités, rougira brusquement en vous disant à voix basse « j'ai de la tendresse pour vous ». La litote est redevenue, mais à l'envers, un ressort érotique. Avant, quel trouble, quelle excitation contenue dans « Va, je ne te hais point ! ». On pouvait en déduire qu'un jour ou l'autre cela pourrait se traduire par « j'ai envie de baiser ». Désormais le « j'ai envie de baiser » risque d'annoncer un événement beaucoup plus important et grave : « Ah, je ne te hais pas. » Ce qui, d'ailleurs, est une bonne façon de souligner qu'on baise surtout parce qu'on se déteste et que rien n'est plus rare que l'abstention de la haine entre humains. Tout change... Un jeune écrivain, après avoir dit à sa maîtresse « viens me sucer, salope, je bande ! », aura intérêt à écrire dans le roman qu'il veut vendre : « Le relief de mon érection la poussa à me gratifier de quelques privautés buccales. » Vulgarité et préciosité s'accordent de mieux en mieux avec pâmoisons et cynisme. Le réalisme le plus populiste s'accompagne d'imparfaits du subjonctif approximatifs. L'amour n'est plus la couverture bavarde de désirs refoulés, mais la denrée rarissime qui se trouve peut-être au-delà de leur satisfaction légitime. « Bien que j'aie envie de faire l'amour avec vous, je vous aime. » Ou plutôt, car c'est plus profond et pornographique : « Bien que j'aie envie de vous, je ne vous hais pas. » Conseil aux théologiens : une prédication sur l'amour de Dieu est maintenant insignifiante. Mais insinuer la suspension possible de son intention de détruire l'imposteur que vous êtes risquerait d'attirer l'attention. Vous méritez cent fois notre mépris et la mort, nous vous accordons un sursis, il est immérité, c'est vrai, mais, que voulez-vous, c'est la grâce ! Allez, faites-vous oublier, dégagez !

Les demi-siècles ont par conséquent le choix entre la plombure des années cinquante, et la grande vulnérabilité qui va être la leur en atteignant l'an deux mille. Secrets pourris du placard, effondrement du bazar. Ils quittent l'éducation de culpabilité répressive pour la course au petit profit s'achevant dans l'égarement. Chez les plus âgés, on sent que les démiurges sociaux sont passés par là, modelant très tôt la dévaluation et le dégoût de soi, sacquant le nouveau venu ou la débutante pour un oui ou un non, jouissant sombrement d'estropier la sensibilité du chétif ou de la chétive, tout en lui donnant une haute idée de sa future fonction : commissariat, renseignement, administration, douanes. Les Supérieurs et les Supérieures ont parlé, il faut obéir. Le Sérail de Secte décide, on doit trembler en pensant à sa vigilance. Que les adultes se vengent sur les enfants n'est pas un phénomène nouveau, mais a pris, après la Deuxième Guerre mondiale, une ampleur consciente et systématique. Jamais la police n'a été aussi insidieuse dans l'ordre privé. Nous avons manqué nos vies, je peux t'assurer que tu rateras la tienne. Nous avons été lâches, crédules, grotesques, floués : tu paieras pour nous. Les hommes sont des porcs, les femmes des chiennes. Rien n'est estimable, rien n'est respectable, tout est achetable. Suis-nous dans l'abîme, petite, petit! Fais-nous ce plaisir! Tu ne peux pas nous refuser ça! Offre à notre néant, hélas indubitable, ta bonne chair fraîche! En échange, tu auras un certain pouvoir, celui d'agir directement sur le foie et les glandes de tes contemporains : envie, jalousie, possession, domination, ponction, évacuation. Vois comme nous sommes médiocres mais grandioses! Parfaitement nuls, mais capables d'inventer

le toujours-plus-mal!... Plus bas! Plus laid! Plus dé-
composé! Plus taré! Ah, le Diable devrait exister
pour nous admirer dans ses Œuvres! Que Dieu
même existe pour voir à quel point il est bafoué!
L'Apocalypse ne s'est pas produite? Le Messie n'est
toujours pas arrivé? Notre propre pureté enfantine
n'était qu'illusion? Vengeance!

Il va de soi que le programme des coulisses, bien
que parfaitement réel et palpable pour qui a trente
secondes de bon sens, n'est jamais exposé, surtout
pas dans ces termes, sur le devant de la scène. Le ser-
mon officiel a toujours trois axes principaux : la souffrance (« ça souffre, donc c'est bien »), la pauvreté
(« seule chose sérieuse en ce monde »), le cœur (« en
avoir ou pas »). La xénophobie, elle, s'exprime par
une xénophilie déclarative et galopante, à condition
que l'étranger ou l'étrangère n'ait pas la prétention
de vivre comme nous, au milieu de nous, mais
conserve son parfum lointain, curieux, insolite, exotique. Le mariage avec un étranger ou une étrangère
sera très déconseillé, il peut avoir les conséquences
les plus négatives sur votre carrière. Pour l'antisémitisme, même retournement. Dans un premier
temps, les Juifs sont l'argent, ce sont les persé-
cuteurs. Explosion et massacres. Honte. Deuxième
temps : nous sommes philosémites (et, au fond, nous
l'avons toujours été, nous l'aurions été à la place de

nos parents ou de nos grands-parents) en hommage à la souffrance et au cœur. Mais, à y bien réfléchir, nous sommes tous des Juifs persécutés, et la preuve c'est que nous ne demandons qu'à devenir ce que nous leur avons toujours, et bien à tort, reproché : l'argent. Troisième temps : est-ce que les Juifs n'exagèrent pas en se voulant plus Juifs que nous qui le sommes autant qu'eux mais de façon tellement plus naturelle, moderne? Le chrétien ou la chrétienne d'aujourd'hui sera donc *d'abord* antichrétien ou antichrétienne (par honte et par intérêt), avec une violence augmentée par ce quelque chose d'inexplicable qui vient déranger les rêves. Ce philosémitisme de bonne conscience va donner évidemment la nausée à tout Juif doué d'oreille, lequel sait, d'instinct, que ce beau zèle signifie le contraire de ce qu'il prétend être. Les nouveaux innocents sont pourtant prêts à se traiter eux-mêmes de « goys » avec un clin d'œil ironique, vous voyez comme je suis au courant et comme je suis loin d'avoir les préjugés de mes origines. « Un bon antisémite modéré est bien préférable », me dit un sage rabbin. Et comment.

Cependant, on ne trompe pas aussi facilement les contrôles. Pour bien conditionner quelqu'un, il faut connaître à fond ses antécédents, voir et entendre à travers lui, avec netteté, comme pour un diagnostic osseux, son père, sa mère, son grand-père, sa grand-mère, le milieu social, les bas de laine cachés, les désirs d'avancement, les chuchotements locaux, les obsessions, les grossesses manquées, les réflexes conditionnés, les misérables petits tas de secrets, la cuisine, les baignoires, les bidets. Un peu de psychanalyse abrupte et adaptée ne sera pas négligeable. En définitive, la technique est toujours la même, c'est celle des sectes : on fait semblant d'écouter, on répond à partir d'un mot, n'importe lequel, on rompt l'enchaînement logique, on coupe, on décale, on interrompt, on change de sujet, on décroche, on dissout, on suit simplement les zones d'émotivité révélatrices. Il faut que l'autre admette que c'est nous qui savons ce qu'il dit et pas lui. Comme il ne demande, l'autre, qu'à se trouver intéressant, mystérieux, plein de choses enfouies, c'est facile. Question de doigté, appuyé sur la certitude inébranlable, et d'ailleurs le plus souvent justifiée, que l'autre s'imagine avoir quelque chose à cacher. « Vous mentez ! » : telle pourrait être, brutalement résumée, l'intervention à chaque instant de celui ou de celle qui vous *auditionne*. Le soupçon est originel, comme le péché. Cette transfusion de clergé s'opère maintenant à grande échelle. Le jésuite de l'époque classique, et son alter ego provincial, le pasteur, font, en comparaison, figures d'amateurs. Voyons : Proust, par exemple, parlait du snobisme, du sadisme ramifié qu'il révèle, de la bêtise, de la vanité et de la jalousie comme causalité humaine universelle, de l'homosexualité omniprésente et aussi de l'affaire Dreyfus ? Eh bien, on peut de nos jours s'attarder un peu sur les banques, le système mafieux planétaire, les reproductions artificielles, les effets de la corruption, de l'inversion et de la simulation généralisée, c'est pareil. Aurons-nous droit, pour autant, au temps retrouvé? Sans doute, mais pas le même. On peut supposer qu'il sera, disons, plus *chahuté*. Qu'importe? Suivons notre affaire. La constante, l'aiguille, la boussole, la basse de viole, c'est, encore et de nouveau, sous des formes méconnaissables, la question-femme. Ne la cherchez pas, trouvez-la.

L'horloge sidérale? L'argent. Restez à son écoute, et vous comprendrez les problèmes. Les feuilles, rameaux, racines et radicelles de l'information.

Le tout en fonction de la mort, comme d'habitude, trou noir des trous noirs.

Regardez donc cet X, par exemple, qui est au centre de la galaxie M5I, indiquant les bords d'un hyper-entonnoir négatif. La poussière, le gaz, forment une ombre dans le ciel en forme de cône de glace. Une intense radiation s'échappe du trou central. La galaxie M5I ressemble à la Voie lactée à l'intérieur de laquelle ces lignes sont écrites. Elle n'est qu'à vingt millions d'années-lumière du lecteur qui, cependant, ne peut pas manquer de l'apercevoir, brillante, au printemps. Donnons-lui quand même, au lecteur, et gracieusement, ce repère : elle représente un tiers de la largeur de la pleine lune et apparaît en début de soirée dans la partie nord du ciel.

Sur terre, le narrateur, lui, n'a qu'une seule chose à redouter : les efforts venant de tous côtés pour l'obliger à vivre, sous le regard du mauvais œil, en enfer, c'est-à-dire en promiscuité. Promiscuité : du la-

144

tin *promiscuus*, commun. Le dictionnaire précise à juste titre : « Situation d'une personne placée dans un voisinage jugé désagréable ou choquant. » On lui conseillera donc de garder son sang-froid minute par minute, et de se mettre le plus souvent possible, fût-ce en imagination, dans la situation du *Marchand de Venise*, acte V, scène I : « How sweet the moonlight sleeps on this bank ! » « Comme le clair de lune dort doucement sur ce banc ! Venons nous y asseoir, et que les sons de la musique glissent jusqu'à nos oreilles. Le calme, le silence de la nuit conviennent aux accents de la suave harmonie. Assieds-toi, Jessica... Vois comme le parquet du ciel est partout incrusté de disques d'or lumineux. De tous ces globules, il n'est pas jusqu'au plus petit qui, dans ses mouvements, ne chante comme un ange, en perpétuel accord avec les chérubins aux jeunes yeux ! Une harmonie pareille existe dans les âmes immortelles, mais tant que cette argile périssable la couvre de son vêtement grossier, nous ne pouvons l'entendre. »

Ou tout autre morceau de ce style.

Espérons. Imaginons. Prions. Tiens, voici justement Jeff qui ne veut pas aller se coucher bien qu'il soit minuit passé et qu'il n'ait pas le droit d'entrer ici, surtout à cette heure. Je vais donc me fâcher. Il le faut.

Le temps ne travaille pas, c'est pourquoi il t'est favorable. Pourquoi l'image de la nuit des temps ? C'est le jour des temps qu'il faudrait dire. Vertical, infini, lumières sur lumières, rouleau des lumières. Laisse venir ce qui vient. La veille de la Pentecôte, en Italie, les églises se couvrent d'affiches « Vieni Spirito Santo », avec des petites langues de feu, derrière les mots, descendant à pic sur les coupoles... Et il se produisit comme un grondement, et un coup de vent, ou un souffle, qui emplit toute la maison. Et des langues de feu apparurent, et se divisèrent, et vinrent se poser sur eux. Et ils commencèrent à parler dans des langues qu'ils ne connaissaient pourtant pas. Et les témoins s'étonnèrent. Et on en parle encore. Et chacun comprend ce qu'il peut comprendre. La troisième Personne disant *je* en multitraduction simultanée, ce n'est pas courant, surtout accompagnée des deux autres qui, tout en restant distinctes, n'en font qu'une, de façon manifeste, à ce moment-là. Raison pour laquelle le dimanche de la Trinité suit immédiatement celui des langues de flammes. Ouf, on est enfin arrivé à trois ! Quel accouchement ! Quel travail ! C'est la guerre du Trois. Contre le un qui se croit tout, le deux qui veut sans fin ne faire qu'un, le zéro qui les habite et les mine, toi c'est moi, moi c'est toi, il n'y a que moi, je suis plus que toi, tout mais pas toi... Ou bien : plutôt être rien que moi ! Ou encore : tu as tort d'être toi si tu es à moi... Et ainsi de suite, un-deux, un-deux, zéro, et encore un-deux... Et pourtant, pauvre animalcule, rien ne dépasse ce qui se joue dans ton intérieur que tu méconnais vingt-quatre heures sur vingt-quatre. Splendeur du dedans, qui te dira de nouveau? Je te salue! Je fais mon signe de trois : au nom du Père; en toi! au nom du Fils; en toi! au nom du Saint-Esprit; en toi! Je suis en trois, maintenant, à jamais, pendant que la nuit augmente. Une grande tapisserie a couvert le ciel, un fleuve de nuages blancs et gris, du nord au sud. Le noir est arrivé pendant que j'écrivais; j'ai raccompagné Jeff jusqu'à son lit; j'ai vu, par la porte entrouverte de sa chambre, que Judith dormait après avoir posé ses livres à côté d'elle sur le parquet; j'ai eu, une fois de plus, en traversant le jardin la vision du spectacle se renouvelant sans cesse devant le spectateur impassible. « Comment discriminer le spectateur du spectacle? », c'est la question que posent les vieux traités indiens. Je répétais plutôt le mot *inside*, je sentais le pressement de main de Mother : en toi! en toi!... Je m'efface en toi, tu t'effaceras en toi, l'amour et la vérité sont en toi, et Dieu est en toi, nulle part ailleurs... En toi? Comment se fait-il que personne, ou presque, n'en ait la révélation éblouissante? Écoute! Regarde! Souviens-toi! Sens! Touche! Goûte! Comprends! À l'instant! Je. Tu. Il? En toi! Pas le moindre nous, vous, ou ils, dans le jeu! Nous, cette croyance délirante en un qui se veut deux, pour empêcher le deux d'être un à lui seul. Trois, au contraire, toujours trois qui sont un, sans cesser d'être trois! En toi! En toi! En toi!

Il paraît que sainte Catherine de Sienne comparait la Trinité à un océan. Je ne conçois, moi, aucune image assez fugitive et petite pour donner l'idée du sentiment que j'en ai. Infinitésimale. D'une remarquable discrétion. Le Père, le Fils et le Saint-Esprit sont, à la rigueur, trois mousquetaires à pointe instantanée. Ils se fendent et piquent. Rien qui fasse penser à la nature, au contraire. Pourtant, rien de plus naturel.

Je me suis endormi sur le divan du bureau. Pas longtemps. La violence physique de l'apparition de Mother, là, contre moi, gémissant de douleur, avec la sensation de sa peau, de son cou, de son sourire désolé, de son cri, m'ont redressé en sursaut de sueur complète. Comment poursuivre la nuit ? Dès que la pensée baisse, l'intolérable surgit. La pensée n'est qu'un camouflage de l'intolérable. Une chanson d'enfance m'est revenue à ce moment : « Malbrough s'en va-t-en guerre, mironton, mironton, mirontaine... » Oui, c'est ça, la voix de Mother, autrefois... « Dieu sait quand reviendra »... « Il reviendra za-Pâques ou à la Trinité »... « La Trinité se passe, Malbrough ne revient pas... » Pauvre Malbrough, mort et enterré, avec sa cuirasse et son bouclier, dont on rit za-Pâques et à la Trinité... Est-ce que j'apprendrai cette chanson à Jeff ? Peut-être. Maintenant je sors, je vais m'asseoir sous la lune, là-bas, sur le banc blanc, près des rosiers. Pas de vent, le velours noir de la nuit bien net. « Oh, jamais ! » « Oh, je sais ! » « C'est énorme. » Je touche ma main gauche avec ma main droite, la direction du cœur avec la pensée du cœur... Et mironton quand même... Mirontaine... Présence éclairée des cailloux...

« J'en avais marre, a dit un jour Giacometti, je me suis juré de ne plus laisser mes statues diminuer d'un pouce. Alors il est arrivé ceci : j'ai gardé la hauteur. Mais c'est devenu mince, mince... Immense et filiforme... L'explication m'est venue bien après, un jour que je transportais une sculpture pour une exposition. Je l'ai prise d'une main, je l'ai posée dans le taxi. Je me suis rendu compte qu'elle était légère et qu'au fond j'étais agacé par les sculptures grandeur nature que cinq costauds n'arrivent pas à soulever. Agacé, parce qu'un homme qui marche dans la rue ne pèse rien, beaucoup moins lourd, en tout cas, que le même homme mort ou évanoui. Il tient en équilibre sur ses jambes. On ne sent pas son poids. C'est cela qu'inconsciemment je voulais rendre. Cette légèreté, en affinant mes silhouettes... Mais la vraie révélation, le vrai choc qui a fait basculer toute ma conception de l'espace et qui m'a mis définitivement dans la voie où je suis maintenant, je l'ai reçu à la même époque, en 1945, dans un cinéma. Je regardais les actualités. Brusquement, au lieu de voir des figures, des gens qui se mouvaient dans un espace à trois dimensions, j'ai vu des taches sur une toile plate. Je n'y croyais plus. J'ai regardé mon voisin. C'était fantastique. Par contraste, il prenait une profondeur énorme. J'avais tout à coup conscience de la profondeur dans laquelle nous baignons tous et qu'on ne remarque pas parce qu'on y est habitué. Je suis sorti. J'ai découvert un boulevard Montparnasse inconnu, onirique. Tout était autre. La profondeur métamorphosait les gens, les arbres, les objets. Il y avait un silence extraordinaire – presque angoissant. Le sentiment de la profondeur engendre le silence. »

D'assassinats en assassinats, de massacres en massacres, on voit quand même, de plus en plus souvent, se profiler l'aile du requin au-dessus des vagues... Vous ne lisez pas le *Moskovski Komsomolets*, et vous avez raison, mais vous avez tort. Il est vrai que nous sommes là, à l'Institut des Systèmes Intelligents Sélectifs, parmi bien d'autres occupations dans les souterrains clignotants de l'ISIS, pour le faire à votre place. Vous y apprendriez, par exemple, que le juge anti-Mafia réel, pas vraiment affilié à l'*Opus Dei* et ayant explosé dans sa voiture, était en train d'enquêter sur l'acheminement de la drogue depuis l'Asie centrale jusqu'à la Sicile. Quelques jours avant d'être pulvérisé, il avait dit : « Si l'on n'arrivait plus à distinguer les méthodes des yakusas japonaises, des Triades chinoises et de Cosa Nostra; si se créait un modèle unifié de Mafia universelle, je me demande comment nous pourrions y faire face. » Réponse simple, cher monsieur : en légitimant la Mafia universelle, rebaptisée MUFLE (Modèle Unifié des Familles pour le Libre-Échange), par le don librement consenti d'une majorité d'actions au FMI, le Fonds Monétaire International, dont les décisions, depuis Washington, dirigent déjà la planète. « Mais voyons, les États? » – « Mis à part l'Église catholique qui, d'ailleurs, constitue de ce point de vue un sujet de préoccupation constant, les États *sont* la Mafia. » – « Mais c'est impossible! » – « Impossible? Eh bien, puisque vous y tenez, mourez donc! » Il avait dit aussi : « On meurt généralement parce qu'on est seul ou qu'on est entré dans un jeu trop grand... » Et aussi : « La Mafia n'est pas une pieuvre. C'est une panthère agile et féroce, à la mémoire d'éléphant, toujours là en attente, et prête à frapper. » Quelqu'un était certainement venu lui dire un jour (chacun de nous a entendu ça) : « Mais si tout le monde est dans la Mafia, il n'y a plus de Mafia? » Eh oui, ce serait tout simple. Quant au juge, on peut sans mal imaginer ce qu'il percevait : le Liban, les Balkans, la bataille pour le contrôle des ports à coups de bombes à retardement, de canons, d'égorgements inter-ethniques ou pseudo-religieux, l'étrange ballet nocturne de bateaux non répertoriés en Méditerranée et, de plus en plus, en Adriatique; bref l'utilisation énergique des moyens du bord. Ah, la reconversion brusque des soixante-dix ans de finances occultes du Grand Parti Père! Ces tonnes de codages et de rencodages! Historiens périmés! Romanciers dépassés! Microfilms contre microfilms? Je vous en dirai peut-être plus long la prochaine fois. Pour l'instant juste un petit craquement, là, pour faire trembler la machine... Ne perdez jamais de vue la grandiose trinité ADN : Armes-Drogue-Nourriture. Des armes, il en faut toujours, il ne reste qu'à inventer les populations qui auront envie de s'en servir. La drogue, cela va de soi. Quant à l'aide, humanitaire comme on dit, elle n'arrive aux populations concernées qu'à dix ou vingt pour cent : les prélèvements opérés au passage suffiraient à couvrir les régions les plus désolées d'écoles, d'hôpitaux, de logements ultra-modernes, dans le style luxueux de la prison colombienne du parrain local. Ajoutez à cela le trafic prostitutionnel, notamment d'enfants, de la Thaïlande au Chili, les circuits d'adoptions en pleine expansion, alimentés par des enlèvements réguliers (par exemple au Brésil), et enfin les cas contestés d'élevages spéciaux de bébés pour dépècements ultérieurs et reventes d'organes – et vous avez à peu près la sphère corrigée réelle de vrais échanges internationaux.

« Mais dites-moi, Clément, derrière ce revolver turc signalant le début des courses (balle de 9 mm, hémorragie violente, cinquante centimètres d'intestin papal enlevé), vous apercevez une traînée blanche, vous sentez une odeur de poudre ? » – « Ah oui, me semble »... « Vous rêvez. » – « Peut-être »... Un rêve ? Le général-trafiquant de Panama, un peu plus tard, n'a-t-il pas eu, contrairement à Trotski, la bonne idée de se réfugier à la nonciature du Saint-Siège, pour « échapper » aux troupes américaines (lui, ex-collègue à la CIA du président des États-Unis) ? Le temps d'y négocier, au moins, d'avoir la vie sauve? Un rêve... Ah bon... Pardon... Non, non, excusez-moi... Au revoir! À bientôt! La prochaine fois!...

Comme dit le maréchal de Saxe, dans un moment de mélancolie : « Allons, la paix est faite, il faut se résigner à l'oubli. Nous sommes comme les manteaux, nous autres. On ne pense à nous que les jours de pluie. »

Eh bien, moi, pourtant, comme l'a dit un écrivain français des époques troublées, c'est mon petit doigt qui me renseigne... Pas besoin d'aller le chercher bien loin... Radioactif, mystique, immédiat, cousin germain de l'index qu'on met sur les lèvres, il émet directement dans mes tympans, sans arrêt, et dans toutes les langues, au point MMLJ (Matthieu-Marc-Luc-Jean), ondes courtes... To be? Not to be? Rêver? Vivre? Dormir? Mourir? Les questions ne se posent plus; les réponses, c'est-à-dire les charniers, débordent. La seule guerre est donc celle des récits? Mais oui. Noyaux de faits, sans doute, mais selon que je vous les raconte comme-ci ou comme-ça, plutôt comme-ci ou plutôt comme-ça, ou encore comme-ci en ne parlant pas du comme-ça, leur substance et leurs conséquences ne sont pas les mêmes. Le style change tout dans les replis privés comme dans les représentations collectives. On a bien raison de se méfier des écrivains, de les enfermer, de les expurger, de les surveiller, ou, c'est beaucoup mieux à présent, de les corrompre, de les abrutir, de les émasculer ou de les exciser en douce... Première décision d'un tyran avisé : tous sous tranquillisants ou à la trappe ! Deuxième décision : abolition de la lecture ou, du moins, ne la tolérer qu'atténuée, brouillée, débilitée ou extrêmement simplifiée. Au fond, c'est ma note volée qui m'invente : j'ai essayé de bouger, on a tenté de m'en empêcher, tout le reste s'ensuit, se transforme de soi-même en volume. Et voici le grand secret : il faut écrire comme si cela n'avait aucune importance, dériver, dévier, revenir, s'enfoncer, attendre, déraper, foncer... Écrire pour écrire et parler pour parler, comme vivre pour vivre, respirer pour respirer, jouir pour jouir, dormir pour dormir, veiller pour veiller... La situation s'y prête, le sujet aussi. C'est quand tu es le plus isolé que tu es le plus dans le vrai. Rappelle-toi les moments les plus difficiles, à Rome, ces soirées vides et que tu avais décidées ainsi. La tombée jaune du jour, le silence dans l'appartement, la nuit sûre, interminable, imparable. Chaque moment venait se presser contre toi, étouffement d'abord, et puis, peu à peu, décompression, calme... J'écrivais mes rapports en deux ou trois heures. Rien n'y manquait : ni les précisions de chiffres et de situations – conversations, avis sur l'interlocuteur et sa force de décision, évolution du non-dit – ni la note de recommandation finale rédigée autant que possible avec le rythme et l'ironie qui ont fini, semble-t-il, par me donner un peu de réputation en haut lieu. J'ouvrais les fenêtres. Tout le jardin rentrait d'un seul coup dans le salon, avec ses parfums et ses ombres. Je restais dans le noir un long moment, le

154

noir est une passion bleue. Et puis, changeant de table et de lampe, je reprenais l'autre version pour moi, pour moi seul. La main, alors, courait sur le papier à la rencontre d'elle-même, déjà arrivée en partant, flèche immobile, négation d'espace, de temps. C'était comme les nuits avec quelqu'un qu'on aime, on en sort épuisé et étrangement reposé, étonnement de se retrouver, après s'être quittés au petit matin, le soir, dans un bar, en pensant « dire qu'on était nus tout à l'heure l'un contre l'autre », alors que cette mesure ne répond à rien, comme si on avait été mort et qu'on se sentait de nouveau vivant. À quel point faire l'amour et écrire appartiennent au même mouvement, c'est ce que n'ont pas l'air de soupçonner, c'est drôle, les gens qui font l'amour ou qui écrivent. L'un ou l'autre, on ne peut pas tout avoir! Mais si, on peut tout avoir. Ah, écoutez, on ne peut pas être et avoir été! Mais si, bien sûr, et cela aussi fait partie du secret. Ce que j'ai été, je le suis, non pas d'une façon arithmétique comme une addition composée de différents passés, mais comme un bloc, une colonne, une sphère dont la circonférence serait partout et le centre nulle part. Ici, en ce moment même, là-bas, autrefois, ici. Si je disparais, le passé disparaît avec moi? Pas du tout, puisque je ne suis pas une somme en cours d'opération, allant vers un terme fixe, un-plus-un-plus-un-plus-un tombant sur zéro, mais l'ensemble vibrant de rapports dégagés par un battement stable. J'ai été, je suis, je serai. *Je suis été.* Faute de grammaire? Eh bien, j'affirme cette faute qui, en français, donne, en plus, la couleur du beau temps. Irradiation fine. Présent sur présent, sans fin, sans enfance, sans jeunesse, sans maturité, sans vieillesse, et sûrement pas le faux présent où je dois mourir (où d'autres, avec satisfaction ou peine, me verront mort). Présent intégral qui a été là, qui sera toujours là, même si tout a disparu de ce qui le composait. L'amour est la dimension de l'*été-est-sera*. Mother, depuis son retrait, sourit et approuve. L'être est; le non-être n'est pas. Elle est elle-même là-bas, ici, dans la salle de séjour, pas du tout fantôme, mais bien elle, bien réelle, assise au soleil devant la baie vitrée, elle tourne son visage vers moi, elle devient une bénédiction ambiante. « Tu n'as pas trop mal? » — « Mais non. » Elle attend de passer à table, comme autrefois, il y a très longtemps, quand on disait encore, debout, le *Benedicite*, avant de verser le vin (l'un des grands-pères) et de tracer vite, avec un couteau, une croix sur le pain inentamé (j'entends encore le raclement bref sur la croûte). Et ce qui revient, à ce moment-là, c'est la voix excitée de Jeff, parfois, le matin, qu'il fasse chaud ou froid, serrant James dans ses bras : « Vivent les dimanches! vivent les jours heureux! » Les dernières années, le dimanche de Pâques, Mother, devant la télévision, se levait péniblement de son fauteuil, appuyée sur sa canne, au moment de la bénédiction papale *urbi et orbi* depuis le balcon de Saint-Pierre. Quand j'étais à Rome, je savais à quel moment exact elle commençait à se redresser dans cette étrange attitude de courtoisie, au bord de l'eau, l'appareil donnant directement sur l'océan devant ses yeux. « Benedicat vos omnipotens Deus, Pater, Filius et Spiritus Sanctus »... Midi... Juste en face, le vol des canards, des goélands, des hérons, des mouettes... En quelle année déjà? Je n'ai pas envie de savoir. Je ne sais pas.

Il ne faudrait pas croire que l'intense activité des organes désigne seulement votre propre fonctionnement, celui des partis politiques ou les différentes polices secrètes. C'est une réalité marchande, impliquant un découpage des corps. Dieu merci, nous ne sommes plus au temps grossier de l'esclavage : une rentabilité plus fine, plus scientifique s'occupe maintenant des morceaux choisis. Je n'invente toujours rien, c'est ma méthode : « Il n'y a pratiquement plus aucune ville en Inde, de Bombay à Calcutta, de Madras à Jaipur, qui ne soit atteinte par un marché des organes clandestins, dont le cours est mi-officiel mi-officieux, comme le cours de la viande. La cornée d'un homme vivant est très cotée (80 000 roupies), suivie par le rein (30 000 roupies) et le carré de peau (10 000 roupies). Un cadavre tourne autour de 6 000 roupies et un squelette intact autour de 10 000. Tout cela sans aucun contrôle ni aucune législation dans les transplantations qui, avec l'apparition de substances extrêmement puissantes, supprimant les incompatibilités immunitaires, n'ont plus besoin de se faire à partir d'un type génétique identique. » Ce qui progresse à toute allure est donc bien *l'anticorps*. Un homme d'affaires informé peut se doter d'une cornée nirvana, d'un rein brahmanique, de quelques carrés de peau ramayana ou d'un tibia upanishads, pour presque rien (un dollar vaut vingt-sept roupies). Le système des castes s'intériorise, et – haré krishna ! – l'Orient et l'Occident connaissent là, enfin, une greffe concrète qui dépasse, de loin, les rêveries spiritualistes. Bien que le transit de pénis ou de testicules reste, comme celui du plutonium, enveloppé de mystère, on peut supposer qu'un Tibétain bien disséqué peut à partir de là guérir ou améliorer n'importe quel philosophe ou poète illuminé français. Mais n'exagérons rien. Nous vivons dans un monde dur, certes, mais qui n'en demeure pas moins magnifiquement humain. In God We Trust. La Pyramide sera. L'œil qui nous contemple a une cornée éternelle, ne serait-ce d'ailleurs que son représentant sur terre : l'œil tout-puissant de la caméra. Si vous ne vendez pas vos organes, comme n'importe quel sous-prolétaire du tiers monde (qui pourra ainsi, avec un seul rein, faire vivre sa famille dans une relative aisance alors qu'autrement elle serait morte de faim), sachez pourtant que vous êtes guettés, chaque week-end, par des équipes spéciales, attendant avec impatience les accidents de la route. Vous serez, en cas d'écrabouillage, promptement délesté du principal et acheminé par bribes vers d'autres physiologies qui ont le plus urgent besoin de vos palpitants débris. Vos reins sont chez l'un, votre cœur ou votre rate chez l'autre, vos yeux se baladent chez un troisième (difficile, dans ces conditions, de sonder les reins et les cœurs), votre foie se retrouve dans une proximité dont, tant qu'il était chez vous, il n'aurait voulu à aucun prix... Promiscuité, bouillie du mélange? Métissage forcé? Anti-racisme dévoyé? Non, non, progrès, démocratie, neuvième symphonie! Et estimez-vous heureux, demain, même si vous êtes de stricte observance biblique ou coranique, de pouvoir encore goûter la vie grâce à une prostate de porc, un utérus de chimpanzé, un intestin de babouin, un canal d'urètre de pingouin! Bon, soit, vous voulez garder votre corps, mais votre image, elle, est bien à vendre? Allons plus loin : si vous êtes un peu connu, pourquoi ne pas enregistrer, ce serait si beau, le déroulement de votre agonie? Allons, un bon mouvement, vous aurez une programmation exceptionnelle. Le spectacle adore la mort, c'est sa nature même. Comme tel, il a déjà ses bienheureux, ses saints, ses martyrs, dont on célèbre sans cesse les apparitions miraculeuses. Soyez vous aussi un bon Christ, offrez-nous vos derniers moments. Faut-il filmer les pauvres, les misérables? Oui, sans doute, tous les hommes sont égaux, mais seulement s'ils sont dans l'actualité. Vous êtes éthiopien? Désolé, cette semaine on fait les Kurdes. Vous êtes croate? On a déjà donné avant-hier, ce soir ce sont les Serbes, chacun son tour. Les Somaliens? On est saturé pour trois mois. Une personnalité moribonde? Sans doute, mais alors, de préférence, un

159

jeune homme irrésistible, blond, boudeur, au masque cruel et pénétrant, raffiné, sûr de son charme pervers, déjà incomparable cadavre d'ange maudit ou de démon troublant, miam-miam. Notre émission s'appelle *Golgotha*, n'y passe pas qui veut, la sélection est très sévère, vos héritiers ne pourront qu'en être contents. Faites ça au moins pour eux, et aussi pour le plaisir de montrer que votre propre mort est pensée par vous jusqu'au bout, que vous la maîtrisez définitivement dans la tête des autres. Hantez-les! Pour toujours! Soyez le fantôme de la maison! Vous pourrez vous filmer vous-même sans témoins, votre beauté crucifiée, de plus en plus belle, dans sa dégradation encore belle et son apocalypse de toute beauté. Nous vous prêterons le matériel le plus récent. Le zoom? Rien de plus facile à apprendre. Comme les malades du monde entier, un peu jaloux, certes, vous en seront reconnaissants! Comme les femmes, et surtout les mères, c'est-à-dire finalement toutes les femmes, seront émues, craqueront dans leurs entrailles de miséricorde, fascinées, retournées, exténuées! Toutes *Pietà* chez elles au moment de la diffusion! Votre merveilleux corps raide pour l'éternité allongé là, sous leurs yeux... Il y a un instant, il vibrait encore... Dieu nouveau! Sans fin ressuscité en cassettes! Mieux qu'Elvis Presley ou James Dean! Dans les siècles des siècles (si, si, on fabrique maintenant des pellicules très résistantes)! Sainte Face! Voile! Suaire! Sanglot pur! De toute façon, étant donné votre état, il ne vous reste rien de mieux à faire. Vous êtes condamné, c'est certain. Alors quoi, décidez-vous, vous n'êtes pas le seul, après tout! Un dernier baroud d'honneur! Hue, Narcisse! D'accord? Au suivant!

Un historien futur dira peut-être : en ce temps-là, quelle imitation endiablée du catholicisme! Quelle passion liturgique! Quel matraquage d'images, de messes à l'envers dans les chambres noires! Était-ce pour célébrer un suicide généralisé? Oh oui! Allons-y! Oui, encore! L'amort! L'amort! L'amort! Des corps? Mais on en fabriquera des millions d'autres à la chaîne! C'est pas cher! Ça marche! L'ASTHME! L'amort!

Comme quoi, on ne fait jamais un pas de plus dans le dur-comme-fer de la croyance : le sexe mérite la mort, pas de sexe sans mort, rien de plus sexuel que la mort et de plus mortel que le sexe. Il n'est pas né, et il ne faut surtout pas qu'il naisse, celui qui nous prouverait le contraire. Si, par un hasard impensable, vous appreniez qu'il existe quand même, c'est simple : tuez-le.

Ce que nous voulons est clair : idéal sportif et moutonnerie bancaire – ou alors des cas pathétiques. Ou bien plus de sexe, et sécurité assurée; ou bien sexe, et aussitôt tragédie, névrose. Voilà un choix net auquel notre propagande saura vous contraindre. Le programme est vieux comme l'humanité? Peut-être, mais nous en sommes l'aboutissement, la solution finale. Ce qui nous a toujours choqué et nous choque encore, dans Rome (outre le blocage monétaire et immobilier – vous vous rendez compte! – que son existence représente), c'est son indécision sur ce thème crucial. Trop de flou, d'allusions équivoques, de doubles ou de triples sens, de stocks pervers non déclarés, d'usages de soi inconsidérés, de gratuité. Trop de jouissances improductives, sans suites, sans lien social, sauf cette ridicule apologie du mariage fixe et des enfants conçus par conjonction physique. Trop de *temps lent*, surtout, quand tout pourrait aller si bien, si loin, et encore plus vite. Rome nous retarde, et nous sommes pressés. Regardez l'intelligent Tachokrann, devenu l'un de nos employés médiatiques : il arrive en Israël, il est sur le lac de Tibériade, son panorama, ses miracles, jusque-là tout va bien, lorsqu'il déclare tout à coup, devant ses hôtes stupéfaits et, du coup, glacials, que Jésus, tout compte fait, a été le premier socialiste. Quelle gaffe, n'est-ce pas? À Tibériade! Que voulez-vous, son service de presse est récent, confus, trop vite recyclé, agité, américain... Il a cru bien faire...

Frénard, concentré :

– Excusez-moi, Jean, je ne voudrais pas paraître indiscret, mais...

– Allez-y.

– Bon, mais excusez-moi : vous vous entendez bien avec votre femme?

– Très bien.

– Jusqu'où?

– Je ne comprends pas la question.

– J'ai là des rapports...

– Fantaisistes. Intéressés. Falsifiés. J'ai l'habitude, c'est endémique. Vous n'en tenez aucun compte.

– Bien, bien... Ne vous énervez pas... Vous savez que, personnellement... Enfin, vous êtes marié.

– C'est interdit?

– Mais non, bien sûr... Nous devons quand même veiller aux interférences...

– Aucune interférence.

– Elle s'intéresse pourtant à ce que vous faites?

– Très peu.

– Vraiment?

– Vraiment. Cela peut paraître étrange, mais c'est ainsi.

– Bien, bien... Elle est psychanalyste, je crois?

– Linguiste.

– C'est ça, philosophe... Et vous l'avez connue à Moscou.

– Non, à Londres.

– Ah oui, c'est sa sœur, n'est-ce pas, qui est à Moscou? La violoniste?

– Oui.

– Vous rencontrez quand votre femme à Londres, déjà?

– Printemps 1969.

– Oui, 1969... À cette date, vous êtes en fuite...

– N'exagérons rien.

— Enfin, en délicatesse avec votre gouvernement?

— De très loin.

— Ah, l'époque!... Vous êtes allé en Pologne avec votre femme en décembre 1973?

— En effet. Elle participait à un congrès scientifique.

— Vous arriviez avec elle de New York?

— Sans doute, mais je ne vois pas l'intérêt.

— C'est ce séjour en Pologne...

— Mais de quel point de vue?

— Oh, vous savez, les bruits...

— Quels bruits?

— Rien, rien... Coups de vent, ondées, averses... Vous savez comment ils travaillent.

— Vous avez mon dossier complet.

— Bien sûr, bien sûr... Je réfléchissais tout haut...

Toujours Frénard, deux semaines plus tard. Agacé:

— Vous dites qu'ils ont assassiné votre beau-père?

— Ni plus ni moins.

— Mais pour quelle raison?

— Intimidation. Bêtise.

— Ça n'existe pas.

— Ça n'existe pas?

— Enfin, bon. Vous avez des preuves?

— Des *preuves*?

— Écoutez, Clément, que voulez-vous qu'on y fasse? *Franchement*?

164

Judith m'attendait dans un café après mon entrevue avec Frénard qui était de passage à Paris. Elle ne s'attendait à rien, moi non plus. Tout ce qu'on voulait, et c'était absurde, c'était en savoir un peu plus long, qui, comment, quoi, pourquoi, et la suite. Réaction encore humaine : savoir. Mais savoir pour quoi faire? Et enfin, que pouvait apprendre même Frénard?

Trois mois plus tard, cependant, à Rome :

— À propos de votre beau-père... Il était religieux? Croyant?

— Vous êtes au courant.

— Juif?

— Mais non. Sa femme.

— Donc la vôtre?

— Donc mon fils, si c'est ce que vous voulez dire. Ainsi, paraît-il, qu'Ignace et Notre Seigneur Jésus-Christ.

— Ne plaisantez pas, je cherche seulement à comprendre. Il fréquentait les milieux orthodoxes?

— Je vous ai déjà expliqué qu'il écrivait des livres et des brochures pour un des pontes du clergé local. De l'érudition. Il fallait bien qu'il gagne sa vie.

— Pas de politique? Nous ne l'avons jamais utilisé?

— Non. Trop vieux.

— Il y a quelque chose d'obscur...

Rien d'obscur, l'information était claire : le père de Judith s'était fait repérer comme clé possible d'une coordination subversive passant par les milieux religieux. Ce qui paraissait « obscur » à Frénard, c'était la façon dont, à la fin, ils frappaient presque au hasard comme des brutes affolées, le dos au mur. En réalité, ça l'embêtait surtout de considérer que j'avais été, moi, jugé assez important *(ma note! ma note!)* pour recevoir un message d'un tel poids. Il était devant la question suivante : ce signe a-t-il été adressé à *lui* ou à *nous*? À lui seul, n'est-ce pas? À titre personnel *obscur*?

Judith n'a rien dit. Elle ne parle plus jamais de ce crime qui, d'ailleurs, dans l'indifférence et la frivolité générales, ne susciterait de l'intérêt que si elle le transformait en thème doloriste. Ce n'est pas son genre. Elle a muré cette chambre-là.

Je me mets à la place de Frénard. Comment ce petit Clément a-t-il pu faire une note aussi précise, en son temps, sur l'attentat du 13 mai 1981 contre le pape? La logique veut qu'il ait eu un ou plusieurs renseignements précis, à travers X ou Y, c'est-à-dire A, B, C, D, E, F ou G. Un renseignement circule comme l'alphabet ou la suite des nombres. Une information se *communique*. Il serait hautement déraisonnable de penser qu'on peut l'obtenir simplement par le calcul. Ou alors, on entre dans la magie, la géomancie, la nécromancie, la mantique, la kabbale, la prédiction, la prophétie... Clément en Nostradamus? Et puis quoi encore! Reprenons : la réponse normale, le reste ayant été vérifié, ne peut venir que de sa sphère privée, sa femme et ses origines de l'Est, le père bizarre de sa femme, la sœur de sa femme musicienne à Moscou, une diagonale juive peut-être plus importante qu'il ne veut bien l'avouer, les cercles orthodoxes plus ou moins manipulés mais aussi, parfois, très bien renseignés. Sans quoi, la chose est incompréhensible. Il n'a tout de même pas eu une vision? Quant au raisonnement logique par indices convergents, impossible. Trop dur.

Les indices, et même bien davantage, existaient, soit. Je me les remémore un par un. Je reprends tout à zéro, je fais comme si je ne connaissais pas l'événement. Il a dû avoir ce renseignement par le biais de sa femme, c'est certain. « N'est-ce pas, Jean, c'est bien votre femme? »

Il s'obstine à répondre que non.

Si, d'autre part, la filière de drogue turco-bulgare était aussi importante dès ce moment-là, via l'Allemagne, l'Italie, le Liban, avec, en plus, les Russes et les Américains dans le coup, et, au programme, un contrôle financier occulte du Vatican, le renseignement est-il passé par là? Pas exclu, mais pourquoi par le petit Clément, subtil, cultivé, savant, d'accord, mais tellement marginal? On ne l'imagine pas dans les arcanes de la Loge P2 (toujours délicate à évoquer, c'est vrai), du Banco Ambrosiano, des ténèbres de haut niveau gouvernemental, ou encore des Services italiens eux-mêmes à l'intersection mouvante de toutes ces branches?

167

Tout cela est absurde. Il veut peut-être simplement nous impressionner? Faire l'important? Obtenir quelque chose? Mais quoi?

Curieux type. Où veut-il en venir? Il ne veut rien dire? Bon, transfert à l'ISIS! On verra plus tard!

— Gail, qu'est-ce qu'il y a dans tout ça? Clément vous parle, tout de même?

— De loin. Ce n'est jamais clair...

Les femmes...

— Nancy, vous avez une idée de ce que veut Jean exactement?

— Mais rien de spécial, je crois... Vivre sa vie...

— Comment le trouvez-vous ces temps-ci?

— Normal... Un peu fou, comme toujours, mais normal... Pourquoi?

Les femmes, les femmes...

S'il savait quelque chose, ce serait énorme. Or il n'est pas assez important pour ça. De plus, il est en vie. Donc il ne sait rien.

En un an, il se consomme, pour la seule Italie, un million de litres de vin de messe. *Vino da missa dolce, Muscatel missa dolce superior, Malvaxia Sincerum*, et même le très californien *Altar Wine*. Des congrès ont lieu, avec spécialistes ecclésiastiques, dans la région d'Asti. On y célèbre et on y critique l'offensive énergique de Jean-Paul II (*Gipidue*, à ne pas conjuguer avec *piduismo* qui désigne l'activité ramifiée occulte de la Loge P2) dans le domaine des béatifications et des canonisations. Déjà 397 bienheureux et 386 saints. Léon XIII, par exemple (1878-1903), n'a produit que 17 bienheureux et 12 saints. Benoît XV (1914-1922), que 3 bienheureux et 3 saints, dont Jeanne d'Arc (les dates disent pourquoi — encouragement de la France dans sa guerre contre l'Allemagne, mais personnellement j'émets les plus expresses réserves sur cette histoire de Pucelle, laquelle signifie un désastre pour la langue employée ici : sans elle, l'Angleterre aurait continué à parler français), Jean XXIII (1958-1963) n'a pas dépassé les chiffres prudents de 4 bienheureux et 10 saints. On est donc en plein forcing, autre conséquence inattendue et inflationniste d'un coup de pistolet chargé de mystères. Allons, allons, vous êtes obsédé, c'est un pétard mouillé parmi d'autres, le monde ne tourne pas autour de cet attentat! Contre quoi, d'ailleurs? Une réalité archaïque, antédiluvienne, obscurantiste, condamnée par les Temps... Nous sommes à la fin du xxe siècle, que diable, à l'aube d'une autre humanité réconciliée avec elle-même, nouvelles maternités et paternités, maîtrise de la vieille terreur ancestrale! Un pape de plus ou de moins, et alors? Le pape vous savez, moi, je m'en tape! Je réentends Frénard, de retour d'une réunion avec des fanatiques laïques : « Vous leur parlez du pape, et aussitôt vous voyez leurs cheveux se dresser invisiblement sur leurs têtes, même ceux des chauves! » Et le scandale de l'Ambrosiano? Et le pendu du pont de Londres, avec ses cailloux dans les poches (signature mafieuse s'il en est)? Et l'empoisonné au café spécial dans sa cellule de prison, à New York (signature confirmée)? Et le cardinal athlétique compromis, aux arrêts de rigueur dans une cave du Vatican? Et les abîmes tournoyants des comptes? Et l'énigmatique crise cardiaque de Jean-Paul Ier (33 jours de règne; zéro bienheureux, zéro saint), découvert dans son lit au petit matin, ses gouttes sur sa table de nuit, foudroyé avec, entre les mains, *L'Imitation de Jésus-Christ*? Et pourquoi pas d'autopsie? Et pourquoi le Saint-Esprit se met-il soudain à parler slave au Conclave? Le Polonais a-t-il promis quelque chose qu'il n'a pas tenu par la suite, d'où poumpoum?... Vous avez, sur toutes ces questions, une bibliothèque entière et des heures d'analyses par tous les spécialistes mondiaux, autant, donc, que pour la fusillade de Dallas où le gentil Kennedy (en réalité pas gentil du tout, comme l'a décidé, depuis, la Régie) a senti son crâne exploser près de son épouse bientôt reconvertie elle-même dans la navigation grecque. Et l'évaporation de la mélancolique et boulimique Marilyn Monroe? Et tous les autres, témoins brusquement accidentés, comparses volatilisés, assassins eux-mêmes assassinés, juges cassés, policiers déplacés, avocats retournés, fonctionnaires décorés? La règle du jeu, dites-vous? D'accord, mais alors quel art planétaire jamais égalé! Machiavel n'aurait jamais osé penser aussi large; *Candide* est une bluette à côté; Dante et Shakespeare ont tout à coup un aspect provincial; Céline, malgré sa fougue, n'a pas pu aller plus loin que l'observatoire de Meudon, lentille excellente, mauvais télescope... Faites-nous ça plus galactique! Plus microscopique! Plus neutron! Plus ovocyte! Plus immédiat, surtout! Plus ordinateur d'anges, d'archanges!

Il y a un beau mot italien qui s'est mis à fleurir partout pour désigner les différents scandales de dessous de tables dans la péninsule : *tangenti*. C'est *tangenti* par-ci, *tangenti* par-là, tous partis confondus, en haut, en bas, en travers, sphères tournant les unes sur les autres au point que tout le monde s'y perd. Quelques-uns balancent quelques autres afin de permettre à quelques-uns d'être mieux placés que quelques autres qui le leur rendront à la prochaine saison. Judith pense que tous les visages d'hommes politiques italiens, surtout les plus insoupçonnables, éclatent de corruption. Il faut dire que leur innocence ne saute pas aux yeux, mais, en un sens, les photos sont désormais des accusations vivantes. Ils sourient d'ailleurs tous, Américains, Japonais, Européens, de la même manière soucieuse et obligatoire. *Tangenti!* Ça tangente sec dans les cercles des cercles, les boules d'enfer ne roulent plus que dans cette quatrième dimension frileuse... Grands travaux! Souterrains! Liquide! Mallette! Explosion! De temps en temps, c'est un magnat tangentiel qui passe par-dessus bord... Plouf! Maxwell! Journaux, maisons d'édition, assurances, ex-KGB, Moon, Mossad... Une nuit sur l'océan tranquille, abri profond des requins... On le repêche, on l'enterre étatiquement et religieusement au mont des Oliviers en présence des plus hautes autorités civiles et transcendantales, un peu comme si Pie XII (1939-1958 ; 23 bienheureux, 33 saints) avait dit en son temps une messe spéciale devant le cercueil d'Al Capone (mort en 1947 à Miami) en plein Saint-Pierre de Rome... Après tout, le *Sunday Express* n'est pas une si mauvaise source. Il cite un document KGB-belle-époque, approuvé par Tachokrann, donnant des directives spéciales afin de protéger Maxwell au niveau le plus élevé possible, ainsi que sa réputation par tous les moyens. Remerciements pour tant de bons services, notamment son intervention de 1969, à la Chambre des communes, pour justifier l'intervention russe en Tchécoslovaquie... Mais c'est surtout cette phrase de l'article qui est charmante, forte, gaie, insondable : « Il était interdit de faire référence à ses relations avec la Mafia ou à sa vie privée immorale. » Ah, le style anglais ! Not too much ! White coffee ! Black tie !

Une des grandes et périodiques préoccupations sociales demeure cependant le célibat de plus en plus injustifiable des prêtres. Exemple : « L'Église catholique devra-t-elle se résoudre, malgré elle, à une déchirante révision de son histoire sur le sujet tabou du célibat des prêtres ? Rampante depuis un bon millénaire, cette question taraude plus que jamais l'institution ecclésiale... » Appréciez ce *rampante*... ce *taraude*... Le serpent est là, il rampe, il s'insinue, il déploie ses anneaux, il pointe sa langue fourchue, il siffle, il crache des flammes, il rend fou... Une seule parade contre cette vipère lubrique increvable et rendue sauvage par la chasteté : le mariage... Comme tout le monde, quoi! Le journaliste est au courant de la cause des causes, c'est même un freudien de choc : « Cette tétanisation semble susciter un violent retour du refoulé... » Eh, forcément, tout un millénaire sans sexe! Vous vous rendez compte! « Comme une épée de Damoclès... » On ne saurait mieux dire... Vingt pour cent des prêtres quittent « leur sainte mère l'Église » pour se conjugaliser, ce qui équivaut à une « saignée »... Au passage, comme d'habitude, ironie sur le pape qui a osé qualifier le célibat ecclésiastique de « joyau splendide de l'Église » (ici on lève les bras au ciel), alors que le mariage, nous le savons tous, est la rivière de diamants de la condition humaine, et que deux tiers des prêtres allemands vivent en concubinage, situation immorale s'il en est. Bizarrement, le cas du prêtre volage n'est jamais considéré... Il doit être impensable... Résumons-nous : l'infâme misogynie catholique sera-t-elle enfin terrassée? Elle date, semble-t-il, du deuxième concile du Latran, en 1139, « elle permet d'éviter ainsi la dispersion des biens de l'Église » (tiens, tiens, nous y voilà, pensez à cette masse monétaire inerte et rampante depuis mille ans! elle nous taraude! c'est un cauchemar permanent, un retour du refoulé, une épée de Damoclès suspendue la nuit au-dessus de nos bourses!). Un théologien très connu, mais fatigué, condamne, dans le même journal, cette obstination papale, en usant d'une formule définitive : « Rome, c'est l'orgueil. » On vous le disait : le Diable. Et voici l'argument massue : « Que d'injustices à l'égard de tant de femmes! » Conclusion : « Les pontifes peuvent continuer à glorifier la chasteté, ils risquent de se retrouver dans une forteresse vide. »

Ah oui, c'est sûr, tous les autres clergés sont meilleurs! Monseigneur Philarète de Kiev, par exemple, dont le nom de code au KGB était « Antonov », ne vit-il pas avec une épouse à demeure, trois enfants illégitimes et deux datchas personnelles? Le patriarche de toutes les Russies, Alexis II, s'appelait « Drozdov ». Le numéro deux du patriarcat, Pitizin de Volokolansk, « Abbat ». Juvénal de Moscou, lui, répondait kagébistement au doux surnom d'« Adamant ». Voilà-t-il pas des serviteurs convenables? Sélectionnés, fichés, discrets, dévoués? Au lieu de l'accablant personnel romain et de son armée loyolesque de sinistre mémoire? Le jésuite marié : hantise des philosophes. Pauvres prêtres qui ne connaissent pas les merveilles d'un amour de femme, de l'enviable vie du foyer! Salauds de curés, oui, qui échappent à l'enfer normal : migraines, sautes d'humeur, migraines, récriminations, achats, coups de gueule, chèques, achats, coups de gueule, angoisses, plaintes, cris, achats, portage des valises, réparations de voitures, chèques, achats, coups de gueule, bouderies,

174

vague à l'âme, vapeurs, embouteillages, tristesse, agitation sans raison, vacances hurlantes, mauvaise humeur, crises de nerfs, achats, chèques, impôts, métro, boulot, dodo, coups de gueule, ennuis de bureau, maladies des enfants, jouets, vêtements, école, collègues, parents d'élèves, cousins, amis, enfants des amis, factures, achats, cartes de crédit... Comment les prêtres peuvent-ils se dérober à tous ces bonheurs ? Comment ne seraient-ils pas *taraudés* par l'envie d'avoir accès à cette vie réelle qui les mettrait enfin en communion avec le savant journaliste marié et père de famille, ou peut-être homosexuel mélancolique rêvant d'être père de famille et marié ? Quels déserteurs ! Comme ils doivent souffrir dans la solitude de leur forteresse vide ! Quelle torture d'imaginer le sexe comme un péché au lieu de se résoudre à le trouver, comme nos épouses et nous-mêmes peu à peu, chiant, gonflant et inutilement fatigant, surtout une fois passé le cap stratégique des trois enfants ! Quelle injustice ! Surtout à l'égard des femmes !

Je retrouve une lettre que Jeff m'a envoyée pendant que j'étais à Rome :

« Cher Papa,
Je te remercie pour ton walkman. Il est jaune comme un soleil. Je t'aime beaucoup.
Je vais aussi acheter des cartouches pour mon *Game gear*.
Je te salue, en attendant de te voir.

Jeff. »

175

Game gear veut dire dispositif de jeu. C'est une console portative qu'on peut bourrer de jeux électroniques divers. Nous sommes loin du pommier, mais le pommier tiendra, ainsi que le spectacle de marionnettes. Pour le reste, allons, modernisons, compliquons! Et puisque je n'invente rien, voici comment est présentée, à la fin du xxᵉ siècle, *La Seconde Surprise de l'amour*, de Marivaux :

« C'est l'histoire diabolique d'un combat, sur l'échiquier de la passion, entre deuil et amour, lorsque chaque personnage devient la trace obscure de l'autre, lorsque chacun est le masque de l'autre et le trahit pourtant, lorsque chacun construit pour l'autre un théâtre où il est à la fois acteur et spectateur : serviteur ou voisin dont chaque mot qu'ils disent trace infatigablement son chemin dans le sang, comme ces philtres noirs qui éloignent ou unissent les amants dans les nuits fabuleuses, liqueurs interdites qui déforment, à l'intérieur même de l'âme, la frontière entre règle et licence.

C'est l'histoire, donc, d'une parole qui tour à tour se met au service de la raison ou prête ses armes au désir, délicieux tourment qui écoute la mort, incessante litanie qui s'insinue dans l'être et le déborde, et dévoile autant qu'elle les déguise ses parts ténébreuses, le menant silencieusement jusqu'aux limites de la folie, dans ce pays encore indéchiffrable que dessinent les territoires du rêve. »

Vous avez ri? Non? Dommage.

176

Oui, oui, tous les clergés officiels ou occultes, toutes les simagrées de sectes, sont préférables au désespérant et célibataire appareil romain s'acharnant à mettre à nu la mariée elle-même. Rome : unique objet de mon ressentiment, infection biliaire millénaire... Quel est le coupable vraiment coupable au-delà de tous les coupables ? Rome. D'où émanent les fumées du crime, de l'aberration, de la fausseté et de la perversité radicale ? De Rome. Le monde entier est fondé à se plaindre de Rome : Jérusalem, Moscou, Berlin, Genève, La Mecque, Sodome, Delhi, Pékin, New York, Babylone, Tokyo, Londres, Gomorrhe... Qui est responsable des croisades, de l'Inquisition, des dragonnades, des pogroms, des camps ? Rome. Qui encourage l'exploitation, l'opium, les inhibitions, les privations, la corruption, les déversements de déchets toxiques, les fétichisations, les métissages, les contaminations, les délires, les délations, les mutilations ? Rome. Rome est une idée fixe, la seule qui reste stable quand toutes les autres s'écroulent. Rome s'oppose à tout : à la nature, à la culture, au fascisme, à l'anarchisme, à l'Europe, aux nations, au progressisme, aux monarchies, à la démocratie, à la Trilatérale, au passé, à l'avenir, au mystère des Pyramides, à Jupiter, Aphrodite, Vénus, à la Loi, au Prophète, aux traditions orientales et occidentales, à Bouddha, aux Mahatmas, aux Ayatollahs, à la métaphysique druidique primordiale, aux menhirs, à l'authenticité, à la sincérité, à l'amitié, aux voyantes, au vaudou, aux tables tournantes, à la rotation raisonnable des astres, à la sexualité comme bien suprême de l'humanité, à la cause, aux effets, à l'inconscient, à l'université, au journalisme, à la critique littéraire, à la haute couture et au prêt-à-porter, aux poètes, au marché des fœtus, aux greffes sauvages, au pop, au rock, au rap, au chic, au choc, à la jeunesse, aux jeux télévisés, à la pêche, à la chasse, aux combats de coqs, aux seins nus, au théâtre, au cinéma, à la peinture abstraite, au design, à la nouvelle cuisine, aux champs de pavot ou de cannabis, aux bateaux croisant dans la nuit chargés de canons et de mitraillettes, aux satellites, aux fusées, aux centrales nucléaires, à la philosophie, au droit, au désir, à la circoncision, à l'impératif catégorique, à l'interdiction du porc, aux extraterrestres, aux horoscopes, aux femmes de pasteurs. Tous les chemins du mal et de l'obscurantisme mènent à Rome. Les complots sataniques, judéo-maçonniques et crypto-communistes y pullulent. Les filières d'anciens nazis s'y reconstituent sourdement. Des orgies ont lieu chaque nuit dans les greniers du Vatican, si méconnus, comme dans les sacristies, les couvents. Hitler : « Le pape est juif. » Staline : « Combien de divisions ? » La reine d'Angleterre : « Il ne m'aura pas. » Le président des États-Unis : « Ma femme ne peut pas le souffrir. » Les orthodoxes : « Il veut tout pour lui, il rêve de reconquérir la Russie. » Les protestants durs : « C'est l'Antéchrist. » Les protestants mous : « Une synthèse dégoûtante d'homophobie et de misogynie. » Les Juifs laïques : « Source de tout antisémitisme. » Les Juifs religieux : « Usurpateur païen. » Les musulmans : « Chien d'idolâtre. » Les païens : « Propagateur du virus sémite. » L'Asie : « Colonisateur déguisé. » L'Afrique : « Sorcier douteux. » Les cléricaux intégristes : « Traître et suppôt du Démon. » Les occultistes : « Envoûteur. » Le banquier : « Pas rentable. » La Mafia : « Il gêne. » Les professeurs, les militants, les fonctionnaires, les psychanalystes, les surréalistes, les scientifiques : « Vous voulez rire ? » Les anticléricaux musclés : « Cul béni, sabre, goupillon. » Les anticléricaux modérés : « Mafia. » L'hystérique : « J'adorerais soulever sa robe. »

Quelle unanimité croisée magnifique ! Difficile de trouver mieux.

S'il y a une cause perdue, c'est-à-dire gagnée d'avance, c'est bien celle-là. Elle me plaît.

Frénard :

— Vous devriez relire *L'Antéchrist*, de ce fils de pasteur hyperlucide : Nietzsche. Écoutez ce qu'il dit : « Le pasteur protestant est l'aïeul de la philosophie allemande, le protestantisme même est son péché originel. Définition du protestantisme : l'hémiplégie du christianisme *et* de la raison. » Vous savez comment il surnomme Luther ? Le « moine fatal ». Kant ? L'« araignée funeste ». Quelle est pour lui la lignée maudite ? « Savonarole, Luther, Rousseau, Robespierre, le Socialisme... » Il est le premier et le seul à avoir compris que le protestantisme allemand était appelé, par vocation historique, à occuper toute l'atmosphère psychique. Il en parle comme de « l'esprit le plus malpropre, le plus incurable, le moins facile à réfuter »... L'amusant, c'est qu'on en vient logiquement à la proposition suivante : le christianisme comme maladie généralisée se dressant contre Rome depuis deux mille ans, Rome incarnant au contraire la grande santé inaccessible et insupportable... Vous saisissez ce comique inattendu : tout le monde est soit chrétien malade, soit catholique romain. Problème : personne n'arriverait à être pleinement catholique, c'est-à-dire universel? Même pas le pape? Avouez que ce serait le bouquet! « Personne n'est plus catholique que le Diable », a dit, quelque part, Baudelaire... Mais vous préférez peut-être un vieux proverbe polonais : « Là où le Diable ne peut plus rien faire, il envoie une femme... »

Il met rapidement l'index de sa main droite sur ses lèvres :

— Une femme, ou plutôt l'escroquerie quotidienne personnifiée... Chut! Chut! Même les meilleures, les plus adorables... Chut!... (rire).

Et, plus bas :

— Pour s'y reconnaître, encore faut-il entrer dans ses petits papiers, au Diable... *Errare humanum... Perseverare diabolicum...* On s'y emploie, n'est-ce pas?

En l'écoutant, je pense à ce que dit la constitution *Divinis Perfectionnis Magister* : « Un saint est toujours un signe de contradiction, d'attaques et de polémiques. » Je garde donc toutes mes chances... En 3033 ?

Avant d'entrer à l'ISIS, je suis convoqué pour la visite médicale. Je vois que l'analyse de sang implique le dépistage obligatoire du virus du sida, bonne occasion pour savoir si mes fréquentations ont été correctes. L'infirmière me regarde d'un air soupçonneux, me pique, colle une étiquette sur mon petit flacon rouge-brun, résultat deux jours après, petit frisson avant d'ouvrir l'enveloppe et de lire la photocopie du document, résultat négatif, Dieu existe. À part ça, ma vue a baissé, mon hypertension s'est aggravée mais n'est pas encore catastrophique. « Vous fumez ? Vous buvez ? Vous faites du sport ? Pas de maladies récentes ? » Le médecin est grand, maigre, sympathique, il remplit ses papiers, signe, tamponne, me fait signer, regarde de nouveau mon dossier : « Vous allez dans l'Analytique ? Branche en pleine expansion... » Au revoir, merci, bonne soirée... Au stand de tir, ma performance est jugée passable, manque d'entraînement. Je vais voir mon bureau, étroit mais confortable, au septième étage du grand immeuble donnant sur les marronniers de l'avenue. La secrétaire est en vacances. Je téléphone à Gail. Pas là. Nancy, elle, doit m'appeler dès son retour.

Je range mes dossiers. Comment intituler mon travail principal? *La lettre volée? Candide au Saint-Siège? Nouveau manuel d'exorcisme? L'espion mystique?* Ou tout simplement *De la guerre spirituelle*, sur le modèle du court et génial traité de T.E. Lawrence, *La science de la guérilla?*

Lawrence écrit en 1920, à propos de la guerre des Arabes contre les Turcs. Son expérience sur le terrain et ses conclusions sont d'une grande actualité si l'on sait les transposer dans des conditions entièrement différentes. C'est la bible de tous les irréguliers dont « la force réside dans la profondeur d'action et non dans le front ».

À la guerre de contact s'oppose celle de détachement, où, face à un adversaire insaisissable et qui ne se présente jamais comme une cible, l'ennemi, ralenti et embarrassé, se retrouve dans la position de « manger une soupe avec un couteau ». Dans la guerre irrégulière, ce que *font* les hommes est assez peu important, mais ce qu'ils *pensent*, en revanche, est capital. « Nous étions physiquement si faibles, que nous ne pouvions pas laisser l'arme métaphysique inactive. » Ou encore : « La lutte n'était pas physique mais minérale. Les batailles étaient donc une erreur. » L'essentiel, au fond, est d'amener peu à peu l'ennemi au désespoir, ce qui signifie un plein emploi stratégique plus que tactique et le fait constant de « se trouver plus faible que l'ennemi, *sauf sur un point* ». (C'est moi qui souligne.) On compte donc sur la mobilité, la vitesse, le temps, l'avancée suivie du recul immédiat, le coup porté et aussitôt interrompu pour être porté ailleurs, le modèle devenant celui, musical, de la *portée* et non de la force, avec initiative individuelle et, comme dans le jazz, une improvisation collective de tous les instants. Les irréguliers combattent le plus souvent sans se connaître, parfois même en *évitant* de se connaître, ou encore sans s'admettre entre eux (ils pouvaient, dans la guerre de Lawrence, appartenir à des tribus elles-mêmes en guerre). Le commandement central doit donc les employer les uns après les autres, en variant leurs engagements sans continuité apparente. En ce sens, dit Lawrence, les opérations ressemblaient à des engagements maritimes : indépendance des bases et des communications, pas d'éléments au sol, pas de régions stratégiques, pas de directions ni de points fixes. Je me propose de montrer que ce qui était vrai pour l'océan, la mer, le désert (croiseurs, destroyers, porte-avions, sous-marins ou chameaux), l'est désormais pour la guerre spirituelle et sa substance fluide et réversible de temps comme de mémoire. Sauf exception, pas de consolidation des coups ni d'amélioration d'un avantage : la percée ici, le retrait là, une autre percée là-bas – et disparition dans l'étendue, avec autonomie de déplacement. Ce qui correspond à cette proposition admirable de *La science de la guérilla* : « Le désordre maximal était, en réalité, notre équilibre. »

Pas de discipline classique, c'est-à-dire pas de réduction à la moyenne, « la somme qu'atteint chaque homme étant alors au moins égale à un système combiné ». Faire de l'action une série de combats individuels, voilà l'idéal... Dans la guerre irrégulière, si deux hommes sont ensemble, l'un d'eux est gaspillé. Allons plus loin : le commandement central n'a plus besoin d'être réellement incarné par tel ou tel, la logique y suffit, si elle est portée à une certaine puissance. Tout commandement identifiable deviendrait une cible et serait détruit. Voilà aussi pourquoi deux « généraux » en action, par exemple, peuvent ne s'être jamais rencontrés, vivre de façon totalement différente, n'avoir aucun rapport humain et mener pourtant une action convergente. Ils peuvent, de temps en temps, publier leurs résultats théoriques, comme ils peuvent aussi ne pas le faire. Par la seule présence du raisonnement la communication est établie et agit.

On part du principe que l'ennemi *croit* à la guerre, au sens où un penseur irrégulier comme Kafka, par exemple, disait qu'une des séductions les plus fortes du Mal est de pousser au combat. L'adversaire croit à la guerre, il en a besoin (ne serait-ce que pour vendre des armes), il lui faut susciter des conflits en attisant les haines. Pour l'ennemi, la guerre doit être chaque fois un modèle traditionnel (en réalité celui du XIXe siècle), avec concentration d'effectifs, destructions massives, usage de matériel industriellement remplacé, lignes et contre-lignes, objectifs ciblés. On lui impose donc une absence de guerre déprimante, une sorte d'antiguerre active, permanente, menaçante, illocalisable, fondée sur une capacité nerveuse que, par définition, il ne comprend pas. « La guerre irrégulière, dit Lawrence, est beaucoup plus intellectuelle qu'une charge à la baïonnette. » On peut évidemment la comparer au jeu de go ou d'échecs, mais sans rester prisonnier de ces rapprochements, d'ailleurs superficiels. Il faut d'abord éviter toute excitation sur le sang versé et, à la limite, comme le voulait le maréchal de Saxe – l'homme de Fontenoy (1745), de Raucoux (1746), de Lawfeld (1747); l'homme qui, à Chambord où il habita à la fin de sa vie, fit construire un théâtre dont le rideau de scène portait l'inscription « ludum in armis », le jeu dans les armes –, gagner sans livrer bataille. La thèse centrale de Lawrence est éternelle : « La rébellion doit disposer d'une base inattaquable, d'un endroit préservé non seulement de toute attaque mais de toute crainte. » De cette façon, on peut se contenter de deux pour cent d'activité en force de choc et profiter d'un milieu à quatre-vingt-dix-huit pour cent de passivité sympathique. L'expression évangélique « qui n'est pas contre nous est pour nous » trouve ainsi son application militaire. Vitesse, endurance, ubiquité, indépendance, stratégie (étude constante des communications) plus que tactique (possession de l'équipement technique qui détruit et paralyse les communications de l'ennemi). Il s'agit avant tout de casser chez l'autre sa volonté viscérale d'affrontement. Il cherche à vous imposer sa logique de mort, à vous fasciner avec votre propre mort, vous refusez et refusez encore, vous l'obligez à répéter dans le vide son obstination butée, vous continuez *comme si de rien n'était*, vous lui renvoyez sans cesse son désir négatif, bref vous finissez par l'user, le déséquilibrer, c'est le moment de passer à l'attaque. Tel est pris qui croyait prendre, tel est frit qui croyait fendre. Transposons : le premier élément, algébrique, n'est plus l'espace géographique, le temps quotidien, l'existence terrestre des reliefs, des climats, des fleuves, des villes, des routes, des aéroports, mais le Temps lui-même, la Mémoire, dans leur plus grande généralité accessible. Le deuxième élément, biologique, n'est plus la destruction éventuelle des corps (tout indique qu'ils n'ont plus la moindre importance), mais le regard détaché sur leur inanité transitoire et leurs modes de plus en plus artificiels de reproduction. Le troisième élément, anciennement psychologique ou métaphysique, celui que Lawrence appelle *diathétique* (en empruntant le terme à Xénophon dont il n'est pas inutile de relire l'*Anabase* c'est-à-dire la retraite des Dix Mille), est la faculté de décision, le discernement et la crise *résolue* au sujet de ce qui est et de ce qui n'est pas (finalement, l'être et le non-être de Parménide). D'où ce raisonnement lumineux : « Les neuf dixièmes de la tactique sont sûrs et enseignés dans les livres, mais le dernier dixième est comme le martin-pêcheur traversant la mare, et il sert de test aux généraux. Il ne peut être vérifié que par l'instinct et fortifié par la pensée, pratiquant les coups si souvent qu'au moment de la crise ceux-ci deviennent aussi naturels qu'un réflexe. »

La vie et la mort, dit encore Lawrence, sont moins importantes, dans ces moments précis, que l'usure ou les larmes. On peut généraliser l'ensemble de ces propositions à deux mille ans de combats et couvrir, si l'on veut, le un dixième incalculable de l'aventure du beau nom de Providence. Après tout, quelqu'un, entouré seulement de douze techniciens, a ainsi atteint des résultats étonnants. Il ne s'agissait pas de paix mais de guerre, la plus irrégulière qui soit, même pas « sainte », à y regarder de près (comme si elle en avait pris les formes pour s'opposer, justement, à ces formes).

Conclusion générale : la guerre irrégulière repose sur une paix si profonde que tout désir de guerre s'y noie et s'y perd. On fait la guerre à la guerre, on traite le mal par le mal, on fait mourir la mort avec la mort (mort, où est ta victoire ?), on circule à grande vitesse dans une immobilité parfaite, on ne vise aucun but, et c'est pourquoi, finalement, il y en a un.

Frénard :

– Vous devriez vous amuser à relire le *Manifeste communiste* de Marx et Engels, 1848. Quels sont, selon eux, les pouvoirs qui traquent sans arrêt les nouveaux apôtres communistes? Les voici, dans l'ordre : le pape et le Tsar, Metternich et Guizot, les radicaux français et les policiers allemands. Vous constatez que le pape – en l'occurrence Pie IX – arrive bon premier dans cette liste. Ah, Pie IX! Il a sur le dos, à l'époque, le déchaînement des sociétés secrètes, Mazzini, Garibaldi et Cie... Quand on pense que c'est un général français, Lamoricière, l'inventeur des zouaves, qui est venu commander les troupes pontificales et se faire écraser dans la dernière bataille... Pie IX! Regardez-moi ça : L'Immaculée Conception en 1854; le Syllabus en 1864, et, le 18 juillet 1870, le dogme à faire hurler tout le monde, l'Infaillibilité pontificale! Et la lutte défensive contre Bismarck et le *Kulturkampf*! Bataille sur tous les fronts! Quels dons!

– C'est le moment où les *Poésies* d'Isidore Ducasse ont été écrites.

– Quel rapport?

– Un grand retournement, visible seulement de nos jours.

– Oui?

– Tenez, je vous réécris *Le Manifeste* :

Un spectre hante le monde entier, de l'Amérique au Japon, de la vieille Europe et de la Russie à la Chine : le spectre de la Mafia.

Pour l'imposer, toutes les puissances se sont liguées en une Sainte Alliance secrète.

Ce fait suggère une double explication :

188

La Mafia est organisée, maintenant, par tous les gouvernements et leurs oppositions apparentes, comme une puissance mondiale.

Il est grand temps qu'elle contrôle directement toute expression publique, afin de voiler sa face au monde entier ; grand temps, donc, qu'elle oppose aux accusations éventuelles (lancées de temps en temps par quelques irresponsables paranoïaques) d'être une réalité étatique et para-étatique, la version de sa menaçante, incessante et insaisissable spectralité.

— Pas mal. Mais je vous rappellerai, une fois de plus, les dernières lignes de la *Critique du programme de Gotha* de Marx : « Dixi et salvavi animam meam. » De l'Ézéchiel en latin : « J'ai dit et j'ai sauvé mon âme »... Il sent que quelque chose ne va plus, la formule lui échappe, il se tourne avec ironie vers Rome.

— Amusant.

— Un professeur juif anglais, très connu par ses études sur la littérature grecque classique, vient de déclarer que le christianisme et le marxisme étaient les deux grandes hérésies du judaïsme et que la décomposition de l'une entraînait celle de l'autre...

— De plus en plus amusant.

— Le judaïsme tiendra, dit-il...

— À coup sûr.

— Mais le christianisme va-t-il se dissoudre finalement dans le judaïsme, ou non ? Cela paraîtrait logique. Beaucoup pensent que oui...

— Deux mille ans, et toujours le même disque ?

— Il faut croire. Au fait, et les Grecs? Que deviennent-ils? On les élimine?

— Je préférerais ne pas.

— Quelle est la formule de Pascal, déjà?

— « Scandale pour les Juifs, folie pour les Grecs. »

— Oui, oui, scandale fou...

Frénard regarde la place par la fenêtre, la perspective grise et bleue... J'aime bien ces petites passes d'armes avec lui. Mais ma note? Où se trouve-t-elle en ce moment? Quel effet minuscule est-elle en train de produire? Le sait-il lui-même? Son visage blanc et rond a l'air suspendu dans une diagonale invisible. Je sais qu'il va me dire à présent : « Bon, revenons aux chiffres. Il y a là une obscurité, voyez-vous, une petite chose irritante... » *Ma note! Ma note!* Dix conseils d'administration pour ma note!

Les archives de l'Empire sont de plus en plus à vendre, et parfois pour presque rien. Tachokrann, qui poursuit sa carrière de journaliste et de conférencier international (il était même question, pendant un temps, de lui donner une chaire au Collège de France), aurait fait brûler, avant son départ, vingt-cinq millions de dossiers. Il en reste assez pour compromettre, de proche en proche, la planète entière. Ah, le charme vieillot de la Staraïa Plochad, la Vieille Place de Moscou, avec ses immeubles de plus de mille bureaux! Un million de dollars pour les

190

droits d'exploitation des dossiers du Komintern? Mais, cher ami, c'est ridicule, veuillez reconsidérer votre offre, surtout en période électorale... La lettre de Togliatti à Staline pour lui demander de fusiller les prisonniers de guerre mussoliniens? Anecdote. Le journal personnel de Goebbels (sans les révélations bancaires et sexuelles, bien entendu, qui partent sur un autre marché)? Écume. Le financement occulte des travaillistes anglais, des communistes italiens, français, espagnols, islandais, malgaches? Rien d'extraordinaire. Les photos pornographiques les plus compromettantes, prises à leur insu, de Trotski, Boukharine, André Gide, Romain Rolland, Louis Aragon, André Breton, Picasso, André Malraux, Jean-Paul Sartre, Simone de Beauvoir, Marguerite Duras, monsieur et madame Mao? Sans grand intérêt. Ah, mais voici d'autres microfilms, d'autres caisses blindées enterrées dans les souterrains bétonnés, en pleine steppe... Est-il vrai qu'on appelle cette région antinucléaire « les âmes mortes » ou « crime et châtiment »?... Seul le vent connaît ces méandres, ces tunnels de protocoles et de contrats secrets... Brume violette... Blizzard acide... Crânes et tibias du Pacte...

Le 17 septembre 1939 (Pacte), l'ex-URSS envahit la Pologne et fait des millions de prisonniers. Au printemps 1940, les familles de 14 000 d'entre eux cessent de recevoir du courrier. En avril 1943 (modification du Pacte), l'armée allemande annonce la découverte de fosses communes dans la forêt de Katyn, contenant les cadavres de soldats polonais. Le gouvernement soviétique affirme alors que le massacre est l'œuvre des nazis, et cette version sera soutenue par les Alliés pendant près de cinquante ans.

Source : l'*Observer*, Londres. Confession de l'un des participants aux exécutions à Kalinine (rebaptisée Tver), Vladimir Stepanovitch Tokaryev, quatre-vingt-neuf ans, aujourd'hui aveugle, mais ayant gardé toute sa lucidité :

« Je me souviens de Blokhin disant : " Allez, on y va ! " Il enfilait alors un uniforme : chapeau de cuir marron, tablier de cuir marron, longs gants de cuir marron. Ses hommes conduisaient les Polonais un par un, menottes aux poignets, chacun devant donner son nom et sa date de naissance. Puis on les faisait passer, toujours un à un, dans la pièce voisine insonorisée, et ils étaient exécutés d'une balle dans la nuque. Aucun simulacre de jugement, bien entendu. La première nuit, il y a eu 300 exécutions. Je me rappelle que Blokhin plaisantait en se plaignant de cette rude nuit de travail. 300, c'était trop, le jour s'était levé, et ils s'étaient fixé pour règle de ne travailler que la nuit. Ils ont réduit le nombre à 250, et Blokhin s'assurait que tous les membres du peloton d'exécution recevaient bien leur ration de vodka. Tous les soirs, il en apportait plusieurs caisses. Combien de temps cela a-t-il duré ? Calculez vous-même : 6 000 hommes à raison de 250 par nuit. En comptant les congés, cela doit représenter à peu près un mois, tout le mois d'avril 1940. L'ordre d'assassinat immédiat a été signé par Staline en personne. Les fosses ont été creusées près de l'endroit où les officiers du NKVD (ex-ex-KGB) avaient leurs datchas. Quand leur travail a été terminé, ils ont organisé un grand banquet pour fêter la chose. »

L'*Observer*, faisant état de son scepticisme sur le jugement éventuel des responsables de cette boucherie systématique, conclut que les seuls crimes qui échappent à la prescription, dans l'ex-Union soviétique, sont le génocide et les crimes commis contre l'humanité pendant la Seconde Guerre mondiale, mais que cette loi ne s'applique qu'aux crimes commis par l'Allemagne nazie. Les mêmes principes s'appliquent dans les systèmes judiciaires britannique et israélien.

En 1940, le futur pape polonais a vingt ans. Il en a soixante et un quand la balle du Turc le rejoint. Il ne manque pas de bons esprits qui auraient préféré le voir disparaître dans le charnier de Katyn.

Crimes contre l'humanité : « Actes inhumains et persécutions qui, au nom d'un État pratiquant une politique d'hégémonie idéologique, ont été commis de façon systématique non seulement contre des personnes en raison de leur appartenance à une collectivité raciale ou religieuse, mais aussi contre les adversaires de cette politique, quelle que soit la forme de cette opposition. »

Frénard :

— Juger les nazis et les collaborateurs des nazis, très bien, mais les staliniens, les anciens staliniens reconvertis, les collaborateurs internationaux du plan d'extermination stalinien, c'est une autre affaire! Qui le ferait? Quel pouvoir? Quel tribunal? Qui le supporterait? Qui y est préparé? Qui accuser? Qui, exactement, serait en position de juger? Est-ce que l'ex-URSS, comme le troisième Reich, n'était pas un État pratiquant une politique d'hégémonie idéologique? Et même de purification ethnique? Il y aura quelques procès bidon pour des sous-figures, bon... Et encore, très solidement négociés, croyez-moi... Vous verrez qu'on va encore nous accuser d'avoir été équivoques pendant la guerre, et d'avoir protégé des nazis en leur permettant de s'enfuir en Amérique latine... À la limite, c'est toujours nous dont il faudrait instruire le procès! Étrange, non? Ou logique? C'est ça : logique.

— Quoi? Moby Dick, en plus de subvertir l'Empire à travers la Pologne, aurait voulu chasser les marchands du Temple? Il aurait été descendu pour ça? Comme s'il pouvait y avoir un Temple sans Marché!

— Quelqu'un l'a dit, pourtant.

— L'affaire Jésus? Vous en êtes encore là à la fin du xxe siècle? Légende, mon cher, affabulation! Trucage des faits, des sources, cascade d'erreurs sur les textes, invention, mythologie, fantasmagorie!

— Vous avez vu qu'on a retrouvé les restes osseux de Caïphe, le grand prêtre qui présidait le Sanhédrin lors du procès fameux?

194

– Où ça?

– Près de Jérusalem. Le ministère israélien des Affaires religieuses l'a fait transférer au mont des Oliviers.

– À côté de Maxwell? Quel Panthéon!

Dans son introduction à son *Histoire secrète d'Isabelle de Bavière, reine de France*, Sade, jouant à l'historien, fait état de « l'étonnement indicible où nous nous trouvions en découvrant des trames aussi bien ourdies, et l'incroyable apathie de ceux qui n'avaient même pas daigné s'en apercevoir »... Qui écrira l'immense roman de l'apathie dans l'Histoire? Ce n'est ici qu'un de ses chapitres. Il en faudrait des milliers. Ou des millions. Autant que d'assassinés.

On est d'autant plus heureux d'apprendre, à l'autre bout de la chaîne, c'est-à-dire dans la prolifération de l'industrie de fabrication des corps, que la copulation millénaire et mécanique, définitivement archaïque, a été remplacée par ce qu'il faut bien appeler la *cupulation*. « Le couple vous demande souvent de déposer le sperme du mari dans la cupule qui coiffe le col utérin après l'insémination du sperme décongelé du donneur. Ce couple a envie d'avoir un doute quant à la paternité biologique. De quel droit lui refuserions-nous le bénéfice du doute? » Par ailleurs, le tri est possible : « Si l'on recueille dix ovocytes, cinq d'entre eux seront mis avec le sperme du mari et les cinq autres avec le sperme d'un donneur que l'on sait spécialement fécondant. Tous les ovocytes étant numérotés, aucune confusion n'est envisageable. » Allons, tant mieux.

À soixante-douze ans, le pape est opéré d'une tumeur intestinale grosse comme une orange. Les médecins en profitent pour lui enlever du même coup la vésicule biliaire. Le bulletin clinique décrit « une résection colique pour un volumineux adénome tubulo-villeux du sigmoïde, avec des altérations cytologiques localisées, ayant pour cause une dysplasie de modeste importance ». Des messes ont été dites un peu partout et, naturellement, d'abord en Pologne. À Paris, un peu avant l'opération de la prostate du président de la République, on commémore, après cinquante ans, la rafle du Vel' d'Hiv : 12 884 Juifs (sur 25 000 escomptés) – 3 031 hommes ; 5 802 femmes ; 4 051 enfants – *on voit les fonctionnaires faire leurs additions* – arrêtés par la police française, et ensuite déportés et massacrés dans les camps nazis. C'est l'époque où Drieu la Rochelle (qui se suicidera cinq ans plus tard) écrit dans son *Testament religieux et politique* : « Je meurs dans la religion catholique, héritière, beaucoup plus que de la religion juive, de la religion grecque et aryenne. Je meurs antisémite, etc. » Quelle ignorance stupéfiante ! Quelle bêtise systématisée ! Comme ces phrases en disent long sur les soi-disant élites du temps et leurs minables ruminations de l'ombre ! Ce même automne 1939, l'admirable Freud, exilé à Londres, n'en pouvant plus de souffrance, se fait injecter, avec la permission de sa fille, une dose mortelle de morphine par son médecin. Ce qui signifie exactement : « Je meurs parce que je ne peux plus supporter la douleur. Sémite ? Ah oui, bien malgré moi, et d'ailleurs pourquoi pas? Je dois beaucoup à la Bible »... En réalité, la culture, à ce moment-là, ne veut rien savoir de la splendeur biblique, soit négation sèche (côté laïque), soit censure détournée (côté religieux). Le programme fasciste et nazi, lui, consistait bien à tenter d'éliminer définitivement la question. Même obsession, au fond, chez les communistes, avec leurs propres soutiens occultistes ou ésotériques débouchant sur la brutalité scientiste. Psychose universelle. Un seul dieu forcené, donc : MORT.

En 1953, l'année où Staline meurt, je suis à Londres avec Violet. La ville gardera toujours pour moi la couleur oméga de ses yeux, en effet, violets. Il n'est évidemment jamais question d'elle dans les lettres que j'envoie d'Angleterre à Mother. Violet a trente-trois ans, moi seize. Judith, là-bas, dans un coin de l'Empire, va avoir douze ans. Je regarde sa photo de bonne élève de l'époque, son air décidé et triste, tablier noir et grand nœud blanc dans ses cheveux bruns. Bonne élève, oui, mais suspecte à cause de son père qui est interrogé tous les mois par la police russe (dix ans avant, Mother l'est, à cause de Violet, par la police allemande, et moi, vingt ans plus tard, à New York, par l'immigration américaine). Cette première de la classe, Judith, à cause de son milieu d'origine, va donc être freinée, surveillée, dissuadée, handicapée, marginalisée, avant de saisir la première occasion pour passer à l'Ouest, chez moi. Photos : voici Jeff courant dans le jardin, une branche d'acacia à la main, nourriture de feuilles supplémentaire pour James. Ou encore, seul, avec son walkman et son Game gear, assis sur le banc blanc, sous le pin parasol. Au même endroit, on peut voir Mother, seule, Judith, seule, et moi, seul. C'est le banc tourné vers l'océan, celui de la concentration méditative pour une seule personne à la fois. Le fond de toutes les images est la même eau légère et plissée, bleu constant, direction constante, gauche-droite. C'est le lieu singulier du temps pour les habitants du non-temps. Ô Toi, je T'en prie, prends-les dans Ton souffle !

Voici qu'un roi régnera avec justice
et des princes gouverneront selon le droit.
Chacun sera comme un abri contre le vent,
un refuge contre l'averse,
comme les ruisseaux sur une terre aride,
comme l'ombre d'une roche solide dans un pays
désolé.
Les yeux des voyants ne seront plus englués,
les oreilles des auditeurs seront attentives.
Le cœur des inconstants s'appliquera à comprendre,
et la langue des bègues dira sans hésiter des paroles
claires.
On ne donnera plus à l'insensé le titre de noble,
ni au fourbe celui de grand.

Nom de code : Isaïe 32. Ma note ! Ma note ! J'écris ces lignes dans la nuit. L'immeuble est désert. Les gardes m'ont demandé tout à l'heure si je n'avais besoin de rien. Non, rien. Il y a vingt minutes, je suis descendu boire un double express serré au café du coin qui allait fermer, et acheter un sandwich et deux bières. J'allume un cigare. Tout est noir et calme. La guerre se poursuit.

III

Hibernatus, l'homme retrouvé dans les glaciers alpins à l'âge de 5 300 ans, est beaucoup mieux conservé qu'une momie égyptienne. On pourra étudier posément son foie, son cerveau, son cœur, ses reins, ses poumons, ses muscles, son sang. L'information précipitée comme quoi ce pâtre congelé, et peut-être épileptique, aurait été castré selon un rite initiatique du néolithique faisant de lui un chaman se révèle, pour finir, sans fondement. Il faut regarder mieux, là, entre ses cuisses, ce petit tas de tissus brunâtres et fripés : pas d'émasculation, donc pas de pouvoirs spirituels spéciaux. Résumons-nous : 30 ans, 1,60 mètre, entre 43 et 50 kilos, cheveux longs de 9 centimètres au moment de sa mort, tatouage au charbon de bois de trois parallèles dans le dos, d'une croix au genou gauche et d'un ensemble de traits à la cheville droite. Sa hache est en bronze, sa hotte en bois de noisetier et osier. Son arc en bois d'if mesure 1,80 mètre. Son carquois renferme quatorze flèches, dont deux seulement sont empennées de plumes et munies de pointes de silex. Il portait un bonnet de peau de chamois. Dans sa ceinture, on a trouvé des champignons aux propriétés antibiotiques et coagulantes. Une perle blanche au cou pour chasser les mauvais esprits n'a pas suffi, semble-t-il, à faire régresser son cancer de l'intestin ou de la vessie. Une tumeur est nettement localisable du côté de la hanche droite.

Dans les magazines, la photo d'Hibernatus voisine pendant quelques jours avec celle d'un faux corps carbonisé d'Hitler diffusée par Moscou. Autour des restes du berger glaciaire, des hommes en blouse blanche complotent. L'argent afflue pour exploiter les données du cadavre. Il n'est pas exclu que ses pouvoirs magiques (car, après tout, rien ne prouve qu'il ait réellement conservé l'intégralité de ses testicules) s'étendent à travers l'Italie et l'Autriche : dans l'incertitude monétaire, le plus vieil Européen de tous les temps attire les capitaux. La science, l'occultisme, sont sur les dents : une momie, c'est quand même plus important qu'un livre.

Jeff, lui, n'a aucune curiosité pour les momies. En revanche, je le trouve parfois en train d'ouvrir les bibles envoyées par Mother. « Ça se passe en Égypte? » – « Oui. » – « Et ils arrivent à en sortir? » – « Compliqué. » – « Pourquoi? » – « Il faudra que tu lises mieux. » – « Raconte. » Je raconte comme je peux : l'eau du Nil changée en sang; les grenouilles (« et les grenouilles moururent dans les maisons, les parcs et les champs; on les entassa tas par tas et la terre en fut infectée »); la poussière transformée en vermine; les moucherons; la destruction du bétail; la suie devenant ulcères; la grêle; les sauterelles; les ténèbres (« on ne se voyait plus l'un l'autre et nul ne se levait de sa place pendant trois jours, mais pour tous les fils d'Israël il y avait de la lumière dans leurs maisons »); le massacre des premiers-nés, garçons, filles, animaux. Pas moins de tout ça pour qu'on vous laisse partir. Ce que c'est que d'être trop aimé!

Les dix-sept volumes sont là, à Paris, dans la bibliothèque. Le premier paraît en 1767, le dernier en 1773. Il s'agit de « la Sainte Bible en Latin et en Français, avec des notes littérales critiques et historiques, des préfaces et des dissertations rédigées par les auteurs les plus célèbres pour faciliter l'intelligence de l'Écriture Sainte, à Paris chez Antoine Boudet, imprimeur du Roi, rue Saint-Jacques, et chez la veuve Desaint, libraire, rue des Fossés-Saint-Jacques ». En consultant le volume XVII, on trouve, à la fin, une Chronologie sacrée (Adam a 130 ans quand il engendre Seth, il meurt à 930 ans; Henoch est mystérieusement enlevé de terre à l'âge de 365 ans; Seth meurt à 992 ans; Dieu avertit Noé du Déluge 120 ans avant qu'il survienne et lui ordonne de construire l'Arche; Noé a 500 ans quand il engendre Sem, Cham et Japhet). Il y a aussi une Géographie sacrée (ou « Table géographique des provinces, villes et peuples, fleuves, torrents, lacs, mers, îles, montagnes et vallées dont il est parlé dans les Divines Écritures »), et enfin une table des Noms (« hébreux, chaldéens, syriaques et grecs répandus dans la Bible avec leurs significations »).

Pour Jeff, je copie le résumé suivant :

Aaron : hélas ! conception.

Abigail : la joie du père.

Abraham : père élevé de la multitude.

Absalom : la paix du père.

Achab : le frère du père.

Amalec : peuple qui lèche.

Anne : grâce.

Apôtre : envoyé.

Arabes : mélange.

Behemoth : bête.

Diable : calomniateur.

Égypte : en hébreu *misraim*, angoisse.

Élie : la force de Dieu.

Élisabeth : le serment de Dieu.

Esther : ce qui est caché.

Galilée : sujet aux révolutions.

Golgotha : lieu des crânes.

Gomorrhe : peuple rebelle.

Hébreu : qui passe.

Hur : liberté.

Inde : hébreu *ophir*, cendre.

Israël : qui prévaut contre Dieu.

Jean : qui est rempli de grâce.

Jérusalem : vision de la paix, vision parfaite.

Jonas : colombe.

Madeleine : magnifique.

Nabo : prophétie.

Palestine : couverte de poussière.
Pâque : passage.
Paraclet : consolateur, avocat.
Rome : force.
Ruth : enivrée.
Sabaoth : armées.
Satan : adversaire.
Sela : élévation.
Sodome : secret et silence.
Thabor : pureté.
Tharsis : contemplation et joie.
Timothée : qui honore Dieu.
Ur : feu.
Zacharie : mémoire du Seigneur.
Zébédée : doré.
Zélote : jaloux.
Une des camarades d'école de Jeff s'appelle Esther. Son meilleur ami s'appelle Timothée.

— Une diversion, dans une guerre, peut-elle devenir une opération principale?

— En principe, non.

— Proust l'affirme pourtant dans *Le Temps retrouvé* : « Un général est comme un écrivain qui veut écrire une certaine pièce, un certain livre, et que le livre lui-même, avec les ressources inattendues qu'il révèle ici, l'impasse qu'il présente là, fait dévier extrêmement du plan préconçu. » Le problème est donc posé : si l'opération principale évolue vers l'échec, la diversion pourrait prendre sa place. Proust écrit cela en pleine guerre de 14-18, en pensant évidemment à son livre.

— Oui, mais Clausewitz dit au chapitre xx du livre VII : « Les diversions ne sont qu'un moyen de mettre les masses stagnantes en mouvement. » Il est assez réservé sur le sujet et en souligne la nature souvent négative. Mais il conclut que :

1) Une diversion peut inclure par elle-même une attaque réelle. L'exécution ne présente alors aucun caractère particulier sauf la hardiesse et l'habileté.

2) Elle peut aussi chercher à donner l'apparence d'une démonstration, plus qu'elle ne l'est. Seul un esprit subtil pourra préciser les moyens particuliers qu'il faut employer en pareil cas, un esprit très familiarisé avec le caractère du peuple et la situation. Une grande dispersion des forces découle alors de la nature de la chose.

3) Si les forces employées ne sont pas tout à fait insignifiantes, et si la retraite se réduit à certains points, une réserve à laquelle tout puisse se rallier est une condition essentielle.

— Proust n'en pose pas moins clairement l'équivalence de la création littéraire et de la guerre.

— Et avec raison. Tout serait à revoir de ce point de vue, y compris le déluge de brouillages poétiques de ce siècle. Cela dit, si vous voulez étudier la situation militaire au moment où il écrit ces lignes, c'est finalement assez simple. Vous reprenez *Pastiches et mélanges*, vous allez au chapitre *En mémoire des églises assassinées*, vous réétudiez son rapport à Ruskin, Amiens et Venise, vous observez en passant qu'il est aux antipodes de la position de Trotski, plus tard, à Lourdes, et que, dans *La Mort des cathédrales*, publiée en son temps dans *Le Figaro*, il attaque un des articles de la loi de séparation de l'Église et de l'État : « La rupture du gouvernement français avec Rome semble rendre prochaine la mise en discussion, et probable l'adoption, d'un projet de loi, aux termes duquel, au bout de cinq ans, les églises pourront être et seront souvent désaffectées ; le gouvernement non seulement ne subventionnera plus la célébration des cérémonies rituelles dans les églises, mais pourra les transformer en tout ce qui lui plaira : musée, salle de conférence ou casino. » C'est une protestation pour défendre un symbolisme vivant contre la généralisation du spectacle. « Jamais spectacle comparable, miroir aussi géant de la science, de l'âme et de l'histoire ne fut offert aux regards et à l'intelligence de l'homme. Le même symbolisme embrasse jusqu'à la musique qui se fait entendre alors dans l'immense vaisseau et de qui les sept tons grégoriens figurent les sept vertus théologales et les sept âges du monde. On peut dire qu'une représentation de Wagner à Bayreuth (à plus forte raison d'Émile Augier ou de Dumas sur une scène de théâtre subventionné) est peu de chose auprès de la grand-messe dans la cathédrale de Chartres. » Plus tard, pendant la guerre, Proust ajoute une note pour dire que, les armées allemandes détruisant les églises françaises, la Chambre anticléricale et les évêques patriotes se retrouvent au coude à coude. Proust patriote ? Il est vrai qu'il veut obtenir le prix Goncourt et la Légion d'honneur (il les aura). Voilà un bel exemple de *diversion*. Après tout, la *Recherche* est bien une cathédrale ? Que seul Monet pourrait peindre ? Écoutez ça : « En voyant monter vers le ciel ce fourmillement monumental et dentelé de personnages de grandeur humaine dans leur stature de pierre tenant à la main leur croix, leur phylactère ou leur sceptre, ce monde de saints, ces générations de prophètes, cette suite d'apôtres, ce peuple de rois, ce défilé de pécheurs, cette assemblée de juges, cette envolée d'anges, les uns à côté des autres, les uns au-dessus des autres, debout près de la porte, regardant la ville du haut des niches ou au bord des galeries, plus haut encore, ne recevant plus que vagues et éblouis les regards des hommes au pied des tours et dans l'effluve des cloches, sans doute à la chaleur de votre émotion vous sentez que c'est une grande chose que cette ascension géante, immobile et passionnée. » Ouf !

L'intérêt, donc, aujourd'hui, est d'observer le très curieux *oubli* de Proust organisé dans les années 30, 40 et 50. Son livre est là, bien sûr, impossible de l'éliminer, mais comme désaffecté, transformé en musée, en chaire d'université, en salle de conférences, en casino, en boîte de nuit. Les vedettes ou les douaniers de l'époque ne parlent jamais de lui, ni Gide, ni Valéry, ni Claudel, ni Malraux, ni Sartre, ni Aragon, ni Breton, ni Camus, ni Genet, ni Cocteau, ni Montherlant, ni Yourcenar, ni Leiris, ni Paulhan, ni Char, ni Michaux, ni Duras, ni Beauvoir. C'est comme s'il appartenait à un monde englouti. Céline l'attaque et, donc, le reconnaît. Seul, ou presque, Mauriac n'arrête pas de rappeler son génie pourtant meurtrier pour sa propre œuvre. C'est fabuleux. On croit rêver. Aragon, en 1959 : « Il y a des livres que je ne peux pas lire, et je n'ai pas nécessairement raison *(tiens, le vent tourne)*. Proust par exemple. »

— Le motif?

— Soixante-dix ans d'Empire! Le Pacte! Obnubilation des sexes et des cervelets! Régression, puis corruption et prostitution! Et, du côté de Proust (une des dernières allusions historiques de *La Recherche* concerne les émigrés russes), la trouvaille renversante et irrecevable : le judaïsme et le catholicisme sont des forces d'antinéant; les fleurs vénitiennes, intimes et indestructibles du Temps.

— Après Sodome et Gomorrhe, nouvelle sortie d'Égypte?

— À quel prix...

À propos de cathédrales, les familles des assassinés et le peuple se réfugient d'instinct en elles, tout en refusant, pour les enterrements, l'entrée aux représentants de la police et de la classe politique. La chose est devenue classique à Palerme, où les officiels d'État se font huer et siffler dès qu'ils apparaissent. Vous pouvez vous asseoir dans un café proche, ouvrir votre journal et lire, par exemple, que Cosa Nostra renforce ses liens, en Asie, avec la Mafia japonaise et que la vieille filière de l'héroïne, dans les Balkans, fonctionne plus intensément que jamais. Vous avez le choix entre un rapport italien (« La Mafia est en train d'investir massivement à l'Est, en particulier dans l'immobilier »), ou américain (« La Russie s'est convertie en une immense lessiveuse pour blanchir l'argent sale »). Opium d'Afghanistan, armes, matières premières, or, voitures volées, prostitution : le nouvel espace que le communisme et sa miraculeuse disparition ont permis de construire est un vrai paradis criminel. Décidément, grand-père, qu'on croyait fou, a eu raison, depuis l'Amérique, d'investir en douce, et par anticipation, sur Staline : c'était l'avenir. Dès le début des années 80, on signalait la présence, dans les filières turques d'héroïne, des militants des « Loups gris » auxquels appartenait le tireur de la place Saint-Pierre. Les vallées afghanes, la Bekaa libanaise, n'ont jamais été aussi rayonnantes de pavots. Les laboratoires de transformation de l'opium en héroïne sont situés, eux, au cœur des zones en guerre civile, échappant ainsi à tout contrôle comme à toute publicité : frontière pakistano-afghane, Béloutchistan, Kurdistan, c'est un plaisir de jouer à saute-mouton par-dessus l'Irak, l'Iran, la Turquie, la Yougoslavie, l'Italie, l'Espagne, le sud de la France, la Bulgarie, la Roumanie, la

Hongrie, la Tchécoslovaquie, la Grèce, l'Allemagne, les Pays-Bas, avec vol plané dans les deux sens vers l'Amérique latine (où les anciens nazis se sont reconvertis avec relais staliniens discrets, mais où la moindre visite du pape est, par définition, un scandale de reconquête coloniale fondée sur le massacre des Indiens, il y a cinq siècles). Il faudrait être aveugle, et cet aveuglement est bien entendu entretenu à grands frais, pour ne pas déchiffrer, sur une carte, les vraies causes des événements. Comme l'a écrit un excellent auteur : « Le secret généralisé se tient derrière le spectacle comme le complément décisif de ce qu'il montre et, si l'on descend au fond des choses, comme sa plus importante opération. » Ou encore : « Le spectacle organise avec maîtrise l'ignorance de ce qui advient et, tout de suite après, l'oubli de ce qui a pu quand même en être connu. Le plus important est le plus caché. » Mais, dit encore le même auteur, « le secret n'apparaît à presque personne dans sa pureté inaccessible et sa généralité fonctionnelle », d'autant plus que « beaucoup croient être dans le secret », alors qu'ils n'en sont que les jetons manipulables. Il s'ensuit, et c'est ce que j'ai personnellement vérifié cent fois, qu' « il n'est plus possible de croire, sur personne, rien de ce qui n'a pas été connu par soi-même, et directement ». Pour cela, il faut passer par des séries, toujours plus précipitées, de provocations et d'infiltrations; se dessaisir de toute confiance dans les agences de l'organisation du bruit ou, au contraire, du silence (elles habitent au même étage);

repérer dans sa vie la plus quotidienne les faiblesses qui entraînent une crédulité passive à l'égard d'un « complot devenu si dense qu'il s'étale presque au grand jour ». Les agences du bruit ont une arme sûre : la dérision portée immédiatement sur tout agent qui, par sa façon d'exister, ne convient pas à l'automatisme ambiant. Sinon, silence, ou, le moment venu, en cas d'utilité contre un nouveau danger de révélation indésirable, brusque fausse reconnaissance. Enfin les moyens sont multiples, des spécialistes s'en occupent, eux-mêmes agités d'une sourde angoisse due au fait qu'ils ne savent jamais s'ils ont contenté leurs maîtres. Le faux subversif histrion, se dérisionnant lui-même, est aussi très apprécié, il suffira de rapprocher sa photo de celui qu'on veut dérisionner préventivement. Et ainsi de suite. Si cela ne suffit pas, on pourra toujours avoir recours à la « technique », c'est-à-dire aux services étatiques spéciaux (écoutes téléphoniques, viol de correspondance, infiltrations, visites clandestines d'appartements). Balzac a dit l'essentiel : « Les gouvernements passent, les sociétés passent, la police est éternelle. »

Un des travaux de l'ISIS est donc de tracer ces courbes de dominations changeantes, internationales, fastidieuses, boueuses, filandreuses, où apparaît rarement (mais alors, quel éclair !) une connexion logique de premier plan. Voilà ma tâche. Je la remplis. J'attends.

Ma note voyage dans l'espace, mais aussi dans le

temps. Passée de Sofia à Istanbul, puis d'Istanbul à Beyrouth, remontée par Moscou, Berlin et Paris, repartie pour Washington, revenue une fois de plus à Rome, elle doit se balader maintenant quelque part entre Téhéran, Bagdad, de nouveau Sofia, et encore Paris. Sommes-nous au début des années 80? 70? 60? 50? 40? 30? Toujours accrochés au xxe siècle finissant, ou déjà en reflux vers 1870, 1848, 1802, 1793? Qui sait si nous ne sautons pas beaucoup plus loin, jusqu'aux affaires gallicanes du xviie, ou encore jusqu'au concile de Trente, fin du xvie, ou même plus loin? Luther, Calvin, Henri VIII, l'Allemagne, l'Angleterre... Et pourquoi pas jusqu'à Byzance et, dans la foulée, jusqu'à Jérusalem en l'an 30 ou 70 de notre ère (celle du courrier quotidien et des règlements bancaires)? Tout cela lisible dans douze lignes ramassées? Traduites dans toutes les langues? Dites donc, c'est la note des siècles! Eh, que voulez-vous, ce n'est pas tous les jours qu'on essaye de tuer un pape et qu'on y échoue. « Vous vous prenez réellement au sérieux? Cette note est un Évangile? » – « Oui. » – « Vous êtes conscient de l'énormité de votre déclaration? » – « Je crois. » – « Vous voulez peut-être qu'on écrive *Patmos* sur votre bureau? » – « Pourquoi pas? »

Ils me prenaient pour un instrument, ils vont découvrir que je suis une partition.

Frénard :

— Reprenons. Vous commencez sous la protection du drapeau anglais, puisque vos parents organisent très tôt une filière en direction de l'Espagne pour les aviateurs britanniques tombés sur le sol français. Après la guerre, une amie de votre mère, Violet Beauchamp, veuve d'un officier français tué à Dunkerque, est décorée par la reine. Son nom de jeune fille était Ward. Elle a fini colonel du Renseignement. Elle est morte dans un curieux accident de voiture, près de Londres, en 1965. Graham l'a connue, je crois.

— Une femme étonnante.

— Dans les années 50, votre père a les plus grandes difficultés avec les staliniens locaux. Ses sympathies vont plutôt aux anarchistes, et cela très jeune, puisqu'il refuse de devenir officier pendant la guerre de 14-18, ne veut porter aucune décoration, est systématiquement antimilitariste, antinationaliste, etc.

— Bizarre type. Très secret.

— À la fin des années 60, après votre mariage avec votre femme Judith, d'origine bulgare, vous avez la réputation d'être procommuniste.

— Bof.

— Quoi qu'il en soit, vous passez du drapeau anglais au drapeau rouge.

— Sans marteau ni faucille ; étoiles chinoises.

— C'est pareil.

— Non.

— En 1970, vous êtes donc à Londres et en 1973 à

New York, d'où vous vous rendez en Pologne avec votre femme qui, bien entendu, parle couramment le russe.

— Moindre des choses.

— En 1974, vous êtes encore avec elle à Pékin. Vous voudriez qu'à la longue ils ne se soient pas énervés ?

— Il faut croire.

— Vous n'êtes à aucun moment bleu-blanc-rouge dans votre histoire.

— En effet. Ni noir ni bleu-blanc-rouge.

— Ni bleu-blanc-rouge, ni faucille et marteau, c'est ce que vous voulez dire ? D'où vos ennuis ?

— Exact.

— Vous rejoignez le blanc et jaune pontifical à la fin des années 70.

— Le drapeau m'avait frappé, à New York, à l'intérieur de la cathédrale Saint-Patrick.

— Pourquoi pas la bannière étoilée ?

— Vieux préjugé sudiste.

— Vous auriez été pour le blanc dans l'ancien temps ?

— Je le crains.

— Vous gardez votre préjugé favorable à la Chine ?

— Certainement : Lao-tseu, Sun-tse.

— Vous y reviendrez ?

— Un jour ou l'autre.

— Vous ne vous sentez pas républicain ?

— À peine. Je ne passe jamais devant Saint-Louis-des-Français sans un serrement de cœur.

— À cause des appliques et des couleurs du gouvernement français sur la façade?

— Oui, oui, les faisceaux, les haches, la francisque, la Terreur, Napoléon, le dix-neuvième, Combes, Hitler, Vichy, Staline, tout ça.

— Donc : démocratie, Europe, mais jaune et blanc définitif?

— En somme.

— Croissant?

— Méfiance. Sauf Rûmî, par exemple.

— Étoile de David?

— Tendance mystique.

— Et Voltaire, les Grecs?

— Plus que jamais.

— Vous aimez les paradoxes?

— Orthodoxe, non; paradoxe, oui. Paradoxie, parabolie, parataxie, parabasie, parallaxie, paraclétie, paronomasie, paroxysmie, parodie, parousie, paradis.

L'ISIS part du principe que la guerre du futur, déjà totale, sera spirituelle, donc en grande partie invisible. Tout a l'air purement monétaire mais les vrais enjeux sont ailleurs. Qui possédera le maximum de Mémoire vaincra, du moins à long terme. L'ISIS est une sorte de nouveau monastère par anticipation, la fin du XXe siècle étant pour lui comparable au IIe ou IIIe siècle de notre ère. Cinq siècles de merveilles athéniennes, puis la nuit. Cinq siècles de splendeurs italo-françaises, puis brouillard et brouillage hyper-technique. Les Grecs disparaissent pendant dix siècles? Ils passent à travers les moines (mal), les Arabes (mieux)? La situation actuelle a la même portée, avec des fonctions différentes. De moins en moins de gens savent quelque chose, et ce qu'ils savent se dilue, s'oublie, ne sert plus à rien, se perd. Seul, l'hébreu semble en avoir conscience (comme d'habitude) : il est vivant, il sera toujours menacé, il s'organise, il prend des risques, il s'enseigne. L'arabe lui répond, mais la partie est jouée depuis toujours, même si elle doit encore entraîner des destructions massives. Quant au grec et au latin (sans parler du chinois classique, du sanskrit ou de l'égyptien pharaonique) mieux vaut se résoudre à les voir passer dans la clandestinité. Il y a des érudits, bien sûr, mais de plus en plus déprimés par le manque de moyens, la médiocrité du recrutement, l'indifférence générale. L'université? Détruite, ou presque. Les académies? En perdition. L'école? Laminée. L'édition? De plus en plus aléatoire, soumise au marché, dirigée de plus en plus par des analphabètes pressés ne sachant plus lire, n'en ayant d'ailleurs ni le temps ni l'envie, après eux le déluge, bonsoir. L'information? La télévision? Les journaux? Même mouvement négatif, et pour cause.

Mon travail consiste donc à sélectionner, à écouter des demandes de plus en plus sombres et touchantes, à orienter (quand c'est encore possible), à soigner (le plus souvent), à encourager (toujours). D'où vient l'argent? En grande partie, via l'Académie Pontificale des Sciences, de donateurs privés qui préfèrent rester inconnus. La Mémoire étant de plus en plus vulnérable et haïe, la difficulté est de trouver les systèmes nerveux capables de résister au lavage : pour savoir consulter une mémoire enregistrée, il faut déjà en avoir en soi les données principales. Savoir, c'est se souvenir, mais encore faut-il se souvenir qu'on peut savoir ou qu'on sait. D'énormes quantités d'archives existent, mais qui saura les déchiffrer, les interroger, les développer? Distinguer le vrai du faux? Le faux-vrai-faux du faux-vrai ou du vrai-faux-vrai?

Aujourd'hui, bien que ce soit interdit, j'ai emmené Jeff à mon bureau. C'est dimanche. Il est fasciné par les ordinateurs, je les fais fonctionner pour lui. Il ne faut quand même pas qu'il s'imagine que je suis un simple plumitif sans ressources, s'enfermant, le soir, avec des papiers et des livres. On reste une heure, les gardes me font un clin d'œil; après tout je dépasse le plus souvent de loin mon temps de travail.

Enregistrer et classer, c'est bien; savoir pourquoi est une autre affaire. L'habitant du futur, bourré de cassettes ou de disques, aura de plus en plus tendance à penser : tel ou tel document, film, concert, opéra, débat, je *pourrais* le voir, je *pourrais* l'entendre, mais comme je *pourrais*, précisément je ne le fais pas, sauf si j'y suis obligé, et alors à toute allure. *Je pourrais*, signifie : je ne veux pas, je n'ai plus à vouloir, si je voulais je pourrais, c'est là, empilé, chez moi, ou bien, de façon beaucoup plus massive, dans l'une ou l'autre centrale, là où on peut garantir mon *je pourrais*. La seule question exclue est celle-ci : pourrais-je vouloir ? « Voulez-vous savoir ? » – « Je pourrais. » – « Mais le voulez-vous ? » – « Écoutez, on est débordés. Par où commencer ? Je suis submergé de livres, de catalogues, de guides de voyages, de publicités. Où donner de la tête ? Où est passée ma tête ? » *Je pourrais* aller au Brésil, en Thaïlande ; apprendre le chinois, l'hébreu, la logique formelle ; lire *La Divine Comédie*, Platon, Aristote, Hegel, Wittgenstein – mais à quoi bon puisque je pourrais le faire ou que d'autres le font pour moi ? Ne sommes-nous pas entrés dans une grande famille planétaire ? Les réflexes humains ne sont-ils pas partout les mêmes à chaque instant ? À quoi bon privilégier tel ou tel désir, puisque nous avons la clé de tous les désirs ? Au bout du compte, c'est toujours miam-miam, sexe, vanité, pouvoir, image et miam-miam. Le plus grand savant n'est qu'un homme comme les autres, il lève la patte au signal. Quand tous les prêtres seront mariés, la démonstration sera enfin complète. Quand le premier venu écrira des livres, on pourra dire, à juste titre, que tout le monde est écrivain sauf celui qui est réellement doué pour le faire. Chacun bâcle son roman, le publie, en parle, c'est un droit, et si je ne le fais pas, *je pourrais* le faire, comme X ou Y, ce n'est pas plus difficile que ça. Je viens, par exemple, de lire un gros livre plein d'intérêt, très bien illustré, intitulé *Folie et surréalisme* : il commence par féliciter Breton et Aragon d'avoir abandonné, en 1920, la médecine pour se consacrer à la poésie. Quelqu'un qui voudrait être révolutionnaire aujourd'hui (mais qui?) dirait exactement le contraire : j'abandonne la poésie pour me vouer à la médecine. Comment j'ai écrit certains de mes livres? Non : comment je suis devenu le meilleur, et d'ailleurs le seul, psychiatre de mon temps.

Déjà, certains de mes collègues de l'ISIS s'amusent. Rien de plus simple, en changeant le titre, quelques noms de personnages et de lieux, que d'envoyer aux éditeurs des extraits ou des volumes entiers de chefs-d'œuvre unanimement reconnus ou d'auteurs célèbres. Ils sont tous refusés par retour du courrier, ce qui démontre la porosité du système et l'extension possible du virus informatique sautant par-dessus les cerveaux. Ils ont déjà réussi à faire condamner Rimbaud, Mallarmé, Ducasse, Balzac, Maupassant, Théophile Gautier, George Sand, Victor Hugo, Madame de La Fayette, Rutebeuf, Joyce, Villon, et j'en passe. Ce sont des distractions parmi d'autres. Quelques spécialistes difficilement abusables sont encore vivants, mais la plupart sont vieux, retirés des affaires, dégoûtés par la vulgarité des temps, ils meurent l'un après l'autre, ils n'ont pas de disciples. Nous le savons, mais l'adversaire aussi le sait et veille à les écarter l'un après l'autre des postes d'observation ou de commande. Si, par hasard, un individu plus jeune donne des signes de savoir spécial, voire de simple raisonnement, il est doucement mais fermement prié de s'en tenir là ou d'aller voir ailleurs si ce n'est pas la même chose. *C'est la même chose.* Tous les espoirs de décervelage et d'amnésie sont par conséquent permis.

Le maréchal de Saxe, en mourant à cinquante-quatre ans, dit à son médecin : « Docteur, la vie n'est qu'un songe. Le mien a été beau, mais il est court. » De lui, d'Argenson (qui ne l'aimait pas) disait : « Il n'aime que la guerre, le mécanisme et les beautés faciles. » Le capitaine Pons (qui ne l'aimait pas non plus) le décrit ainsi : « Avec un air de bonté et de familiarité, il est d'une hauteur sans égale. Il faut avoir beaucoup d'esprit pour lui donner un conseil, et infiniment davantage pour le lui faire goûter. » Saxe a peut-être aimé Adrienne Lecouvreur, mais sans cesser d'avoir d'autres femmes, ce que son portrait par Quentin de La Tour explique aisément. C'est à lui que Voltaire écrit, après Fontenoy : « Je suis fou de joie. » Enfin, laissons le dernier mot à madame de Pompadour, laquelle ne se pince de cette façon que dans les cas limites : « Il poussait la bassesse jusqu'à la crapule. Il ne connaissait pas l'amour délicat, et ne prenait plaisir dans la société des femmes que celui de la débauche. Il traînait avec lui un sérail de filles de joie... »

Peut-être, peut-être... Ses rapports avec le théâtre, l'acteur Favart et sa femme – utilisés par lui comme agents secrets – sont des plus étranges. Dans *Mes rêveries* (dont on peut relire avec profit le chapitre 9,

Sur la Pologne et le chapitre 18, *Des espions et guides*), on se rappelle peut-être qu'il ne craint pas d'affirmer : « Il y a une infinité de ruses à la guerre que l'on peut employer sans trop se commettre, et dont les suites sont d'une aussi grande conséquence qu'une victoire complète, et qui obligent parfois l'ennemi à venir vous attaquer à son désavantage. » Logique. L'art.

Jeff a eu un drôle de mot : « Quand je dors, je joue ; quand je ne dors pas, je me repose. » Judith m'a demandé ce que je pensais de cette formulation pour le moins insolite. Je n'en pense rien.

Le matin était si bleu et si beau que j'ai décidé de m'arrêter un instant au Palais-Royal. Et là, sous les arbres, devant la fontaine, j'ai pensé brusquement que Mother était morte depuis presque un an. Chaque mort a son silence particulier, la musique des morts est faite de ces milliers de silences, il faut savoir l'écouter, elle est sans fond et sans fin. « Une jeune morte » : la phrase s'est formée toute seule, avec une sensation de fraîcheur, de liberté, d'inconnu ouvert à toutes les surprises d'un autre monde, celui-ci, pourtant. Toute jeune, Mother, encore inexpérimentée, mais en somme ravie d'être dans ces nouvelles lois du temps en dehors du temps. « Jeune » ne voulait pas dire : « deviendra vieille », mais au contraire, dans une dimension verticale, « nouvelle

venue », « acceptée », « indemne ». J'ai senti qu'elle
était gaie, ramassée dans son meilleur rire, vive,
agile, enfin devenue ce qu'elle est. Et, de nouveau,
distinctement, sa voix : « Oh jamais ! », « oh, je
sais ! », « c'est énorme ».

« Oh jamais ! » : « Tu ne peux jamais me déranger
puisque j'ai passé ma vie à être dérangée pour rien,
pour des riens, matin et soir, dans la comédie des
convenances ou, parfois, la tragédie des souffrances,
quel ennui, quel ennui. C'est tard pour te le dire,
mais c'est vrai, on devrait vivre comme tu as essayé
de le faire, en ne croyant rien ou à rien, juste le moment qui est là, qui va passer, croit-on, mais qui ne
passera jamais si on est avec lui, de toutes ses forces.
Ne doute *jamais*. »

« Oh, je sais ! » : « Je sais que tu penses à moi, je l'ai
toujours su, mais il faut le dire, ce ne serait pas bien
de ne pas en convenir clairement. Est-ce qu'il m'est
arrivé d'avoir l'air de ne pas le savoir ? C'est possible.
Pardonne-moi. Toi, en revanche, essaye de mieux
mesurer le nombre de fois où une femme est coincée
dans la société, avec ses codes, ses violences, ses
hypocrisies, ses mensonges. J'ai été une femme,
après tout. Et ta mère, en plus, ce qui, excuse-moi,
n'est pas aussi évident que tu as l'air de le croire.
Tout cela est loin, et tu n'as pas besoin de la moindre
confirmation, d'où qu'elle vienne. Tu peux, toi aussi,
dire : *je sais*. »

« C'est énorme » : « Mais oui, la pensée est tout, et
encore plus que tu ne l'imagines. À toi de décider

comment tu l'éprouves. Mais tu as raison, et je l'entends dans ta voix, et dans la voix de ta voix, quand tu m'as dit que tu me prenais avec toi avec la pensée. C'est cela, c'est cela, une force énorme, que rien ne peut abattre ou nier, qui renaît et renaîtra sans cesse d'elle-même, en dehors de toutes les normes. Ce n'est pas la fin de tout, mais c'est énorme, n'oublie pas cette énormité. Tu es allé jusque-là, tu peux aller plus loin, je te soutiens, je t'approuve. Au jeu de la vie et de la mort, tu viens de marquer un point. Je ne te le répéterai pas, mais voilà, c'est dit, la pensée et l'amour ne font qu'un. Je t'embrasse, je t'ai répondu : trouve. »

Pourquoi souhaite-t-on aux morts de reposer en paix? Ils dormaient quand ils étaient vivants, c'est vrai, ils jouaient bien peu en dormant, et maintenant qu'ils sont réveillés peut-être qu'ils se reposent. Quelle joie! Quelle tranquillité! Quelle saveur! Quelle agilité gratuite dans ce paradis sans couleurs! Comme on comprend qu'il soit gardé par un tournoiement d'épée de feu, un mur non traversable! Si loin et si proche, inaccessible et présent, là, tout de suite, au bout des doigts, dans le moindre regard... « Continue dans l'énorme, ne crains pas d'être énorme. Je meurs en te le disant et en sachant pour toujours que je te le dis. »

« Oh jamais! » et « oh je sais! » ont été prononcés des dizaines de fois.

« C'est énorme », lui, dans un souffle, une seule fois, à la fin, et la substance ferme de la voix, à ce moment-là, est devenue pour moi, en effet, énorme.

Je me lève, je m'enfonce sous les arbres, je marche lentement, le long des galeries. Je vois dans mes yeux le profil de Mother, là-bas, au bord de l'eau, en train de respirer le paysage. Elle se redresse, marche dans le jardin, passe devant la fenêtre de mon bureau, me fait bonjour de la main droite en restant appuyée, de la gauche, sur sa canne; elle va dans le fond, près du bois d'acacias, pour retrouver Judith et Jeff, bavarder avec eux. Le soir gris d'ardoise descend sur la digue et les fleurs. Les lampes de la maison s'allument. Je vais attendre qu'on m'appelle trois fois. Je ne vois plus les lignes sur le papier, devant moi. Il me semble maintenant entendre monter la grande prière des malades et des mourants, leur chœur discordant, puissant, insoutenable. « Rappelez-vous que, quoi que vous fassiez, vous vous battez pour les pauvres, les infirmes, les déshérités. Pas une agonie qui ne soit la vôtre. Vous aurez contre vous les riches, les puissants, les agités de toute espèce, la destruction organisée, l'arrogance, la précipitation, l'avidité et la superficialité des vivants du temps. Vous êtes responsables du hors-temps. Vous serez battus, mais jamais complètement, et seulement en apparence. D'ailleurs, la question n'est pas pour vous la victoire, car il vient toujours le moment dont parle Augustin dans *La Cité de Dieu* : " Une seule et même force fondant sur les bons les met à l'épreuve, les purifie, les clarifie, et fondant sur les méchants, les condamne, les ruine, les anéantit. " »

Bon, moi? C'est une hypothèse. Elle ferait sourire

tous ceux qui me connaissent, à l'exception, je l'espère, de Jeff, de son cobaye James, et de Judith aussi, peut-être, au moins une fois sur deux.

Gail et Nancy m'évitent. Voix de leur maître... Les femmes sont amusantes : elles vous soutiennent souvent quand vous êtes au plus mal, et vous trahissent ou vous lâchent quand, au contraire, tout va mieux pour vous. Décalage de perception : elles ne savent pas encore que la phase critique est dépassée, et que c'est justement la raison pour laquelle le grésillement négatif augmente. Elles fonctionnent à l'écho, pas à la source d'émission. Cela m'étonne de Gail, si rapide, si professionnelle, à moins qu'il n'y ait une autre raison que j'hésite à supposer. Lorsqu'on sait trop de choses les uns sur les autres, le mieux est encore de ne pas se voir. Elles appliquent la règle de sécurité. Quant aux sentiments, ils vont, ils viennent, ils peuvent exister sur le moment, on s'en passe, Nancy surtout, pour qui la vie est théâtre. À part la Centrale, nous n'avons aucun lien social. Impossible d'imaginer ce qu'elles font, comment elles vivent, avec qui, pourquoi ou en dépit de quoi. Gail a toujours dit qu'elle était célibataire, mais je ne suis pas obligé de la croire. Nancy, elle, est mariée à un journaliste influent. Elle ne parle jamais de lui, pas plus que moi de Judith ou de Jeff. La façon dont Frénard les a recrutées ? Mystère. C'est un autre homme, lui aussi, quand il veut. Marc, depuis un an, a dû éprouver les difficultés de sa surveillance : aucune nouvelle de lui, une simple conversation banale avant mon entrée à l'Institut. Il semblait fatigué, « l'air de Rome ne me vaut rien ». Il sera un jour à Washington ou à Londres, et les questions d'Afrique, un moment brûlantes, seront oubliées ou dans une nouvelle attente. Quant à mon affaire à moi, à l'Affaire tout court, cela ne l'intéresse pas. Il n'a pas la tête métaphysique. Gail et Nancy non plus, mais, c'est curieux, elles sentent cette dimension : plus grande est la concentration du secret, plus vives les vibrations pour elles. L'argent ne les attire que chez les imbéciles, sinon c'est le cerveau et ce qu'il y a derrière, la résistance nerveuse, la moelle épinière, la capacité de silence ou de conviction.

Comme souvent, c'est au moment où je pensais à elles qu'elles m'appellent l'une après l'autre. Je déjeune avec Gail près de l'Opéra.

Elle :

— Alors, l'ISIS ?

— Ennuyeux et intéressant. L'informatique n'en est qu'à ses débuts. Il y a des trucs dans les placards. Tu rentres ici ?

— Frénard voudrait maintenant que je revienne à Rome.

— Ça va mieux pour lui ? (Sous-entendu : pour moi ?)

— On dirait.

Elle est calme, reposée. Elle rentre du Midi, elle

me regarde un peu distraitement, encore satisfaite des désirs nouveaux qu'elle a provoqués et qu'elle mérite bien, cette mince et jolie châtain de fille aux yeux verts, avec sa robe noire d'été, ses gestes précis, son attention immédiate à ce qu'elle dit, à l'écoute de ce qu'elle dit dans ce qu'on lui dit. On parle, donc. On rit. On est comme autrefois, dans les premiers temps romains, quand on visitait la ville et les environs ensemble, printemps, églises, villa Borghese (« tu te rappelles ce détail, *là*? »), rendez-vous Piazza Navona... On parle du travail? Très peu, seulement les artifices techniques. De politique? Jamais. De ce qu'on pense? Pas vraiment, ou alors par allusions brèves qui signifient toujours de sa part : « Épargne-moi tes théories. » De nos vies? Pas davantage. On prend n'importe quoi, l'actualité idiote, les scandales récents, telle photo ou tel article particulièrement tocards, la série *people* des magazines, les laideurs proposées, bref l'énormité falsifiée en cours. Est-ce qu'elle a comme moi, dans l'oreille, un autre « c'est énorme » diamétralement opposé? L'autre son? L'autre sens? L'autre sens au-delà du sens? Une femme, pour finir, est toujours plus à l'aise avec le « tout est faux, il ne se passe rien, peu importe, soyons pratique ». Drôle d'époque, favorable, en définitive, à certains, à certaines. Soyons donc pratiques, et allons faire l'amour, plutôt gaiement, dans un des hôtels du quartier où on est déjà allés autrefois. Elle sait faire, du moins avec moi, et moi avec elle. « À bientôt! »

Nancy, c'est trois jours plus tard, à dîner. Elle est blanche, elle, fatiguée, nerveuse. Vacances ratées, conflits, tension et souci. Sa gaieté froide, qui est grande, qui est sa nature-seconde-nature, me semble, cette fois, forcée. Son leitmotiv, d'habitude exprimé ou suggéré, est : « Qu'est-ce que je m'amuserais si j'étais un homme ! » Elle imagine donc que je dois m'amuser beaucoup, et qu'avec le corps que j'ai, plus que passable, je dois brûler mon temps à courir les bars, les réceptions et les occasions. Si je lui disais, par exemple, que je viens de passer trois mois en dehors de toute rumination sexuelle directe, à m'occuper de logique, de mystique ou de stratégie, elle me croirait vraiment fou, alors qu'elle me pense simplement un peu dérangé, spécial. D'où vient son chagrin masqué ? Tournée des prétendants improductive ? Horizon bébé nuageux ? Manque d'argent ? Peur de vieillir (elle n'a pourtant que vingt-huit ans, alors que Gail entame sa trente-troisième année avec un sang-froid digne d'éloges) ? Mauvaise note à la Centrale ? Fuites mal contrôlées ? Trop de risques pris dans les coins ? Vers onze heures, moment clé des dîners, je vois qu'elle hésite... Oui ? Non ?... Elle sent que, pour moi, ce n'est pas vraiment oui... Ni non, d'ailleurs... C'est la première fois que je la trouve livrée à l'hésitation de l'à-quoi-bon... Horizon bébé, pas de doute... « J'ai un nouveau chien ravissant. » – « Ah oui ? » – « Tu n'aimes pas les chiens ? » – « Sans plus. » Encore quelques tentatives, et ce sera le petit Mexicain classique, par la filière la plus catholique et la plus convenable qui soit... Mais alors, toutes ces provocations, ces excitations voulues clandestines, de la part de cette brune intelligente et virevoltante, agaçante, piquante, battante? Chère Nancy... Géniteur, moi? Elle a dû soupeser mon cas. Trop vieux, pas mariable, en froid avec les Instances, trop instable et stable pour être déstabilisé et restabilisé comme il faudrait, et puis sans cesse intellectuel, voilà... « Si j'étais un homme, je ne perdrais pas mon temps dans des cogitations stériles, je m'amuserais... »

Ou alors, bon, j'ai sur le visage, ou dans les gestes, une nuance qui m'échappe et qui annonce que je ne m'amuse plus comme je le devrais? L'air sérieux? Quelle honte. Sérieux, autrement dit indésirable, démissionnaire, résigné, rangé... Ma *note* m'a usé à ce point? Rongé malgré moi? Ou bien la mort de Mother? On ne sait jamais ce que les autres projettent et reniflent sur vous, ils vous prêtent, vous retirent, vous reprêtent, vous re-retirent... Pas grave, ils s'arrangent comme ils veulent avec votre image et la leur, ils vous accrochent comme ci ou comme ça, en haut, en bas, en travers; ils vous décrochent, vous enferment dans une armoire ou vous descendent à la cave, vous accusent de leurs propres défauts, vous ressortent, vous réhabilitent quand ça les arrange, vous rétrogradent de nouveau, vous déchirent en mille morceaux, vous lacèrent, vous brûlent, avant de vous ressortir comme un manteau un jour de pluie... Souvent humeur varie... Projets, circonscriptions, circonvolutions, cabales... Je t'aime, moi non plus, je t'emphatise, je ne t'aime plus, je te ramène à de plus justes proportions, je te réévalue, je te négocie, je te tue... Tu me plaisais en me quittant, tu me plais moins en arrivant, tu me replais soudain en ayant l'air indifférent, tu ne me fais plus rire, je n'aime pas cette chemise, ce veston, ou bien, au contraire, j'aime beaucoup cette cravate, je préfère ce pantalon, tu n'aurais pas dû dire cela, j'ai bien aimé quand tu as dit ceci ou cela, tu ne m'excites pas et puis, tout à coup, va savoir pourquoi, tu m'excites...

Nancy :

— Frénard paraissait soucieux pour toi la dernière fois.

— C'est périodique.

— Il paraît que Marc est un drôle de type.

— Quel genre ?

— Plutôt les hommes.

— Je le trouve sympathique.

— Il ne tiendra pas.

Oui, oui, horizon bébé, et le reste... XX en face de XY... Depuis quelque temps, la propagande féministe radicale s'est faite plus souple, sinueuse, patiente. Le macho est mort, l'homme dur est détruit ou nettement affaibli, le danger, maintenant, c'est qu'il devienne trop mou, qu'il ne veuille plus rien faire d'utile, qu'il se renferme ou se mette en grève. Il y aura des pilules pour lui chaque jour. Une rose le matin, pour quand il est trop d'attaque, viril, agressif, revendicatif, retrouvant ses réflexes d'homme des cavernes, prédateur, brutal, misogyne, homophobe. Et une bleue, le soir, quand il commence à pleurnicher, à se rencogner dans son fauteuil, à errer sans but, les bras ballants dans l'appartement, à se demander tout haut si la vie a un sens en oubliant de s'occuper des biberons. Une pilule rose, on atténue! Une pilule bleue, on remonte! Très bon dosage suédois : *Homo reconciliatus*... Ferme sans être cowboy, rassurant mais gai, ayant intégré sa féminité problématique, gentil avec les homosexuels, indulgent et légèrement ironique avec ceux qui s'obstinent à aimer d'autres femmes que celles, désignées sur des bases biologiques sérieuses, par les médecins du Circuit... Bon torse, bonne épaule sur laquelle s'appuyer, mais aussi bon enveloppeur de chaleur, bon regardeur, appréciateur, compreneur, écouteur, répondeur, enregistreur, aspirateur, nourrisseur-berceur, le meuble humain idéal. « Oh, mais, docteur, ce qui est inquiétant, c'est que, sans qu'on sache pourquoi, vraiment je n'analyse pas ce déclic, il s'est mis à lire plein de choses qu'on ne comprend pas, des récits interrompus, des descriptions tronquées, des digressions, des pensées faisant référence à l'histoire du passé, aux cultures archaïques d'avant la grande révolution génétique, je l'ai même vu avec une Bible entre les mains. » – « Une Bible? Diable! » – « J'ai peur, docteur, ça m'angoisse, j'ai l'impression que cela l'éloigne de moi, de nous, des enfants, de son travail au bureau, vous savez que nous avons besoin d'un nouvel appartement, l'ancien est trop petit depuis l'arrivée des deux merveilleux petits Indiens qui sont si contents de jouer avec leur petit frère et leur petite sœur... Vous comprenez, c'est comme si un Z était venu lui perturber le XY, vous êtes sûr que derrière ce Y ne se cache pas, quelquefois, un Z? Un chromosome ne peut-il pas en cacher un autre? Si c'était un mutant? » – « Impossible. » – « Tout de même, c'est très inquiétant. » – « J'ai ce qu'il vous faut. » – « Une pilule anti-Z? » – « Quelque chose d'approchant. Vous lui faites avaler cette pilule blanche entre la rose et la bleue. Si ça ne suffit pas, remarquez, il reste encore la rouge, la violette ou la verte. Revenez me voir dans un mois. » – « Il ne regarde plus la télévision. » – « En effet. Emmenez-le au théâtre ou au cinéma! » – « Il déteste le théâtre et le cinéma. » – « Faites-lui écouter de la musique! » – « Il préfère le silence. » – « Abonnez-le à des journaux, à des magazines! » – « Il ne veut plus lire de journaux ni écouter la radio. » – « Vous avez essayé les cassettes ou les brochures pornographiques? » – « Docteur! » – « Je vois. Est-ce qu'il délire? » – « Mais non, c'est bien ça qui fait peur. » – « Au premier dérapage, prévenez-moi. Il n'est pas violent, au moins? » – « Non. J'ai l'impression que la pilule rose est très bonne. C'est peut-être la bleue qui ne va pas? » – « Il est affectueux avec les enfants? » – « Oui, mais nettement moins empressé pour les soins. » – « Vie sexuelle normale ? » – « En baisse, docteur, en baisse. » – « Vous lui donnez bien la bleue le soir ? » – « Régulièrement. » – « Augmentez la dose et ajoutez la blanche. » – « L'anti-Z ? » – « Il n'y a pas de Z, madame, la science est formelle. » – « Mais si on découvrait un Z dans le futur ? La science progresse, tout de même ! » – « Pas de Z ! Pas de Z ! Je vous en donne ma parole ! » – « C'est qu'on finit par s'interroger. Cette fureur de lire... » – « Passagère, madame, passagère... Voulez-vous que je vous examine ? » – « Volontiers. » – « Allongez-vous. Ah, vos fesses ont encore grossi ! » – « J'ai pourtant suivi un régime de cheval. » – « Je vais vous prescrire d'autres crèmes. Les seins tiennent bon, en tout cas. » – « Merci, docteur. » – « La vulve toujours douloureuse ? » – « Un peu. » – « Y compris après le rapport sexuel ? » – « Le plus souvent. » – « Voyons ça... Plus d'hémorroïdes ? » – « Ça va mieux. » – « Constipation ? » – « Normale. » – « Bon, vous allez bien. C'est cette histoire de changement dans l'attitude de votre compagnon qui vous trouble. » – « Ah oui. » – « Pas d'autres femmes ? » – « Mais non, il dit que ça ne l'intéresse plus. » – « Une tendance homophile nouvelle ? » – « Vous croyez ? » – « Ça s'est vu. » – « La pilule rose aurait cet effet ? » – « En principe le dosage est sûr. Mais si c'était le cas, il faudrait plutôt s'en réjouir, l'homophilie est un facteur de stabilité, d'harmonie et de paix sociale. » – « Comme dans la Grèce antique ? » – « Oui. Mais autrement. » – « Et si ce n'était pas ça ? » – « C'est forcément quelque chose de ce genre. Vous n'allez pas vous mettre à croire aux esprits ? » – « Non, bien sûr. » – « Il parle en dormant ? » – « Jamais. » – « Il vous raconte ses rêves ? » – « Non. » – « Remarquez, on pourrait doubler le traitement d'une cure psychanalytique... Voit-il des amis ? » – « Justement, de moins en moins. » – « Que dit son employeur ? » – « Rien. Tout semble normal. Mais je sais que ses collègues femmes le trouvent bizarre. » – « Vous dites qu'il lui arrive d'écrire des choses ? » – « Parfois tard dans la nuit, docteur, dans des cahiers. » – « Et on n'y comprend rien ? » – « Pas vraiment. Tenez, j'ai retenu une phrase qu'il a mise en exergue : " L'écrit est ce dont tous les détenteurs de pouvoir ont le plus peur. " » – « De qui est-ce ? » – « D'un certain Rushdie. » – « L'Arabe ? » – « Je crois. » – « La syntaxe est-elle perturbée ? » – « Pas du tout. » – « La ponctuation est-elle correcte ? » – « Je pense. » – « Pas de fautes d'orthographe ? » – « Je ne crois pas. » – « Fume-t-il toujours ? » – « Malheureusement. » – « Alcool ? » – « Sans plus. » – Se plaint-il d'avoir des hallucinations visuelles ou auditives ? A-t-il été suivi dans la rue par un homard, par exemple ? » – « Pas que je sache. Sûrement pas un homard. » – « La Bible, dites-vous ? » – « Oui, mais aussi des livres sur la peinture, la sculpture, l'archéologie, l'Égypte. » – « Les Évangiles ou l'Ancien Testament ? » – « Les deux. » – « Vous êtes juifs ? » – « Non. » – « Je vois. Il ne s'est pas affilié, sans que vous le sachiez, à une secte ? » – « Il dit qu'il a horreur des sectes. » – « Il ne songe pas à se faire circoncire ? » – « Quelle horreur ! » – « Il n'a pas rejoint tel ou tel groupe confessionnel ? » – « Il ne peut plus supporter les réunions, je suis obligée de lui imposer des dîners avec des amis, il ne dit presque rien, c'est effrayant, on a l'impression qu'il pourrait ne plus voir personne. » – « Il ne va pas à la messe ? » – « Ã la messe ? Quelle idée ! » – « Donc, il lit beaucoup le soir ? » – « Sans arrêt. » – « Il vous parle de ses lectures ? » – « Pas un mot. » – « Je vois. Vous devriez peut-être songer à changer de partenaire ? » – « Mais, docteur, il est si bien adapté ! Un vrai XY réconcilié, c'est rare ! » – « C'est pourtant l'avenir. » – « Vous êtes sûr ? » – « Certain. Tenez, donnez-lui deux pilules blanches par jour. Et augmentez carrément la bleue si son déficit sexuel persiste. » – « Mais si le résultat est de le faire lire davantage ? » – « Ça m'étonnerait. » – « Merci, docteur. » – « Tout naturel, madame. »

C'est un péché grave de lire les horoscopes !

La presse s'amuse. L'Église catholique publie son nouveau catéchisme. Qu'est-ce qu'ils ont pu encore inventer au Vatican ? Quelles vieilleries insensées ? Quelles aberrations moisies ? Ã la limite, si les vieux cardinaux n'existaient pas, il faudrait les inventer. Ça rassure de penser qu'ils sont là en train de répéter leurs inepties pieuses... Voici donc les nouveaux péchés véniels ou mortels : les horoscopes, l'occultisme, le spiritisme, la fréquentation des voyantes, des médiums ou des astrologues ; les dessous de table, les pots-de-vin, les fraudes, les *tangenti*, la falsification des factures, bref la corruption sous toutes ses formes ; le non-paiement des impôts ; le trafic de drogue et d'armes ; les jeux de hasard ; la pornographie ; la diffamation ; l'abus d'alcool au volant ; le suicide (sauf en cas de troubles psychiques ou de souffrances physiques graves) ; la contrefaçon, la calomnie, la manipulation de l'opinion publique ; la masturbation (en tenant compte de l'immaturité affective ou des conditions sociales) ; la prostitution (en l'excusant si elle est rendue inévitable par la misère ou la violence) ; les scandales qui peuvent être dus (voilà qui est nouveau) à la loi, aux institutions, à la mode ou à l'opinion (ce qui vaut aussi pour les patrons qui légitiment le vol, les professeurs qui exaspèrent leurs étudiants, et ceux qui pratiquent une désinformation de masse). La perle, évidemment, ne manque pas : « Les homosexuels sont invités à la chasteté. On doit éviter toute discrimination à leur égard. Ils doivent être accueillis avec respect, compassion et délicatesse. »

Oh, l'avalanche en perspective ! Les haussements d'épaules ! L'indignation !

Le respect ! La compassion ! La délicatesse !

Compassion, surtout, est terrible. Inadmissible. Indicible.

Mais quel coup de génie d'avouer, en somme, que le clergé tout entier, dans sa vocation native à l'homosexualité, est appelé, par nature, à la chasteté !

Homosexuels, mes frères, vous êtes des prêtres en puissance ! Ne vous trompez pas sur l'appel qui est en vous ! Soyez des ecclésiastiques à part entière ! Quel message d'emploi !

Il y a pire : la peine de mort peut être envisagée (assortie, il est vrai, d'un recours systématique à la clémence). Une guerre peut être juste. La désobéissance à l'État et au pouvoir politique peut se justifier si l'État se révèle contraire aux exigences morales de l'individu. Enfin : « Tuer en état de légitime défense est non seulement un droit mais parfois un devoir. » Tiens, tiens... Et la joue gauche qu'on doit tendre lorsqu'on vous avait claqué la droite ? Apologie du revolver ? Bravo, Frénard !

En préambule, l'Église catholique, apostolique et romaine rappelle l'existence de l'enfer, ne se prononce pas sur qui s'y trouve, mais affirme tranquillement que le paradis est peuplé (de saints, notamment).

Passons sur l'adultère, le divorce, l'avortement, la conception mécanique et clinique ou l'inceste (« retour à l'animalité »), qui sont de nouveau condamnés, comme d'habitude.

Au-delà du tollé automatique (le philosophe de service : « Sur le sexe, l'Église en est encore à la préhistoire »), cela revient à interdire beaucoup d'argent. Des tonnes.

Les réactions articulées ne se font pas attendre. L'imprésario des porno-stars s'indigne : « La pornographie est libératoire ! Même les communistes le reconnaissent aujourd'hui! » La directrice d'*Astra*, elle, sourit : « Je connais beaucoup de prêtres qui font partie du *Mouvement pour l'espérance*, lequel tente de nous mettre en contact avec les morts. » Le rédacteur en chef de *Babylone*, le magazine gay, dénonce dignement l'hypocrisie qui condamne la sexualité non procréative et l'avortement d'un côté, mais accepte la peine de mort de l'autre. – « Et d'abord, dit-il, pourquoi devrions-nous être chastes ? Pourquoi nous, et pas les hétérosexuels ? » Le président d'*Amnesty International* parle, avec tristesse et componction, d'un grand pas en arrière. Mais, bizarrement, personne ne se dresse pour prendre la défense du trafic de drogue ou d'armes, de la corruption, de la diffamation ou de la manipulation d'opinion. Ni, d'ailleurs, de la masturbation ou de la prostitution. C'est dommage.

Dieu, au fond, est humour. Amour et humour. Pas d'amour sans humour, et réciproquement. L'Église est l'interprète de cette passion amoureuse et humoristique, de ce paradoxe global qui, peut-être, ce serait un comble, n'apparaît qu'à moi.

Si on interrogeait le Diable, à propos du catholicisme, que dirait-il ? Qu'il est, hélas, parfaitement logique. Que s'en tenir à la préhistoire au sujet du sexe est bien vu (au fait, quelle était la sexualité d'Hibernatus ?). Que la crédulité sexuelle l'a toujours fait hurler de rire, ainsi que l'astrologie, les médiums, les médias, les guéridons frappeurs, les amulettes, les gris-gris, les dessous féminins, la mode, l'héroïne, la cocaïne, la pornographie, les préservatifs. Que, dans l'immense nébuleuse, ruisselante de profits, de la corruption, de la fraude, de la destruction programmée, des guerres, des haines, des suicides, de la folie fascinée, de la diffamation et de la manipulation d'opinion, il n'a jamais eu qu'un seul adversaire sérieux : le pape. Mais, me direz-vous avec une spontanéité candide, le Diable n'existe pas. En effet. Mais sa fonction est justement de faire croire que ce qui n'existe pas existe. « Le non-être est », voilà sa répétition. Le non-être pourrait être ? Il est possible que le non-être soit ? Les mortels se laissent pénétrer et convaincre. Prince de ce monde, bien sûr, puisque ce monde n'est que celui de l'opinion à propos de ce qui n'est pas. Aller en enfer, signifie : vous aurez à souffrir, *comme si vous étiez*, de ne pas être. Diable veut bien dire étymologiquement : *qui divise*.

Je consulte là-dessus un des meilleurs théologiens de tous les temps : Kafka.

« La faiblesse fondamentale de l'homme ne réside nullement en ceci qu'il ne peut pas être vainqueur, mais dans le fait qu'il ne peut pas exploiter la victoire. La jeunesse triomphe de tout, de l'imposture originelle, de la sournoise invention diabolique, mais personne n'est là pour saisir la victoire au vol, pour lui communiquer la vie, car alors la jeunesse est déjà passée. La vieillesse n'ose plus toucher à la victoire, et la nouvelle jeunesse, torturée par la nouvelle attaque qui va incessamment s'engager, veut sa victoire personnelle. C'est ainsi que le diable est certes constamment vaincu, mais jamais anéanti. »

Et aussi :

« Les êtres perpétuellement méfiants sont ceux qui supposent qu'à côté de la grande imposture originelle, on a encore arrangé exprès pour eux une petite imposture spéciale réservée à chaque cas; que, donc, quand on joue un drame d'amour sur scène, l'actrice, en plus du sourire mensonger qu'elle adresse à son amant, réserve encore un sourire particulièrement perfide à tel spectateur déterminé de la dernière galerie. Orgueil idiot. »

Une nouveauté révolutionnaire, inattendue, cosmique, vicieuse, épouvantablement comique, et, en même temps, très sérieusement fondée, serait aujourd'hui, sans rire, avec minutie et fermeté, une apologie de la chasteté. Ô fleur inouïe sans fin méconnue! Ô fontaine de volupté! Ô transports algébriques! Seul un débauché diplômé peut te célébrer dignement! Quel hyper-espace grandiose et fibré, quel temps de mascaret retrouvé, quel réveil des moindres parcelles nerveuses! Avec ma voix et ma solennité des grands jours, je te rappelle dans mes foyers déserts, glorieux espoir. Grâce à la chasteté métamorphosée, ta fenêtre est ouverte, jour et nuit, sur un ciel de sensations merveilleuses. Comme la masturbation intensive, mais en plus profond, large, vibrant, tu es à portée de la main, dans un acte de volonté charitable, qui te rend au centuple l'énergie que tu croyais pouvoir épuiser dans des spasmes de diversion. Ô frères et sœurs de l'avenir, branlez-vous à la chasteté! Montez vos prix! Augmentez votre puissance sexuelle! Faites sauter la banque! Distinguez-vous! Devenez enfin plus pervers!

Il faudrait tout reprendre à partir de ce point de vue électronique : hymnes, prophéties, psaumes, proverbes, rituels, vieux missels, liturgies, l'ensemble énorme et radieux de l'obscénité des louanges.

Tenez, fuyons en Égypte. Filons à Philae, l'île sainte. Nous commençons par rendre hommage à Hathor, la grande, la maîtresse du lieu de l'invocation, la dorée, l'éclatante devant qui dansent et jouent les babouins et les singes, celle à l'amour immense, la dame des femmes et des belles, la maîtresse de l'ivresse aux nombreuses fêtes, bref la durable, celle dont la brillance est ce qu'elle aime, la fille de Rê qui se réjouit de son éclat, la dame de la bibliothèque où l'on garde les manuscrits. Voilà. Maintenant, très vite, dirigeons-nous vers les deux sœurs Isis et Nephtys, qui vont nous parler d'Osiris, leur frère, leur époux à ressusciter, la victime de son frère Seth. Que disent-elles de lui? « Étant le taureau des deux sœurs, viens, veux-tu, enfant qui rajeunis en paix, afin que nous te contemplions et que tu t'unisses à nous comme un mâle. » Ou encore : « Celui au beau visage, le taureau qui saillit les vaches, celui dont le nom est unique, dont la contemplation est plaisante, le maître parmi les femmes, le maître des vaches, l'enfant qui maîtrise la perfection. » Ou encore : « Celui qui s'est enfanté par son désir est en train de venir, le distinct, le corps divin, le possesseur d'amour, le singulier qui est l'objet d'amours multiples. » Ou encore : « Mâle puissant, chef de perfection, viens auprès de ta mère afin qu'elle s'étende sur toi quand tu viens auprès d'elle, afin qu'elle défende ton corps contre tout mal, toi qui auras toute liberté en elle. » Ou encore : « Je suis Isis, la femme utile à son frère, ton épouse, sœur de ta mère, viens vite auprès de moi, veux-tu ! » Ou encore : « Tes rites sont secrets en tant que taureau de l'Occident, tes chairs sont au secret devant le sanctuaire de résurrection. » Ou encore : « Petit garçon, l'amour que tu inspires est sur ton visage, tu es celui qui s'éveille dans l'intégrité de ses moyens, maître du lit. » Ou encore : « Dieu de jubilation, viens en paix, que je te voie, enfant ! Viens dans ton aspect d'enfant ! Redresse-toi entre tes deux sœurs, toi qu'aime ton père, le maître d'exultation. Je suis ta femme qui fait ce qui te plaît, la sœur de son frère. »

Non, non, je n'ai rien révélé, je referme la porte. Nous rentrons précipitamment d'Abydos, quelque part entre le VIIe et le IVe siècle avant J.-C. Pour plus de renseignements, consulter les excellents travaux de Vernus, Faulkner ou Ward (ce dernier, Beyrouth 1986). Décidément, la bibliothèque de l'ISIS est bien faite, et la jeune femme qui s'en occupe, une Allemande, d'une remarquable efficacité. Notre bateau, après quelques modifications techniques, peut se diriger sans craintes vers le troisième millénaire. Il y a, parmi nous, une inexplicable gaieté. Chacun a ses soucis, ses malheurs, mais les choses se font en souplesse, l'air a un parfum de magie. On est comme des personnages de roman libérés de l'intrigue : on fait confiance au romancier, on a décidé qu'il existe. Les autres aussi sont des personnages de roman, mais sans auteur. D'où la confusion.

Je lis la dernière dépêche de Londres, qui annonce la présence de l'or de Troie entre les mains de l'ex-KGB : « Personne n'a encore vu le fabuleux trésor du roi Priam qui servait d'ornement à sa fille légendaire, Hélène, mais la sous-secrétaire au ministère de la Culture russe, Tatiana Nikitina, vient de révéler que l'or, trouvé par l'archéologue Schliemann et qui avait disparu, pendant la guerre, du musée de Berlin, se trouve dans un lieu secret du musée Pouchkine à Moscou. Le directeur du musée, sur instruction de fonctionnaires de l'ex-KGB, ne permet à personne de vérifier l'information. Par ailleurs, on a montré au correspondant de l'*Observer* des œuvres de Raphaël, Titien, Vélasquez, Van Gogh et Dürer. »

Combien pour l'or de la belle Hélène? Combien pour le spectre d'Homère à Moscou?

Et puis, chez moi, le facteur : lettre et paquet recommandés. C'est le notaire de Mother qui m'envoie, selon ses instructions écrites, un dernier objet. Il s'agit de la montre en or de mon grand-père maternel, grosse et ronde petite horloge aux aiguilles arrêtées sur les chiffres VIII et II. Huit heures dix en diagonale, sud-ouest-nord-est. Un an plus tard, l'heure pour toujours. Disparaître en laissant des messages cryptés doit être une passion héréditaire. Le plus étrange est qu'elle a dû mourir, en effet, vers huit heures dix du matin, mon coup de téléphone ayant sonné dans le vide à dix heures. Je pose la montre sur mon bureau, devant moi. Elle ira à Jeff.

Comment, vous ne connaissez pas Guibert ? C'est pourtant un des auteurs français qui mérite le plus d'être lu. Son style est clair, rapide, agréable. Sa pensée a quelque chose d'acide et d'aéré, comme il arrive souvent chez les meilleurs écrivains militaires. Jacques-Antoine-Hippolyte, comte de Guibert : *Essai général de tactique*, 1770 et *Défense du système de guerre moderne*, 1779. « C'est le mouvement qui est l'objet principal : toutes les autres combinaisons ne sont qu'accessoires et il faut tâcher de les lui soumettre. » Et aussi : « La plupart des historiens ne sont communément ni militaires ni philosophes, et moins encore l'un et l'autre à la fois. » Guibert fait partie de ces auteurs qu'aime particulièrement Liddell Hart, l'ami de Lawrence, et il le cite volontiers dans son *Histoire mondiale de la stratégie*. Ce sont des partisans résolus de la dispersion, et de l'effet de surprise : « La véritable vertu de la puissance de concentration mobile réside dans sa fluidité, sa variabilité, et non dans sa densité. »

Tous les quinze du mois, je vais donc envoyer mes rapports à Frénard. Choix et recommandation des thèmes, déchiffrage des informations atypiques, lectures en filigrane, orientations, sources, recoupements, rappels historiques, vérifications, analyse théorique et propositions d'action. Peu à peu, cela devrait constituer un assez bel ensemble, impubliable, bien sûr, mais destiné à être connu et apprécié des amateurs professionnels. Un jour ou l'autre, ils le consulteront comme une curiosité romanesque du temps. « Passez-moi le J.C. » : j'aimerais que cette phrase soit prononcée, dans le futur, comme une évidence, style : « Passez-moi le dictionnaire des locutions et des exceptions, des cas singuliers, des citations extraordinaires. » J'imagine le collègue sévère et subtil de l'avenir, en train de le consulter, à Paris, Londres ou New York. « Il me semble que cette situation n'est pas sans rapport avec l'une de celles décrites autrefois par J.C... Descendez-moi l'exemplaire intérieur, là-haut, à gauche, sur l'étagère. » Tout aura changé ? Les équations seront plus complexes ? N'empêche : ce sera quand même « le J.C. ».

Je balise, je ponctue, j'indique, je sème, je jalonne. J'attire l'attention sans forcer. Je signale le point de condensation qui pourrait tout éclairer rétrospectivement pour un esprit curieux, s'il existe. Il existera. Il aura entre les mains certaines données manquantes. Il pourra développer ce que je ne fais qu'annoncer. « Un vrai roman policier, le J.C. » Cette remarque, au cours d'une conversation à bâtons rompus, en été, à Rome, sous le vert profond et savant des arbres, est toute mon ambition. On n'écrit jamais pour rien, l'écriture est divine. Je pourrais dire aussi bien que je ne fais qu'appliquer ce principe de *De la guerre*, livre VI, chapitre IX, *La bataille défensive* : « Il est absurde de penser que les batailles défensives devraient se borner à parer les attaques et non chercher la destruction de l'ennemi. Nous tenons cet axiome pour l'une des erreurs les plus pernicieuses, une véritable confusion entre la forme et la chose elle-même, et nous maintenons sans réserve que, dans la forme de guerre que nous appelons *défensive*, la victoire n'est pas seulement plus probable, mais qu'elle doit aussi atteindre la même ampleur et la même efficacité que dans l'attaque, et que cela peut être le cas non seulement dans le *résultat total* de tous les engagements qui constituent une campagne, mais aussi dans chaque bataille *particulière*, s'il s'y trouve le degré nécessaire de force et d'énergie. »

Qui vivra verra autre chose et la même chose. Il y aura beaucoup de nouveau sous le soleil et rien de nouveau. « Tout le temps qui s'écoule inutilisé, dit encore Clausewitz, tourne en faveur du défenseur. Il moissonne où il n'a pas semé. » On mise à la fois sur la pulsation du temps et sur une intense tranquillité. Attendre est une activité spéciale.

Le lecteur du « J.C. » ne retrouvera pas le même problème ni la même sensation, mais le problème lui-même, la sensation elle-même, c'est-à-dire, comme dans un éclair durable, du temps à l'état pur. L'expression est de Proust, qui ajoute : « Celui-là, on comprend qu'il soit confiant dans sa joie. » L'image d'une bataille lui vient d'ailleurs chaque fois qu'il raconte son expérience fondamentale (par exemple la dénivellation des pavés, à Paris, rejoignant celle des dalles devant le baptistère de Saint-Marc à Venise) : « Toujours, dans ces résurrections-là, le lieu lointain engendré autour de la sensation commune s'était accouplé un instant, comme un lutteur, au lieu actuel. » Il emploie le mot d'*immigration* pour parler d'un espace lié au temps passé faisant irruption dans le lieu présent, ce dernier s'y « opposant de toute la résistance de sa masse », au point, dit-il, que le narrateur perdrait connaissance si la révélation se poursuivait. On peut noter ici l'afflux de références italiennes, évangéliques, liturgiques : baptistère, madeleine eucharistique, sonnette de l'élévation, nappes de l'autel, livre de messe, etc. « Tout cela attaché à la sensation du linge comme les mille ailes des anges », etc. Ici, l'éditeur de la *Recherche* nous prévient qu'il a supprimé sept mots parce que Proust les a fait suivre d'un point d'interrogation entre parenthèses : « qui font mille tours à la minute ». Rétablissons-les : « Comme les mille ailes des anges qui font mille tours à la minute. » Des anges aviateurs ? Des hélices ? Des roues ? « Et toute leur chair, leur dos, leurs mains, leurs ailes et les roues étaient pleins d'yeux tout autour. Et le nom des roues était : tournoiement. » Là, nous sommes chez Ézéchiel, chapitre x. Faut-il s'en étonner ? Le salut par le souvenir brusque, le pas qui trébuche, le son, la saveur, le volume surgi de l'oubli ? Et la condamnation, massacre du vieillissement, par l'aphasie, la manie, l'automatisme sénile ? Proust est un objet idéal de réflexion pour l'ISIS, c'est un formidable système intelligent sélectif. Il parle quelque part, en citant saint Jean (« Travaillez pendant que vous avez encore la lumière »), de l'état où se trouve, à partir d'un certain moment, l'écrivain : « Il ne se considère plus que comme le dépositaire, qui peut disparaître d'un moment à l'autre, de secrets intellectuels qui disparaîtront avec lui. » Il a aussi cette formulation si étrange : « Tous les grands écrivains se rejoignent par certains points, et sont comme les différents moments, contradictoires parfois, d'un seul homme de génie qui vivrait autant que l'humanité. » Les grands écrivains ! Les grands écrivains ! gronde aussitôt l'Opinion. Pourquoi les grands écrivains ? Et les autres, les petits, les moyens, les modestes ? Ne sont-ils pas importants, et peut-être plus ? Ne sont-ils pas plus proches de nous ? Ne gagnent-ils pas souvent plus d'argent ? Tout le monde peut devenir écrivain ou devrait pouvoir le devenir ! Tout le monde est ou sera prophète ! Il est vrai que les prophètes pullulent dans les époques où Dieu est abandonné pour manque flagrant de présence ou de résultats ; dans les moments ténébreux où, « chacun dans sa chambre à images », se célèbrent les adorations bestiales. C'est en effet dans ces périodes que l'on parle beaucoup de paix, alors que Iahvé est un Dieu des armées, et qu'il n'y a pas de paix. Personne n'entend plus rien, ne lit rien, n'est convaincu par rien, avec beaucoup de suffisance et une obstination de roc? Ce sera donc roc contre roc, et Iahvé-le-rocher dit pour cette raison au pauvre Ézéchiel qui va avoir la vie dure, qui sera bousculé de visions en missions : « J'ai rendu ton front pareil à un diamant, plus dur que le caillou. » L'Opinion : les grands écrivains, les grands généraux... pourquoi toujours les grands? Quelle fatigue!

Une telle attitude révoltait déjà Clausewitz : « Malheur à la théorie qui s'oppose à l'esprit! Ce que fait le génie, voilà la plus belle de toutes les règles, et ce que la théorie peut faire de mieux, c'est de montrer pourquoi il en est ainsi et comment. »

Il est ponctuel, Gleb, comme on l'appelle... Fedor Glebskine, le nouveau messager du post-Empire transfusé (Frénard, la première fois qu'il est arrivé à Rome : « Glebskine? Et pourquoi pas Smerdiakov? »)... Grand, fort, rouge, un peu transpirant, plaisantant sans cesse, angoisse au-delà de l'angoisse, rien n'est important, on s'arrange toujours, clin d'œil, claque dans le dos et, soudain, l'insinuation précise... Il est passé sans effort de l'ancienne nomenklatura à la nouvelle, de la langue de bois adaptée à la langue marchande énervée, il a quitté à temps Tachokrann pour Tankenfer (ou plutôt : il a participé intimement à la mise en scène de leur pseudo-conflit), il est déjà sur une autre piste, il revient de Washington, il repart pour Bonn, il est très occupé et divertissant, on déjeune au Grand Véfour avec Gail :

— Tout va très mal ! de plus en plus mal ! dit-il, l'air hilare. Très très mal ! Incroyablement mal ! Mais ça marche ! Ça fonctionne ! Qu'est-ce qu'il fait beau à Paris !

— Et l'or de Troie ?

— Quel or ? Encore un fonctionnaire qui veut attirer l'attention... se faire de la publicité... attirer les crédits... Qui ça ? Tatiana ?... Remarquez, tout est possible !

Il rit... Tout le fait rire... L'extension du faux général lui paraît la chose la plus drôle du monde... Plus de vérité ! Nulle part ! Passe-passe ! Sous-entendu : vous avez peut-être dit la vérité contre nous, mais à quoi bon ? Il n'y a plus de vérité du tout ! Le Jugement dernier est à mourir de rire ! C'était notre but caché ! Notre sacrifice vous libère de tout ça ! Deux mille ans de métaphysique inutile !

Sermonneur, truand, tartufe et loustic, Gleb...

— Et le pape ? Vous croyez qu'il ira à Jérusalem ? Il va bien ? Grosse opération, non ?

Ici, lueur en biais... Chaque fois que le sujet est venu, autrefois, fermeture immédiate... Tout ce qui se disait n'était qu'un tissu de calomnies et de montages extrémistes américains (toujours le lobby marchands d'armes), d'ailleurs Tachokrann adorait le pape, il l'adore toujours, nous avons eu le prix Nobel de la paix, Oslo, point final. Maintenant, qu'est-ce qu'il veut? Il sait bien qu'officiellement on ne sait rien de particulier. Gail a le bon réflexe traditionnel, elle va aux toilettes...

— Vous devriez venir à Moscou, me dit Gleb en commandant une autre vodka... À Moscou, à Saint-Pétersbourg... Il y a tant de choses à voir, à connaître...

— En deux mots?

Il a un léger recul.

— Non, rien, pourquoi? Vous n'êtes jamais allé en Russie?

— Non.

— Ça ne vous intéresse pas?

— Pas vraiment.

— Mais pourquoi? pourquoi? Vous êtes incroyable! Tant de gens passionnants à rencontrer! Tout va mal, mais tout ne va pas si mal (il met l'émotion, il est dans la simulation sincère)...

— Je voyage de moins en moins.

— L'Italie, toujours? Rien d'autre? L'Italie est tellement provinciale!

— Je ne trouve pas.

— L'habitude! La répétition! C'est d'un bourgeois! Vous n'aimez pas le nouveau! L'aventure!

Il rit... C'était juste en passant, pour voir... Il repart sur l'Amérique, les uns, les autres, les guerres locales en cours, les acrobaties financières... Il cite des noms d'hommes politiques français ou de directeurs de journaux (et, deux ou trois fois, de leurs femmes)... Les Allemands, l'Europe... Rien sur Tan-

254

kenfer? Pas la moindre anecdote sur Tachokrann?
La visite en Israël? Il y était? Le Christ premier
socialiste?

— Taisez-vous, je n'avais pas vu ce discours. C'est
quand même passé, il me semble?

— Tout juste.

— Ce sont les intentions qui comptent! Elles
étaient bonnes! Elles sont excellentes!

Il re-rit... Gail revient... Évite de me regarder...
Comme tout est facile, naturel, entre gens bien éle-
vés... Paris est si beau sous le soleil... La vie continue... Du moment qu'on s'amuse...

— Ah, Gleb, dit Gail, en posant sa main sur la
sienne, vous nous ferez toujours rire.

Il a un regard dur, très bref; le mépris total. Il se
remet à rire de bon cœur, en tapotant la main de
Gail, les femmes de Paris sont irrésistibles... Le rôle.
Le gros rôle. Chacun le sien. Rien de nouveau à l'Est,
ni à l'Ouest, ni au Sud, ni au Nord. Rien de nouveau
à Rome. Je vois ce qui défile rapidement dans sa
tête : leur druide en robe... leur catéchisme imbé-
cile... leur Polonais de merde... On se lève. Il embrasse Gail sur les deux joues, me serre lourdement
la main...

— Au revoir, Jean! À un de ces jours à Moscou!
Quand même!

— On ne sait jamais! Quand l'Italie aura disparu!

Oh, mais... quoi?... Tout à coup, il revient sur ses
pas, il me prend les deux mains, m'entraîne à l'écart
de Gail, il a l'air grave, il me fixe de toute sa charge

émotive... Quel acteur... Il va se mettre à pleurer? La force d'âme? Le vieux truc de l'âme? Oui, oui, l'âme slave! *Doucha*!

– J'ai appris pour votre mère, Jean. Je suis désolé...

– Merci, Gleb.

– Votre femme va bien? Votre fils? (Même coup que Frénard, il y a un an : menace.)

– Très bien... Et chez vous? (Est-il marié? Des enfants? Homosexuel? Les trois? Je ne sais plus.)

– Vous ne connaissez pas ma nouvelle femme?

– Mais non. Où est-elle?

– Une Américaine! Délicieuse! Je vous la présenterai quand vous viendrez à Moscou! Bye-bye, les amis!

– Bon voyage, Gleb!

Je pourrais aussi bien appeler ma navigation *À la recherche de l'Histoire perdue*. Au grand jeu de la vie et de la mort auquel nous sommes obligés, la question est en effet de savoir qui a intérêt, ou non, à ce que l'Histoire soit connue, éclairée, sondée. Quand Proust dit, à la fin du *Temps retrouvé*, qu'il découvre « la dimension énorme qu'il ne savait pas avoir », il ouvre les portes de ce continent maudit, enchanté, profondeur de chacun dans la profondeur mouvante. L'instant, sous forme de vertige, s'y égale au néant global. Un faux pas, une saveur, un tintement, sauvent brusquement toute une vie de la nullité qui la boucle. L'intérieur et l'extérieur communiquent dans un nouvel océan inexploré. « Bientôt, dit Proust, je pus montrer quelques esquisses. Personne n'y comprit rien. » Eh oui, quelles que soient, par la suite, les interprétations, les explications, personne n'y comprend rien. « Je ne comprends pas votre tableau », dit quelqu'un à Picasso. Et lui : « Il ne manquerait plus que ça ! » Soit cette remarque de Proust, au moment où il achève, en mourant, son livre : « La guerre n'est pas stratégique mais plutôt médicale, comportant des accidents imprévus que le clinicien pouvait espérer éviter, comme la Révolution russe. » La chose qu'il ne pouvait pas envisager, lui, était le déclenchement, dès cette époque, de la Deuxième Guerre mondiale et, immédiatement après, de la Troisième, puis la vitesse de croisière de la Quatrième où il devient capital de bien identifier les adversaires puisqu'elle se déroule aux trois quarts dans l'obscurité. En revanche, il note que la société où il se trouve a désormais « une prodigieuse aptitude au déclassement », greffes et mutations en tous sens, mobilité de renouvellement par le bas, épidémie d'oublis et d'erreurs, altération foudroyante de tous les repères. Quand il dit que, « détendus ou brisés, les ressorts de la machine refoulante ne fonctionnaient plus » (pour expliquer le mélange du haut et du bas, de la droite avec la gauche, et ainsi de suite), il veut faire sentir l'accélération de l'usure et des vanités, les renversements de formes, le travail de la mort à ciel

257

ouvert dans un grand cimetière animé, folie, manie et sanie. Tout se mélange, tout s'échange, il est horrifié mais sauvé. Cependant, il écrit : « Et peut-être Mme de Souvré n'eût-elle pas valu grand-chose si on l'eût détachée de ce cadre, comme ces monuments – la Salute, par exemple – qui, sans grande beauté propre, font admirablement là où ils sont situés. »

Et voilà comment un esprit aussi génial que Proust est contraint, par les préjugés de son temps (et d'au moins un siècle avant lui), *de ne pas voir* la Salute, à Venise. Les cathédrales et Saint-Marc, mais pas la Salute : la Contre-Réforme n'a donc pas existé. Il suffisait pourtant de traverser le Grand Canal et la Giudecca et d'aller se reposer à l'ombre de Palladio, à San Giorgio ou au Redentore. Sa mère n'aurait pas aimé? Sans doute. Mais l'Histoire n'en finit pas, la Contre-Réforme a eu lieu, la Révolution française ou la russe sont des épisodes, les synagogues sont pleines, les églises aussi, la guerre est à la fois stratégique *et* médicale, de plus en plus stratégique et de plus en plus médicale. Gleb, lui, dans son chantage implicite, le sait. Il est venu, le temps d'un déjeuner, palper nos illusions et nos résistances. Son ironie portait surtout sur la comédie des sectes aux États-Unis, sur le délabrement du sentiment religieux là-bas, qui atteint, c'est vrai, des sommets comiques. Alors, l'Orthodoxie? Ça ne vous intéresse pas? Plutôt que la vieillerie romaine? Renseignez-vous. Venez voir. Après tout, on pourrait peut-être faire repartir l'horloge à l'envers? Ou au moins dans un autre sens? Te-

nez, on reprend vers 1910, on réécrit la copie... Non ?
Incompréhensible.

— Vous avez visité la Salute à Venise, Gleb ?

— La Salute ?

— L'église près de la Douane de mer.

— Ah oui. Un peu lourde, non ? Saint-Marc, d'accord, ça c'est la grande tradition. Mais la Salute, non, vraiment... Tous ces anges en folie... Très jésuite ?

— Mais oui...

— Chacun ses goûts. (Ah, Kremlin, fortifications popistes !)

Cela me fait penser au chapitre 26 des *Proverbes*. Première formulation : « Ne réponds pas à l'insensé selon sa sottise, de peur de devenir pareil à lui, toi aussi. » Et aussitôt après : « Réponds à l'insensé selon sa sottise, de peur qu'il ne devienne sage à ses propres yeux. » Autrement dit : réponds sans répondre tout en répondant. Faut-il s'abaisser devant l'ignorance ? Rien ne l'exige. Faut-il avoir peur d'elle ? Ce n'est pas obligatoire. La bêtise, l'ignorance et l'envie mènent le monde ? Un monde, sans doute, mais chacun le sien. Ce matin, par exemple, j'en suis sûr, la Salute grise et blanche brille sous le soleil. De l'autre côté de l'eau miroitante et large, le Redentore attend la célébration solennelle de ses quatre siècles d'existence gagnés sur la peste. Les mouettes crient par rafales, on entend la sirène des paquebots, les ronflements des canots, le battement liquide contre la pierre. Les volées de cloches s'inclinent toutes à la fois dans l'air.

Qui sait si derrière ces stores blancs, là-bas, dans une ombre à demi protectrice, penché sur du papier, à l'ancienne, quelqu'un n'est pas en train d'écrire ce qui mérite de l'être ? C'est une hypothèse fortement improbable, certes, mais pourquoi ne pas la faire ? Supposons même que ce quelqu'un ait près de lui une Bible et qu'il l'ouvre presque au hasard. Par exemple, au chapitre 14 de Zacharie. Il lit : « Alors sortira Iahvé, il combattra contre les nations, comme au jour où il combat, au jour de la mêlée, et ses pieds s'arrêteront, en ce jour-là, sur le mont des Oliviers (qui est en face de Jérusalem, à l'est), et le mont des Oliviers se fendra par son milieu entre l'Orient et l'Occident, et il y aura une très grande vallée, une moitié du mont s'éloignant au nord et l'autre moitié au sud. » Il continue à feuilleter son gros livre, il arrive à Malachie (dont le nom signifie « mon ange », première moitié du cinquième siècle avant J.-C. après la reconstruction du Temple), et, au chapitre 2, il trouve : « Si vous n'écoutez pas et si vous ne prenez pas à cœur de rendre gloire à mon nom – a dit Iahvé des armées –, je lâcherai sur vous la malédiction et je maudirai votre bénédiction, oui, je la maudirai, puisque vous ne prenez rien à cœur. Voici que moi je tranche votre bras et je répandrai de la merde sur vos visages, la merde qui provient de vos fêtes, et on vous emportera avec elle. » Ou encore, au chapitre 3 : « Voici que j'envoie mon Ange ! Il déblaiera la route devant moi, et soudain arrivera dans son Temple le Seigneur que vous réclamez et le Roi de l'alliance que vous désirez, voici qu'il arrive – a dit Iahvé des armées –, et qui peut rester debout à son apparition ? » Ou encore : « Alors ceux qui craignent Iahvé se parlèrent l'un à l'autre ; Iahvé fit attention, il entendit, et devant lui fut écrit un mémoire concernant ceux qui craignent Iahvé et qui pensent à son nom. Ils seront pour moi – a dit Iahvé des armées – les préférés, au jour où j'agirai, et je serai indulgent pour eux comme un homme est indulgent pour son fils. Alors vous recommencerez à discerner entre un juste et un mauvais, entre celui qui sert Dieu et celui qui ne le sert pas. »

Mon narrateur, derrière son store un peu agité par le vent, écrit : « Violente émotion : Zacharie 14 ; Malachie 2 et 3. » De l'hébreu, donc, pour qui trouverait ces papiers, un jour, dans le tiroir de son secrétaire. Surtout si, en marge, se trouve cette ligne griffonnée : « Avant de rentrer à Doxaland et dans sa capitale, Inertie. » Après quoi, il ne serait pas si étonnant de découvrir ce passage recopié de Pascal : « Tout tourne en bien pour les élus, jusqu'aux obscurités de l'Écriture, car ils les honorent à cause des clartés divines. Et tout tourne en mal pour les autres, jusqu'aux clartés, car ils en blasphèment, à cause des obscurités qu'ils n'entendent pas. »

En 1353, François Pétrarque est en ambassade à Venise. C'est l'année où il écrit son beau *Secretum*

261

(« que mon âme s'apaise, que le monde se taise, que la fortune cesse de gronder! Tu fuis la renommée? Elle te rejoindra bientôt »). Son état d'esprit est lucide et mélancolique : « Ils croient s'élever en rabaissant leurs prédécesseurs. Ajoute à cela l'envie qui tourmente ceux qui se lancent dans de grandes entreprises, la haine de la vérité, le dégoût de la foule pour les hommes de talent, l'inconstance du jugement du vulgaire, enfin la destruction des tombeaux qu'un figuier, comme dit Juvénal, suffit à briser. »

Voici le carrefour : d'un côté tristesse, mélancolie, nausée, ennui (dysthymie); de l'autre joie, exultation, amusement, allégresse (euthymie). L'euthymie est la joie dans le temps qui passe et l'absence de préoccupation à l'égard de quoi que ce soit (pendant que j'imprime cette ligne, je sens l'immobilité du ciel bleu au-dessus de moi). Démocrite, par exemple, l'homme des atomes et du vide, celui que Platon censure carrément d'une main, tandis que de l'autre il s'attache à brouiller au maximum la révélation de l'éternel Parménide, avait la réputation de rire sans cesse (La Fontaine a tiré de cette bizarrerie une fable célèbre). Hippocrate dit à Démocrite : « Ne penses-tu pas être singulier en riant de la mort, de la maladie, du délire, de la manie, de la mélancolie, du meurtre? Tu dois au monde compte de ton rire. » Mais non, on ne doit aucun compte à aucun monde (dis-je, après avoir regardé pendant trois minutes le jeune acacia qui pousse en désordre devant la porte, là-bas), et nous suivrons ici, dans sa proposition d'être, le bénédictin franciscain protégé par le cardinal du Bellay ; le curé médecin et écrivain de Meudon dont la vitalité annonce le concile de Trente ; l'une des plus grandes figures, avec Montaigne, de la Contre-Réforme imminente ; le spécialiste, mort en 1553, de la relativité par débordements et condamnations des guerres inutiles ; l'anticipateur de l'autre écrivain-médecin de Meudon, Louis-Ferdinand Céline ; bref, François Rabelais : « Contentement certain, assurance parfaite, déprisement incroyable de tout ce pour quoi les humains tant veillent, courent, travaillent, naviguent et bataillent. »

Amen.

Pour peindre Parménide, et sans avoir à expliquer pourquoi, je prends *Fleurs*, de Rimbaud : « Tels qu'un dieu aux énormes yeux bleus et aux formes de neige, la mer et le ciel attirent aux terrasses de marbre la foule des jeunes et fortes roses. »

Mais ce n'est pas suffisant. Il me faut encore Hsüan Chüeh :

Qu'ils calomnient, qu'ils médisent,
Qu'ils brûlent le ciel, peine perdue :
Je bois leurs cris comme de la rosée claire !
Soudain purifié, je fonds dans l'impensable !

J'ajoute les quatrains de quatre caractères de Tchoung Tchang-Toung, dit Kouang-Cheng, « L'Enragé », traduits par Étienne Balazs dans *La Crise sociale et la Philosophie politique à la fin des Han*, T'oung Pao XXXIX (Leiden I, Brill, 1949) :

L'oiseau volant oublie ses traces
La cigale qui mue se dépouille de sa peau
Le serpent qui se dresse quitte ses écailles
Le dragon divin perd ses cornes

L'homme suprême sait se changer
L'homme libre échappe au commun
Il chevauche les nuages sans rênes
Il court avec le vent sans pieds

La rosée suspendue est son rideau
Le large firmament son toit
La vapeur brumeuse le nourrit
Les neuf soleils l'éclairent

Les éternelles étoiles sont ses perles brillantes
L'aurore matinale son jade luisant
Dans les six directions
Il laisse aller son cœur où il veut

Les affaires humaines peuvent passer
Pourquoi se presser et s'oppresser.

Et encore :

La Grande Voie est simple
Mais ceux qui en voient les germes sont rares
Se laisser aller sans rien réprouver
Suivre les choses sans rien approuver

Depuis toujours la pensée tourne et tourne
Tortueuse, sinueuse, ennuyeuse
À quoi bon toutes les pensées
La suprême importance est en moi

J'envoie l'angoisse au Ciel
J'ensevelis le chagrin sous Terre
En révolte je jette les Livres Classiques
J'abîme, je nie les Chansons et les Odes

Les cent philosophes sont obscurs et mesquins
Je voudrais les mettre au feu
Ma volonté s'élève au-delà des monts
Ma pensée flotte au-delà de la mer

Le Souffle Originel est mon bateau
Le Vent léger mon gouvernail
Je plane dans la pureté suprême
Je laisse mes pensées se dissoudre.

Amen.

Le Dieu biblique, lui, joue avec les catastrophes naturelles, ce qui est normal puisqu'il est censé être le créateur du Ciel, de la Terre, et de ce qui se passe entre eux. Son armée est celle des cieux. Mais puisqu'il faut faire la guerre minute par minute, je propose, sur un plan technique, d'étudier la stratégie mise en œuvre en Chine, à l'époque des Royaumes

Combattants (entre le cinquième et le troisième siècle avant J.-C.). La première traduction occidentale des *Treize articles*, le classique chinois de la guerre, date de 1772 (un an avant la parution du dix-septième volume des bibles envoyées par Mother). On peut la refondre et la repenser grâce aux manuscrits chinois de 812 et 983 après J.-C., publiés, eux, en 1859, 1910, 1935 et 1957. On consultera donc la version Giles, de Londres (1910); celle de Sidorenko, ex-Berlin-Est (1957); celle de Kuo Hua-Jo, Pékin (1957); celle de Konrad, Moscou (1958), celle de Griffith, Londres (1963); une centaine d'éditions japonaises; et enfin celle, très précieuse, publiée en juin 1971 (date intéressante), par la librairie *L'impensé radical*, qui se trouvait alors au 1, rue de Médicis, dans le sixième arrondissement, à Paris.

De l'hébreu, du chinois : c'est ce qu'il nous faut, à l'entrée du troisième millénaire, pour renforcer le français classique et moderne, celui de toujours et de demain, en fonction du secret de Rome. Voici donc un nouveau *Secretum* à l'usage des temps où nous vivons et mourons (*ma note! ma note!*).

Ici, Jeff m'interrompt. C'est dimanche matin, il fait beau, il veut absolument que nous allions tous les deux nous promener au Bois, j'ai promis, on y va. En le voyant, lui, courir avec son ballon jaune, et taper dessus de toutes ses forces, je réfléchis au monde dans lequel il sera forcé de se déplacer (« et pourtant, disait Cézanne, la nature est très belle ») : promotion constante de l'hystérie, tout-à-l'image, pathos, profit. Oui, c'est cela : quelques conseils militaires.

La conclusion de Sun-tse, c'est-à-dire la fin de l'article 13, *De la concorde et de la discorde*, est la suivante : « Une armée sans agents secrets est un homme sans yeux ni oreilles. » S'il y avait une maxime à imprimer sous le titre de l'ISIS, ce serait celle-là. « Soyez vigilant et éclairé, mais montrez à l'extérieur beaucoup de sérénité, de simplicité et même d'indifférence ; soyez toujours sur vos gardes, quoique vous paraissiez ne penser à rien ; défiez-vous de tout, quoique vous paraissiez sans défiance ; soyez extrêmement secret, quoiqu'il paraisse que vous ne faites rien qu'à découvert ; ayez des espions partout ; au lieu de paroles, servez-vous de signaux ; voyez par la bouche, parlez par les yeux ; cela n'est pas aisé, cela est très difficile. On est quelquefois trompé quand on veut tromper les autres. »

Tout est frais, vert, complexe et clair, tonique et profond, calligraphiquement net et enthousiasmant chez ce Chinois du fond des siècles. Le peu qu'on sait de sa vie tient en ceci : un roi veut se moquer de lui parce qu'il prétend que n'importe qui peut devenir expert dans l'art de la guerre. Le roi lui donne donc à entraîner sur-le-champ ses cent quatre-vingts femmes. Elles lui rient au nez. Il garde son sang-froid, prend son épée et décapite les deux favorites. Après quoi, comme par enchantement, les autres femmes exécutent toutes les figures de l'entraînement. Le roi est très fâché, il pleure ses préférées chéries, chasse Sun-tse, commence à se faire battre à la guerre, et, donc, le rappelle. Ce qu'il fallait démontrer.

Dans l'article 11, *Des neuf sortes de terrains*, on retiendra surtout ce grand principe : « Le secret des opérations militaires dépend de votre faculté de faire semblant de vous conformer aux désirs de votre ennemi. » Mêmes conseils à l'article 6, *Du plein et du vide* : « La grande science est de faire vouloir à l'ennemi tout ce que vous souhaitez qu'il fasse, et de lui fournir, sans qu'il s'en aperçoive, tous les moyens de vous seconder » (Kafka : « Dans le combat entre toi et le monde, seconde le monde »). Ce qui entraîne logiquement, dans l'article 10 (*De la topologie*), cette remarque désagréable contre tout général vaincu : « Un général malheureux est toujours un général coupable. » (Ou encore, à l'article 4, *De la mesure dans la disposition des moyens* : « On n'est jamais vaincu que par sa propre faute ; on n'est jamais victorieux que par la faute de l'ennemi. »)

On peut, de même, rapprocher utilement, en se souvenant que « la victoire est le fruit des comparaisons », deux remarques capitales. Une de l'article 9, *De la distribution des moyens* : « Si vos espions disent qu'on parle bas dans le camp ennemi et d'une manière mystérieuse, allez à eux sans perdre de temps, ils veulent vous surprendre, surprenez-les vous-même. Si vous apprenez au contraire qu'ils sont bruyants, fiers et hautains dans leurs discours, soyez certains qu'ils pensent à la retraite et qu'ils n'ont nullement envie d'en venir aux mains. » Et la deuxième à l'article 4 : « Une armée victorieuse remporte l'avantage avant d'avoir cherché la bataille ; une armée vouée à la défaite combat dans l'espoir de gagner. »

Sun-tse, lui aussi, est formel : « L'art de se tenir à propos sur la défensive ne le cède en rien à celui de combattre avec succès. » Cependant, il ne va pas, comme Clausewitz, jusqu'à énoncer la supériorité absolue de la défensive. On peut cependant entendre ainsi ce principe : « Les troupes qui demandent la victoire sont des troupes ou amollies par la paresse, ou timides, ou présomptueuses. » (Les troupes doivent demander, en effet, non la victoire, mais le combat.)

De toute façon, la victoire, si elle a lieu, c'est qu'elle a *déjà* eu lieu : « Qu'une victoire soit obtenue avant qu'une situation ne se soit cristallisée, voilà ce que le commun ne comprend pas. » Rappel de l'article 13 : « Quand un habile général se met en mouvement, l'ennemi est déjà vaincu. »

La guerre, à la chinoise, convoque les extrémités naturelles : « Les experts dans la défensive doivent s'enfoncer jusqu'au centre de la terre. Ceux, au contraire, qui veulent briller dans l'attaque doivent s'élever jusqu'au neuvième ciel. » Cette *disproportion* est essentielle, sans quoi on ne comprendrait guère l'image suivante (article 4) : « La disposition des forces est comparable aux eaux contenues qui, soudain relâchées, plongent dans un abîme sans fond. »

« Les grands généraux, dit encore Sun-tse (j'ai failli écrire : les grands écrivains), sont prêts à tout ; ils profitent de toutes les circonstances. » Ils savent « faire naître la force du sein même de la faiblesse » *(ma note ! ma note !)*. Les mots clés : *division, disposition, régulation.* Exemple : « La suprême tactique consiste à disposer ses forces sans forme apparente. » Et aussi : « Quand j'ai gagné une bataille, je ne répète pas ma tactique, mais je réponds aux circonstances selon une variété infinie de voies. » Et de même : « Si un bon général tire parti de tout, c'est qu'il fait toutes ses opérations dans le plus grand secret. Ses propres gens ignorent ses desseins, comment l'ennemi pourrait-il les pénétrer ? »

Le bon général, donc, se bat d'avance avec tout : les éléments, le terrain, la configuration des forces, l'évaluation incessante, la surprise, ses proches, lui-même. Il gagne non pas s'il s'élève au-dessus du bon (« car il est des cas où s'élever au-dessus du bon revient à s'approcher du pernicieux ou du mauvais »), mais s'il parvient, *négativement*, à éviter la moindre faute : « Éviter jusqu'à la plus petite faute veut dire que, quoi qu'il arrive, il s'assure la victoire, il conquiert un ennemi qui a déjà subi la défaite : dans les plans, jamais un déplacement inutile ; dans la stratégie, jamais un pas en vain. » Son armée ressemble au serpent Choua Jen : « Si on frappe sur sa tête, à l'instant sa queue est à son secours, elle se recourbe sur la tête ; si on frappe sur sa queue, la tête s'y rend instantanément pour la défendre ; si on frappe au milieu ou sur quelque autre partie de son corps, sa tête et sa queue s'y trouvent instantanément réunies. »

Telle est la science. Elle consiste aussi dans une connaissance toujours plus approfondie des lieux : lieux de division et de dispersion (frontières), lieux légers (frontières avec brèche sur l'ennemi), lieux disputés, lieux de réunion, lieux pleins et unis, lieux à plusieurs issues, lieux graves et importants, lieux gâtés ou détruits, lieux de mort.

Telle est la science, tel est l'art : on n'écoutera qu'eux, passant outre à toute considération humaine, parahumaine, subhumaine, suprahumaine, psychologique, métapsychologique, sociologique, sexologique, métaphysique, nihiliste, plaintive, ahurie, fascinée, agitée, poétique, effondrée, allumée, accrochée. La science et l'art sont inépuisables comme l'harmonie, les couleurs, les saveurs, les nuances, les fugues, les variations ou encore le néant lui-même. Ils savent que la vie est une maladie mortelle sexuellement transmissible et même, désormais, de plus en plus médicalement imposée. Ils sont fondés, comme le dit l'article I, *De l'évaluation*, sur cinq études : la Doctrine, le Temps, l'Espace, le Commandement, la Discipline.

« La Doctrine fait naître l'unité de la pensée, elle nous inspire une même manière de vivre et de mourir, elle nous rend intrépides dans les malheurs et dans la mort. »

On a vu, plus d'une fois, des généraux qui, parce qu'il leur était indifférent de mourir, gagnaient soudain la bataille, par une attaque désespérée, dans les « lieux de mort ». Ce n'est pas fréquent, mais cela arrive. On doit considérer ces généraux-là comme pleinement accomplis.

Jeff est gai. Il chante. Tralala-lala. Il est dans une nouvelle histoire, genre *Mille et une nuits*, où, si je comprends bien, il est devenu un sultan du nom de Suleiman Ben-Daoud amoureux de la reine Balkis, à qui il s'adresse en ces termes : « Ô Balkis ! Ô ma femme chérie ! Ô miel de mes jours ! » Balkis est, bien entendu, Judith. Dois-je être jaloux ? Un peu. Pas trop. Un peu quand même. On traverse un Paris d'automne, je pense à ma dernière conversation avec Gail, quand elle a évoqué les nouveaux parvenus du métier. Partout, les amateurs, profitant de la réorganisation générale, n'hésitent pas à balancer les meilleurs en espérant prendre leur place (les pauvres, s'ils savaient). C'est au point que des ententes, impensables autrefois, se font secrètement entre véritables professionnels. Il doit en être ainsi un peu partout, et dans tous les domaines. La vie est belle. Jamais ennuyeuse, en tout cas. Jeff, tout à coup, commence à chanter « Malbrough s'en va-t-en guerre ». Le rappel instantané de la voix de Mother est si fort que je lui demande de changer d'air. « Pourquoi ? » – « Comme ça. »

Le soir, je me souviens vaguement de ce passage

de Rûmî, dans *Le Livre du dedans*, où il est question d'une bague, d'un tombeau... Voilà : « Quelqu'un perd sa bague à un endroit. Même si elle en a été enlevée, il retourne à cet endroit, disant : " Je l'ai perdue ici. " De même, la personne endeuillée tourne autour du tombeau, circule autour de la poussière inconsciente, et lui donne des baisers : " J'ai perdu mon joyau dans cet endroit. " Or comment pourrait-il y être laissé ? Dieu le Très-Haut a créé tant de choses et montré Sa puissance et, pour témoigner de la sagesse divine, a uni, pour un jour ou deux, l'âme et le corps. Si un homme s'assoit pendant un seul instant avec un cadavre dans le tombeau, il est à craindre qu'il devienne fou. Comment, donc, quand il s'échappe du piège de la forme et du monde du corps, resterait-il là ? »

— Je ne te dérange pas ?
— Oh, jamais !
— Je pense beaucoup à toi.
— Oh, je sais !
— Je te prends complètement en moi avec la pensée.
— C'est énorme.

Tu vois en rêve la main, le pied et les jointures :
Considère cela comme une vérité
et non comme un songe vain.
C'est toi qui sans corps possèdes le corps,
donc ne crains pas que ton âme sorte de ton corps.

Tout est noir, de nouveau. Judith et Jeff se sont endormis. James, dans sa cage de la cuisine, regarde fixement sans bouger quand je vérifie son eau pour la nuit. Une fois encore, il a été question de « là-bas »; une fois encore Jeff m'a demandé, par-dessus son ordinateur, si le pommier survivrait à l'hiver, là-bas. Et, une fois de plus, il a fallu que je lui fredonne jusqu'à son lit *Le temps des cerises*. Pas un bruit, maintenant. Il est deux heures du matin.

« S'il ne parle pas en apparence, il parle intérieurement; il est toujours en train de parler, comme un torrent mélangé à la boue. L'eau claire du torrent est son langage, et la boue son animalité. La boue est en lui accidentelle. Ne vois-tu pas que le langage, l'histoire, la science, bons ou mauvais, demeurent? »

Le pommier, là-bas, entame sa longue saison solitaire, sous le vent, la pluie, le gel, et le cri en vrille des mouettes. Parfois, le soleil dans le froid.

« La parole est un soleil subtil brillant continuellement. Elle est toujours présente à toi, que tu parles ou que tu te taises. »

Des gens rentrent chez eux. Des portières de voitures claquent. Ils se crient à demain.

« Une fois que tu as entendu les paroles (des mystiques), chaque mot que tu entends est une répétition. »

« Au jour du Jugement, quand l'air arrivera, tout fondra. »

Oui, énorme.

274

Le bois des hérons doit être très silencieux, à présent. Et la maison, étrangement habitée, sans traces.

« Quiconque, pour l'amour de Dieu, ouvre seulement les yeux et les ferme, cela non plus n'est pas perdu. Celui qui fait un atome de bien le verra. »

— Allô, c'est Frénard. Vous pouvez être à Rome dans trois jours?

— Naturellement.

— Disons mercredi soir pour jeudi matin très tôt. Vous voyez?

— Je vois.

Je vois surtout qu'il faut aller vite et fort. Après tout, je me suis peut-être trompé, et le message indirect de Gleb pouvait comporter un désir de négociation inédite? Sur l'Affaire elle-même? Mais oui, possible... Dossier-piège? Fausse archive? Frénard me veut comme expert? Il faut d'abord que je passe par mon circuit personnel. Je prends donc, le mardi, l'avion pour Venise. Notre correspondant le plus libre vit maintenant là-bas. Il m'a donné rendez-vous à 20 h 30 campo San Stefano, « vous savez la Pizza snack-bar à côté du restaurant? Celle à la terrasse mal éclairée? Sous le regard de Giuseppe Verdi? ». Il est là, le temps est doux et dégagé, on va dîner chez lui, près du rio Ognissanti, terrasse au quatrième étage, charmille et glycine. Il vit avec une jeune blonde Américaine, physicienne, d'après ce qu'on dit. Je remarque que son bureau est encombré de livres d'art, de catalogues internationaux, de diapositives, d'un système de projection perfectionné et de deux ordinateurs. C'est sa spécialité. S'il connaît Gleb? Bien sûr, depuis la nuit des temps... Retournement plausible? Au plus offrant? Non, pas si simple. C'est un joueur comme les autres, mais plus intelligent, plus retors... Il me montre un rapport de Rouvray qui est, en ce moment, à Pékin... Rouvray, Froissart, moi, la vieille équipe... Le véritable ISIS transversal... Quant à Frénard, pas grand-chose à en dire, calcul des machines... Quoi? Gail et Gleb? Probable? J'ai négligé cette donnée? Froissart regarde les bateaux à quai, Luz, son amie, s'est retirée dans sa chambre... « Si, si, vous couchez là, il y a de la place. » Petite pièce claire dans la glycine... Je feuillette ses dossiers personnels, du moins ceux qu'il veut bien me montrer... Années 60, 70, 80... Nombreux renvois sur le bétonnage 50... Plongées dans les 20, 30, 40... 40-42, pleines de traits rouges... Bon dieu, quel fouillis – déluge en tous sens... Allemands, Italiens, Russes, Espagnols, Français, Anglais, Américains... Tout de même, on s'y retrouve, échiquier logique... Tiens, me voilà dans deux séquences de 71 et 82... Pas si mal observé... Bonnes questions... Mauvaises réponses...

Le mercredi, à midi, je suis à Rome. Je vais droit à la Vieille Maison, l'un des gardes me salue d'un « ben tornato? » d'accueil, je pose mon sac de voyage dans l'une des chambres sud. Il fait encore très beau, automne d'été, jaune et bleu-gris au-dessus du vert sombre. Je vais m'asseoir au soleil sur la place, près d'une des fontaines. Je pense à Gail, à sa façon de mentir, toujours la même, et qui pourrait se résumer ainsi : « Pourquoi me dis-tu que tu n'as pas baisé pour que je croie que tu as baisé, alors que tu as baisé? » Si je lui posais réellement la question (mais c'est là mon défaut : jamais de questions), elle me répondrait qu'elle avait besoin de faire comme si j'allais lui poser enfin une question. Bref, le manège. Chacun sa mise en scène, chacun sa jouissance dérobée ou volée. Classique, pas grave, banal.

« Déprisement incroyable de tout ce pour quoi les humains tant veillent, travaillent, naviguent et bataillent... »

— Vous êtes plein de mépris?

— Non : de *dépris*.

— Ce dépris nous déprime.

— Et moi, il m'enchante.

— Pas de jalousie, de rancœur, de ressentiment, de colère, d'envie?

— Non.

— Mais pour qui se prend-il celui-là? Mégalomane! On vous hait.

— Pas moi.

— Comme si nous étions de simples pions! Des marionnettes!

– Mais oui. Aucune importance. Argent? Sexe? Pouvoir? Mort? Hameçon, harpon, domination, récusation, élimination? ASTHME!

J'ai été revoir la *Pietà*, toujours assiégée par la foule des visiteurs médusés fantômes. Ils sont venus ici pour ne pas voir qu'elle représente, comme après un retournement, exactement le contraire de ce qu'elle montre. C'est lui, là, léger, diaphane, incroyablement sans poids ni mesure, qui la porte, elle, dans sa mort transitoire, ou plutôt qui la délivre de toute pesanteur physique. Pour en être sûr, il suffit de traverser le miroir, tout miroir, tout écran, tout reflet. Mais pas seulement : il faut aussi retraverser dans l'autre sens et se retrouver ici, en trois dimensions, présent et comme définitivement absent, d'un seul geste. Devant le cube transparent, abritant la jeune vierge vivante et son plus vieux fils mort, personne n'arriverait à saisir la proposition, à être la troisième personne de la scène? Seul le sculpteur y serait parvenu? Vous qui pénétrez ici, l'énigme est juste près de l'entrée, à droite. Quelques pas de plus, et c'est la chapelle du Saint-Sacrement où a lieu l'adoration perpétuelle. Une sculpture, un mince morceau de pain rayonnant dans l'or, et l'essentiel est dit. Vous pouvez, ensuite, admirer le reste.

Elle le porte, il la porte, le marbre les pense, les sauve et les porte. Ils sont là, tous les deux, en volumes communicants flottants, dedans et dehors, ici-bas, là-haut, dans le fond, remontant du fond, de tous les côtés à la fois et de nulle part, absolument en surface, et rien qu'en surface, ramenant à eux reliefs, plans, plis, courbures, intervalles, étendues, creux, dénivellations d'ici ou d'ailleurs. Mais aussi fractions, secondes, minutes, intermittences, battements, montres, horloges, calendriers, paupières. La *Pietà* est la porte. Je la vois pour la première fois. J'entre, je sors.

Frénard, en fin d'après-midi, est tout sourire. Il va et vient, tourne, bavarde et me tend soudain une enveloppe à mon nom. Je l'ouvre ici? Il approuve. Un seul feuillet photocopié, ma note. Je vais aussitôt à la fine écriture noire, en bas, à gauche, au-dessus des tampons rouges du Service et de la Secrétairerie d'État. C'est bien le paraphe cursif de l'intéressé principal, avec simplement ces mots : « à réserver ». Quelqu'un d'autre a écrit à côté : « sine die ». Les dates des petits poinçons dans le style chinois sont : 81, 83, 85, 87, 88, 89, 91, et, la dernière, 92, aujourd'hui. Frénard, content de son effet, continue à parler de choses et d'autres, mais je ne recommence à l'écouter que lorsqu'il me tend un verre de porto – sa manie.

— De toute façon, votre place est ici, dit-il. Il y a justement un assez grand bureau de libre. Il donne sur les jardins, vous verrez.

— Gleb veut parler?

— Ce n'est pas exclu, mais il peut aussi s'agir d'une dix millième manœuvre. Pour le compte de qui? Que veut-il? Apparemment, pas question d'argent direct, ce qui est délicat. Pas de journalisme non plus. Enfin, il a avancé votre nom. Personne n'est au courant.

— Quand ?

— On va voir. Mais je vous propose d'être là dès la semaine prochaine. Alors, quoi ? Vous êtes surpris ? Je croyais que vous aimiez les romans ?

— Un roman ? Imprimatur ? Nihil obstat ?

— Ça, je ne veux pas le savoir. Quel automne étonnant ! On se sent revivre. Donc demain à la première heure ? Il fera encore nuit.

— Curieuse fin de siècle.

— Vous voulez dire curieux commencement du suivant ?

Je descends, je retire mes cartes de sécurité au contrôle, je prends un taxi pour aller en ville. En principe, ce devrait être jour de marionnettes à la maison, à Paris. Au téléphone, Jeff, excité, me crie qu'il a eu vingt sur vingt en histoire (dieu sait quel était le sujet). Judith : « La semaine prochaine ? Pour longtemps ? » Elle sait que je ne peux pas répondre. Mais, après tout, ce sera bientôt l'hiver, et qu'importe où on est et ce qu'on fait en hiver ?

J'envoie un mot à Froissart, à Venise, avec la phrase convenue en cas de percée improbable, souterraine et globale : « Un passage rapide et vigoureux à l'attaque — le coup d'épée fulgurant de la vengeance — est le moment le plus brillant de la défensive. Celui qui ne l'a pas en vue dès le début, qui ne l'inclut pas dès le début dans son concept de défense, ne comprendra jamais la supériorité de la défensive. » J'imagine son sourire. Connaisseur.

Il est huit heures dix. Je dîne vite, et seul. Je vais

rentrer à la Vieille Maison en marchant. Cela fait longtemps que j'ai envie de prendre mon temps pour rien, de me coucher tôt en pensant seulement au matin.

Je lève la tête. Légers nuages blancs déchirés sur fond noir. Les étoiles sont là, fixes, intenses, discrètes.

DU MÊME AUTEUR

Aux Éditions Gallimard

FEMMES, *roman* (Folio n° 1620).

PORTRAIT DU JOUEUR, *roman* (Folio n° 1786).

THÉORIE DES EXCEPTIONS (Folio Essais n° 28).

PARADIS II, *roman* (Folio n° 2759).

LE CŒUR ABSOLU, *roman* (Folio n° 2013).

LES FOLIES FRANÇAISES, *roman* (Folio n° 2201).

LE LYS D'OR, *roman* (Folio n° 2279).

LA FÊTE À VENISE, *roman* (Folio n° 2463).

IMPROVISATIONS (Folio Essais n° 165).

LE RIRE DE ROME, *entretiens* («L'Infini»).

LE SECRET, *roman* (Folio n° 2687).

LA GUERRE DU GOÛT (Folio n° 2880).

SADE CONTRE L'ÊTRE SUPRÊME, *précédé de* SADE DANS LE TEMPS.

STUDIO, *roman* (Folio n° 3168).

PASSION FIXE, *roman* (Folio n° 3566).

LIBERTÉ DU XVIIIe SIÈCLE (Folio 2 € n° 3756).

ÉLOGE DE L'INFINI (Folio n° 3806).

L'ÉTOILE DES AMANTS, *roman* (Folio n° 4120).

POKER. ENTRETIENS AVEC LA REVUE LIGNE DE RISQUE («L'Infini»).

UNE VIE DIVINE, *roman*.

Dans la collection «L'Art et l'Écrivain» :
«Livres d'art» et Monographies»

LE PARADIS DE CÉZANNE.

LES SURPRISES DE FRAGONARD.
RODIN, DESSINS ÉROTIQUES.
LES PASSIONS DE FRANCIS BACON.

Dans la collection «À voix haute» (CD audio)
LA PAROLE DE RIMBAUD.

Aux Éditions Grasset

VISION À NEW YORK, *entretiens* (Figures, 1981 ; Médiations/Denoël, Folio *n° 3133*).

Aux Éditions Plon

VENISE ÉTERNELLE.
CARNET DE NUIT.
LE CAVALIER DU LOUVRE : VIVANT DENON, 1747-1825 (Folio *n° 2938*).
CASANOVA L'ADMIRABLE (Folio *n° 3318*).
MYSTÉRIEUX MOZART (Folio *n° 3845*).
DICTIONNAIRE AMOUREUX DE VENISE.

Aux Éditions Desclée De Brouwer

LA DIVINE COMÉDIE (Folio *n° 3747*).

Aux Éditions Robert Laffont

ILLUMINATIONS (Folio *n° 4189*).

Aux Éditions Calmann-Lévy

VOIR ÉCRIRE. *Entretiens avec Christian de Portzamparc* (Folio *n° 4293*).

Aux Éditions du Seuil

Romans

UNE CURIEUSE SOLITUDE (Points-romans *n° 185*).
LE PARC (Points-romans *n° 28*).
DRAME (L'Imaginaire *n° 227*).
NOMBRES (L'Imaginaire *n° 425*).
LOIS (L'Imaginaire *n° 431*).
H (L'Imaginaire *n° 441*).
PARADIS (Points-romans *n° 690*).

Journal

L'ANNÉE DU TIGRE : journal de l'année 1998 (Points-romans *n° 705*).

Essais

L'INTERMÉDIAIRE.
LOGIQUES.
L'ÉCRITURE ET L'EXPÉRIENCE DES LIMITES (Points *n° 24*).
SUR LE MATÉRIALISME.

Aux Éditions de la Différence

DE KOONING, VITE.

Aux Éditions Cercle d'Art

PICASSO LE HÉROS.

Aux Éditions Mille et Une Nuits

UN AMOUR AMÉRICAIN, *nouvelle.*

Composition Firmin-Didot
Impression Brodard et Taupin
à La Flèche (Sarthe),
le 6 décembre 2005.
Dépôt légal : décembre 2005.
1er dépôt légal dans la collection : février 1995.
Numéro d'imprimeur : 33259.
ISBN 2-07-039277-5 / Imprimé en France.